在你的转身处等你

著

路过心上的经典散文
邂逅一生的悦读，愿你翻过每一页

天津出版传媒集团
百花文艺出版社

图书在版编目(CIP)数据

在你的转身处等你 / 段奇清著. -- 天津 : 百花文艺出版社, 2021.1
ISBN 978-7-5306-7797-1

Ⅰ. ①在… Ⅱ. ①段… Ⅲ. ①散文集 – 中国 – 当代
Ⅳ. ①I267

中国版本图书馆 CIP 数据核字(2019)第 253703 号

在你的转身处等你
ZAI NI DE ZHUANSHENCHU DENGNI
段奇清 著

出 版 人: 薛印胜
责任编辑: 刘佩莲
装帧设计: 宋双成
出版发行: 百花文艺出版社
地址: 天津市和平区西康路 35 号　**邮编:** 300051
电话传真: + 86-22-23332651（发行部）
+ 86-22-23332656（总编室）
+ 86-22-23332478（邮购部）
网址: http:// www.baihuawenyi.com
印刷: 唐山富达印务有限公司
开本: 640mm×910mm　1/16
字数: 260 千字
印张: 19
版次: 2021 年 1 月第 1 版
印次: 2021 年 1 月第 1 次印刷
定价: 49.80 元

如有印装质量问题,请与唐山富达印务有限公司联系调换
地址:唐山市芦台经济开发区农业总公司三社区
电话:(022)69383810　　邮编:301505

在阅读中优雅老去

二十岁时，第一次去凤凰，不为古镇美景，只为能与偶居夺翠楼的黄永玉先生见上一面。

时逢雨季，沱江奔啸，烟波微茫信难求。苦待数日，仍没能等到想见之人。

在清冷的雨丝中独自徘徊，满心失落。无意走进一家书店，里面尽是沈从文先生的文本作品。无处可去，只好在僻幽的角落里翻阅旧籍。而后，一发不可收拾。

回程当日，总觉有重要东西遗落城中，寻思许久，才跑去那条巷子的书店里买了本周身泛黄的《边城》。这本有着深蓝小印戳的《边城》，至今仍安躺于我的书柜里——它不仅使我在未果的行程中找到些许补偿，更让我在之后的时光无比怀念二十岁的自己。

再后来，兴许命中所定，真与书结下了不解之缘。不但自己看书写书，更领着诸多热爱文学的人走上了自己想走的路。

我经常跟学生们说，阅读是写作的命脉，只有不断阅读，才能保持创作角度的新颖和思维的敏捷。然而，阅读所赐予的，又何止是这些？

不管在何时何地，只要手中捧着一本书，心里便会觉得安然。书不但能排遣无聊的寂寞，将岁月的伤痛逐一缝补，还能把心灵淬炼成一块玲珑美玉。

一个爱书之人，必是睿智且沉稳的。遇事不惊，处之泰然。古人所说的“腹有诗书气自华”，便是这意思。

生命本就是一次有限的跋涉。一个经常看书和一个经常沉迷在网游世界的人，心灵绝对是不一样的。前者，往往更能体悟一叶一菩提的真谛。

书本所给予心灵的力量，是不可言喻的。十年寒窗，说的并不是读书人的艰辛，而是意在表述读书人的坚忍和不懈。试问，有多少人可以在寒窗下十年如一日地重复做同一件事情？

正如北大教授曹文轩所说：世间最优雅的姿态，就是阅读。不论静坐还是倾卧，甚至在厕所里，它都是最美的姿态。因为这样的人，通常都会从骨子里散发出一种极具亲和力的书卷气。

阅读人物，通晓历史，可以他人鉴知自己得失；阅读杂文，百味世事，可在辛言辣语中澡雪精神；阅读情感，温热肺腑，可居书香浓情里滋养心灵；阅读故事，体会人生，可于静谧岁月中倾情流泪……

每一种书，都是风景；每一本书，都是亟待窥破的秘密。

宋朝诗人黄山谷有一句名言："三日不读书，便觉语言无味，面目可憎。"这其中说的，就是每日读书的重要性。

本套系列图书，所遵循的就是这个简单的理论。通过遴选当下不同类型的精华文章，给读者送去不同的心灵养分——成长卷让你懂得如何珍惜青春，成功卷让你明白如何把握自己的人生，真情卷让你寻回本真的感动，感悟卷让你看到世界别样的美好……

为了能找到年度最精华的文章，为了给读者省去寻找的繁琐，我们几乎把本年度的期刊翻了个遍，邀请了二十四位中学生喜爱的作家，目的就是为了去其糟粕，取其精华。

这些作家的名字，不仅经常出现在全国各大刊物，还经常出现在各省市的中高考语文阅读理解试题中——我们的宗旨只有一个，就是为这个时代的读者，奉献好书。

但愿我们可以放慢匆乱的步伐，一起在欢愉的阅读中，优雅老去。

一路开花

二〇一八年十二月书于云南曲靖

目录

第一辑 不老的河

第二辑 成路的海

第三辑　独立的鹭

第四辑 瘢痕的果

第五辑 绽放的风

第一辑

不老的河

有一条沧桑的河，牙齿全都松动，流水不再灵巧，浪花不再锐利。但在儿孙遭遇到命运的石崖时，她依然纵身一跃，将从心灵中飞出的白发，化作千万丈白练，让孩子们腾踏而行，飞渡过乱石险滩、崇山峻岭。这条河就是亲情。亲情之河是不会老去的，她永远碧波荡漾，在人们心中奔流……

草帽是父亲的徽饰

草帽的世界,是一首温婉美丽的诗。

回首数十年前的父亲,虽然对父亲的容颜模样已不再十分清晰,但象征父亲精神家园的草帽,常常从麦梢的朝朝暮暮里走来。永远的父爱,携带阳光、汗水,蹚过我思念的河。

父亲是农人,戴着草帽,弯着腰,在土地上劳作,像极了身下的田地。因而,草帽是父亲的徽饰,也是大地的徽饰。

父亲对草帽一直都非常珍惜。那是三月天气,桃花、杏花次第绽放,花事正纷纷扰扰哄闹起来。田地里的麦苗儿,挺一挺身子,农人们听到了它们拔节的声音……

几阵春阳暖照,麦苗儿开始吐穗扬花,太阳的威力也一天比一天大起来。这时父亲说,是该去买一顶草帽了!父亲平时购买物什,对好与坏并不很在意,唯独对草帽的要求几近苛刻:一定得是麦子的穗秆儿编织的,因为这样的草帽一缕缕圈绕着,细密非常,也白亮得耀眼。

草帽买回后,父亲还要拿了细密的白布,给草帽的圈沿缝上,要缝上的还有帽肚儿,因为这些地方是最容易破损的。父亲说,先祖们为探索香甜的麦子,胼手胝足,甚或血迹斑驳。一顶草帽,一根根麦秆,编织着先祖们对美好的无尚向往，珍惜草帽，就是对远古祖先筚路蓝缕的敬慕，也是对现代农人们的尊敬。

但是，一顶草帽总也敌不过岁月的敲打侵蚀。雨来时，雨水敲响出流逝的音符，“噗噗噗”，草帽的韶华被敲得有几分苍老起来；收割间，火辣辣的太阳穿不透草帽的故事和寓言，却把帽檐敲出了龙钟之态……

要说的是，龙钟老态的只是草帽的形体，不老的却是草帽的魂魄。村人们都说，父亲是村里手最巧的。一天，父亲对我说：“清儿，和我一起去弄一些麦秸来。”是的，父亲要自己来编织草帽。对那些韧性十足的麦穗秆儿进行一番整理修饰后，父亲便拿起它们，像拾掇起一缕缕柔韧苍劲的时光，在手指间绕过来，绕过去，不到半天工夫，一顶草帽就编出来了。初始时，父亲编出的草帽还略显粗糙，编上几顶后，那草帽就非常结实漂亮了，嘀，简直就是一件精美无比的工艺品！

父亲编出的草帽，除了自己和家人戴外，大多数送给了乡亲们。要是乡邻们夸父亲“心好手巧”，父亲黝黑的脸膛上会绽放出璀璨的笑容，如同草帽把一朵朵含香的麦花，氤氲了父亲滴滴汗水和一瓣心香，回馈时光村落对父亲的濡染和滋养。

父亲编织出的草帽以特有的亲切、亲昵，在季节的轮齿中穿越一载载光阴，在乡人们的心灵中馨香着。那时乡村是大集体，一年天大旱，从春到夏，一连一百多天没下雨。有一天，天空中终于飘来了一大片墨一般的云，雨夹裹着烟雾滚落了下来。乡人们欢呼着！但不到一顿饭的工夫，云儿就如同孙悟空翻了一个筋斗，远去十万八千里。

雨过地皮湿，太阳又开始亮晃晃地炙烤着大地。乡人们这时要做的是如何保住这点儿雨水，让它成为墒情。乡亲们纷纷走进地头，人们知道，夏日下雨的时间太短，太阳又火暴地出来，上烤下蒸，人会感到更加炎热。但父亲等乡人们顾不了这些，在荒野之地，或泥水沟中，扯来青草覆盖于地表。可久旱之后，哪里能找到那么多青草呢？

此时，父亲将刚刚编织好的一百多顶草帽从家中一股脑儿搬到农田中来，戴在庄稼的根部，为减缓地里的水分蒸发，父亲甚或把头顶上的一顶草帽也摘了，光着头任凭烈日烤晒着……那一百多顶草帽就似一顶顶钢盔，抵挡住了烈日之箭矢的攻击，在太阳下闪闪发着光，宛然父亲闪光的心灵。

由此，在我幼小的心中，明白了父亲为什么一直喜欢与珍惜草帽，只因为草帽是一种荣誉，而唯有父亲才最有资格戴带村庄这无尚荣耀的徽饰。

父亲五十多岁时，在一次抗击旱魔中不幸去世，永远离开了他钟爱的家人、亲近的乡邻，还有牵挂着的麦浪。几十年后，我之嗅觉跨越时空的田垄阡陌，在父亲草帽的悠悠香味中寻觅。慈善美丽的灵魂是不是该在另一个世界羽化成仙呢？！时光洗去纷扬的尘埃，在对父亲的思念和祭奠中，我仿佛正摔打一粒宿在父亲草帽上的汗珠，这粒汗珠在往生石上开出了一朵朵芳香的麦浪花，宁静芬芳着人们心中的庙宇及圣殿。

父亲编织的草帽清香了大地宽厚的胸脯，把麦子的思想气息随着南来北往的风雨四处传送。于是，那一顶顶草帽纳吐了生命的亘远与辽阔，也芳香明丽着我对生命及人生的认识与感悟。

手掌里的清凉

“吱呀吱呀……”树上的知了如同比赛一般叫着。

树荫下，有一大一小两个孩子，大的约七岁，小的看来不到三岁。树下有几个用砖块砌起的礅子，大的孩子以砖礅当桌子趴在上面做着作业，小的也拿了一截铅笔在一张纸上胡乱画着。

两个孩子穿得都很朴实，不远处有一个工地，很显然，他们是兄弟俩，大的孩子放了暑假，由农村到这座城市打工的父母便从家里接了他们来团聚一些时日。

八月的这座小城本来就似一个火炉，加之一连几天天空中连云彩也很少有，从一大早就有阵阵热浪扑面。因为街道在这儿有了一个缺口，兄弟俩的父母将他们放到这里的树下，也就是希望有风从缺口处吹过来。

风就是一个淘气的孩子，特别爱恶作剧，越是酷热，它越是要把自己藏起来。弟弟大约是忍受不了那热，抓耳挠腮的，满脸通红，有汗水从腮上掉了下来。这时，哥哥好像变戏法一样，从树丫上拿出一把扇子。确切地说，那不是扇子，只是一小块三夹板，拿绳子绑上了一根小木棍当作柄。哥哥捏着那柄一个劲儿地给弟弟扇着。

是的，兄弟俩到这座小城已两天了。

哥哥扇起的风，将砖礅上的灰尘搅起，阳光从树叶隙罅间落下，就像一缕缕舞动的火，热热的风让兄弟俩感觉不到一丝儿凉快。这时，哥哥两眼直直地从街的缺口处望过去，他渴望有风吹过来，可是没有。

哥哥显得非常失落，他下意识地四处瞅着，眼光突然就落在了一个地方，那多么像一块侧立起来的池子。也许他的思绪的鱼儿已游回到了家乡，他们门前有一块池塘，不管多热的天，只要坐在池塘边树下的青石礅上，将双脚伸到水里，就会有一股透心的凉从脚下一直凉到头顶。

哥哥来到了那“侧起的池子”前，他是认识的，那是一块玻璃。下面是砖墙，玻璃有些高，他踮了踮脚，仍然够不着那玻璃。随之他“吭哧”“吭哧”搬来几块砖头，顺着墙根码起来，站在砖头上，他这下能够着了。他将双手贴在了玻璃上，然后又把整张脸紧紧贴上去。

这时，他突然想起了什么，赶紧将弟弟抱了过来，他要站到那码好的砖头上，可就是上不去，努力几次后，他放弃了，因为他明白，凭着自己的力量，是不能抱着弟弟到砖头上去的。

他想了想，将弟弟抱回到树荫下，把自己的双手在玻璃上贴一会儿后，赶紧去握住弟弟的手。几乎在两个多小时里，哥哥就一直重复着这样的动作。

直到快中午十二点了，在工地上做饭的母亲来叫兄弟俩去吃饭。哥哥的这一动作才停止。妈妈问哥哥：“孩子，你为什么要这样做呢？”哥哥说：“我不能让弟弟热着，再说弟弟要是热得哭了起来，会影响爸爸妈妈的工作的。”妈妈的两眼不禁红了，可哥哥似乎没看到妈妈的表情，只顾高兴地说下去：“妈妈，我知道阴处的玻璃会是凉的，想不到城里的玻璃会这么凉。"

妈妈本想告诉儿子:这玻璃之所以特别凉,是因为玻璃的后面,即屋子里有大功率的空调。可妈妈没有说,她相信能将一手清凉传递给弟弟,在这样一种情况下,心中想的是让爸爸妈妈安心工作的孩子,无论将来的日子过得如何,他都是人间最富有的。

爱是一掌清凉,有了爱,你就紧紧握住了当下的亲情,也一定能握住一辈子的幸福。

一位母亲是一座军营

一位母亲是一座军营，这座军营就一名战士：她的儿子。

让人心痛的是，战士常常把母亲当作训练的“靶子”，打得母亲鼻青脸肿。

儿子曾一直是母亲的骄傲。“保我版图方寸土，是谁青史千秋业”，打懂事起，儿子的理想就是做一名守疆护土、保家卫国、能青史留名的热血军人。1968年冬天，他终于如愿以偿入伍。

有梦的人生总会充满活力和激情，六年中他两次立功，从士兵直接提干。“弄喜音，鹊绕庭花”，每一次在喜鹊喳喳声中传来喜讯，都会让母亲禁不住流下喜悦与幸福的泪水。

然而，1974年春天，在执行一项特殊任务时，他不幸脑部意外受伤，得了乙型脑膜炎，这可彻底改变了他人生河流的方向。经抢救虽说性命是保住了，但从此行为失控，成为“躁狂型精神病”患者，经鉴定为一等伤残。

按规定，他可以留在部队医院免费进行疗养，也可按家人的意愿回到地方由民政部门赡养。可母亲不想麻烦国家，愿儿子回到自己身边。她就是鄂西大山深处五峰土家族自治县湾潭镇九门村的罗长姐，儿子名叫祁才政。那一年，母亲五十一岁，儿子二十八岁。

她相信母爱是最好的药，在她的调理下，原本英俊潇洒的儿子会有恢复的一天。儿子回到家后，她在自己七平方米的房间中，用木板隔出四平方米左右的空间，为儿子安上一张木床，开始了全天候的守护照料。

医生说祁才政的脑子是一片空白，不，军营的生活总会在他记忆的屏幕上闪现。只有听到相应的军号声才能起床、睡觉，母亲便买来有起床号、熄灯号的光盘，在早上六点和晚上十点定时播放。

"老亲白发五更心"，母亲可不能等到六点才起床，天还没亮，她便轻轻地来到儿子房间隔壁的一面木板墙边蹲了下来。透过木板中间的缝隙，她看见儿子要是仍在睡觉，便会安心地舒一口气。接下来，她慢慢地用竹竿小心地将满地脏了的东西钩出来，然后去做饭。

起床号响起，母亲来到儿子的房间，为他擦身、换衣服。与儿子的近距离接触也是儿子"大显身手"的时候，冷不防，儿子会来上一拳。他是在"训练"，军人出手讲究"稳、准、狠"，往往一拳打过来，母亲的身上不是青来就是紫。

只要靠近母亲，他往往会出手。一次，正半夜，他屙在了床上，臭气熏天，母亲赶紧过去为他清理。正给他擦着身子，他照准母亲的脸上来了一拳，不偏不倚打在她的右眼上，眼珠顿时突出来，剧痛的母亲倒在了地上。他还要打，母亲大声说："你怎么还打，我是你娘，是你亲娘！"他这才安静下来。这次让母亲的右眼从此失明。他还有时抓，抓得母亲脸上皮开肉绽；有时咬，咬得母亲手臂鲜血淋漓……

起床后，饿急了的他嗷嗷叫着要吃饭，可吃得好好的，把碗一扔；母亲再给他添上一碗，他再扔……有时一顿饭吃下来，往往两个小时过去了。他何以要摔碗？一次，母亲偶然把饭菜装在一只搪瓷碗中，他脸上有了笑容。母亲一下子明白了,儿子在部队吃饭用的都是搪瓷碗。

军品搪瓷碗在当地根本买不到,听说镇上一家商店有搪瓷碗,她便步行二十多公里山路,将店里三十多只搪瓷碗全部买回家。此后,听说有人出远门,她则托人去买军品搪瓷碗。

儿子爱吃大米饭,这也是部队留给他的“习惯”。可山沟里的土家人祖祖辈辈以高粱、玉米为食,不种稻谷。为攒钱买米,她年年都将全家的口粮卖掉一半。口粮不够了,她则领着其他孩子拔野菜、挖葛根作食粮。

日子一天天在起床号、熄灯号中过去。可有一天,母亲听到一阵“哒哒哒”的声音,一看,这声音是从儿子口中传出的,有当过兵的人说,那是出操号。

那一年,她以政府发给的抚恤金,加上自己另外筹了一部分,盖了一个比过去宽敞明亮许多的吊脚楼,是的,她要建一个“训练场”。她让木工师傅围着吊脚楼建起一米多高的木栅栏,于是形成一个环形跑道。从此,儿子几乎整天都在这个跑道上挥汗“训练”。

母亲说,儿子是一名军人,要活得干净整洁有尊严。她买了一把剪子和一把剃刀,学会了理发。儿子头发长了,她会选个天气晴朗的日子,找本彩色绘图的娃娃书,用鲜艳的画页分散儿子的注意力,然后隔着栏杆慢慢地靠近他,小心翼翼地给他理起发来。即使这样也极艰难,情况好的话,理完一次也得三四天,最长的一次足足理了七天。

母爱是堤坝,即使河水凶猛地冲刷,让它伤痕累累,它也要无怨无悔地护着那河水。那天,医生对她说,你常常被儿子打,他的头发这样难理,可以给他吃一些镇静药物。没想到儿子吃了药后竟昏睡了两天两夜,这让母亲心痛万分,哭着说道:“我宁肯被他打,再也不给他吃药了。”

这一守护就是三十五年，曾有医生预言，祁才政活不过四十岁，而今年六十二岁的儿子身子骨依然硬朗。母亲也已是八十五岁高龄，青丝变成一头银发。

“以前他打我，我还能跑掉。现在眼睛看不清，腿脚不灵便，他要追着打，我就躺在地上装死。等他走远了，我再爬起来。”老人说这话时，就像淡然地说着戏剧或电影中的台词。

可不是，五峰土家族自治县民族歌舞剧团排练的纪实舞台剧《罗长姐》，先后在武汉、宜昌等地公演，其母爱让天地为之动容。以罗长姐为原型的电影剧本《天下娘心》已获得国家广电总局同意，正在拍摄中。

罗长姐的事迹感动了千千万万人，她先后荣获全国双拥模范个人，湖北省“三八”红旗手，第四届全国道德模范候选人。更让人欣慰的是，前些时，失智已三十五年的祁才政终于喊出了一声“妈妈”，那声音仍在大山中回响……

因母爱，一位母亲就是一座军营。母爱永存，母爱的军营也会永远伫立在人们心中……

孩子的爱好可以转化为自信

一个孩子有爱好就容易出成绩，成绩能给人带来自信，自信却是一个人学习进步的根本动力。

大概谁都喜欢懂礼貌、文文静静、学习认真成绩好的孩子。知名教育家、新东方创始人之一的徐小平有两个孩子，他的大儿子徐超学习成绩一直很好，小儿子徐赶的成绩一度不怎么样。从上小学开始，徐小平总会对小儿子加以引导：眼前在学校里一定要读尖子班，将来念大学时必须上名校。可徐赶对父亲的“名校情结”并不看好，一天他问父亲：“如果上了你说的名校，但是不开心。那上名校还有意义吗？”

徐赶的话一下子将徐小平内心的一根弦击中了，因为徐小平的教育理念就是“让孩子自由自在，开心成长，这样的孩子将来才一定有出息”。徐小平还说，倘若把18岁之前的人生都叫作童年，一个孩子即使达到了家长所谓的成功标准，但整个童年都不快乐，就像是服刑一样熬过来的，人生四分之一就白活了！

由此，徐小平不再在徐赶耳边唠叨什么上“尖子班”“名校”了，但徐赶那成绩不好的滋味也不好受，就有那么一段时间徐赶情绪整天不佳，甚至走路也低着头，放了学就闷在家中。一天，徐小平对他说：

“徐赶，你要多出去交朋友。喜欢交朋友，受人欢迎，这样的个性对你的今后会有帮助。在一个团队中，别人就会喜欢你，愿意成全你，给你机会。”

徐赶觉得这样整天无精打采地待在家中也不是一个办法。果然，在与人交往中，他变得活泼开朗了。特别是在10年级的时候，他的那种热情好动的潜能彻底爆发出来了。不过令徐小平没有想到的是，徐赶居然迷恋上了音乐，迷恋上了街舞。徐赶的兴趣曾一度刺激着徐小平的神经，尤其当徐赶第一天告诉父亲，他要学街舞时，徐小平竟有几分不开心，甚或以为徐赶这样的选择简直就是丢人。因为徐小平宁愿自己的孩子是跳芭蕾的王子，也不喜欢他是街头的霸王。

不过，徐小平的思想很快就转变了：“我们面对的是有独立人格、独立思考的孩子，必须尊重他们。我对他们最大的期待，不就是希望他们快乐幸福嘛！”于是，徐小平给了徐赶钱让他去上街舞课，后来索性请韩国老师来到家中教他街舞。街舞使得徐赶拥有了自信心并焕发出极大青春活力，学习成绩也慢慢上来了。

后来徐小平发现徐赶的街舞跳得激情有余，却韵味不足，很难成为优秀舞蹈家。于是徐小平对他循循善诱，刻意带领他参观了美国的一些大学，让他感受到大学的氛围和吸引力，最终使得他放弃了以跳街舞为职业的人生定向。

徐赶放弃专门在家学习舞蹈愿意上大学了，可他又有了一个新的梦想，这就是将来上一流的烹饪大学，做一个烹饪大师。有一次，徐小平陪徐赶办理入学手续，在众多的选修课中，徐赶竟然选择了烹饪班。徐赶的这一次选择也让徐小平感到惊讶。但惊讶也只归惊讶：这样的爱好也并不比跳街舞差啊！如果徐赶在这方面确实有发展前途，说不定能搞出一个比肯德基、麦当劳、星巴克更好的企业，能创造一个新的流行品牌呢！想通了的徐小平很热情地说："徐赶，我一向支持你发展自己的爱好，走，我们去报名！"

假日里，徐赶和同学们出去玩，带着烤箱。拉风，做野炊，非常受同学们的欢迎，让他更是充满了自信心。特别是有一次，他们家中的保姆请假回家了，徐赶将在烹饪班学到的知识加以运用，居然一个人给全家做出了色香味形俱全的六菜一汤。当一家人吃得开开心心时，徐赶憧憬着自己将来快乐幸福的日子，也就更为积极乐观。

当然，最后徐赶发现如果只是将烹饪作为调剂生活的一种佐料，这样对自己的人生会更有好处，他同样也没将烹饪定位为终生职业，而是在哥哥上了耶鲁大学后，他又上了纽约大学经济学院。

在大学里，徐赶除了是大学街舞队的队员，时不时为同学们捧出一份精神大餐外，还经常下厨露一手，为伙伴们奉献出一份物质大餐。在同学们的"叫好"声中，同时他也得到同学们的一份尊重。

徐小平在家庭教育上的经验是：孩子的好奇心、好学心，是人类最伟大的天性，只要不是恶习，就应该鼓励。

一个孩子，爱好舞蹈，或者烹饪什么的，作为家长应该欣赏着。尽管你也许觉察到，他们并没有显示出巨星的特征，但这没有关系，鼓励孩子自由发展，鼓励他们追求自己的兴趣。不知不觉，孩子的兴趣可能会改变，而爱好所出来的成绩让他们找到了自信，人生的方向也就会一点点找到了。

这也许走的是一种曲线，但好的教育从来都是春风化雨、曲径通幽的……

·爱的长征

2011年5月初的一天，一大早，饥肠辘辘的他拿起水壶喝了一口水，就又匆匆赶起路来。没走多远，一个十字路口出现在了他的面前，究竟哪一条是自己要走的路呢？

怕耽误路程的他十分着急，这时刚好有一个中年人走过来，他鼓足勇气拉住那人，问：“叔叔，怎么去广州？”

他叫骆伟科，1998年出生于广东省河源市龙川县车田镇坪塘村。他之所以急切切地要去广州，只因为他妈妈得了重病，他要挣钱为妈妈治病。

那是2011年4月25日下午，正在文昌中学念初一的他从学校回到寄住的小姨家，刚刚走到门口，就听见小姨在打电话，只听小姨哭着说：“什么，倩萍，你妈妈快不行了？你不要哭，我们努力想办法，看能不能凑到手术费。”他的心倏地往下沉，骆倩萍是自己的姐姐，妈妈到底得了什么病，这样严重？

原来，他的爸爸在两年前患脑溢血不幸去世，2010年，骆伟科要上初中了，家中更是捉襟见肘，正念着初二的姐姐不得不辍学跟着母亲到深圳做保姆。她们让上初一的骆伟科寄住在小姨的家。

母女俩憧憬着，凭着两人辛勤劳动，为聪明懂事、学习刻苦的伟科创造出一定条件，一定能让他以后为他们家撑起一片蓝天。然而，命运的风暴却再度向他们家袭来。

2011年2月初，母亲频频出现头晕、眼花等症状，一见到亮光就呕吐，在离妈妈不太远的一家人家做保姆的骆倩萍得知消息后，赶紧带着母亲去医院检查。医生的诊断让她们如晴天响了一个霹雳：母亲得的是脑瘤。如要治疗，起码得30万元。

30万元对于他们家来说，无异于一个天文数字。母女俩在医院门口一阵抱头痛哭后，只得返回龙川县老家。为了让伟科安心读书，母亲要女儿一定将自己生病的事瞒着他。没承想，姐姐一个电话就让弟弟心中极度慌乱起来。

当晚，伟科向小姨告辞，连夜回到了妈妈身边。看着母亲消瘦蜡黄的脸，有一股豪气在他胸中顿时升腾起来：自己是家中唯一的男子汉，一定要挣钱治好妈妈的病。

但毕竟自己只有13岁，能做什么呢？他突然想到，上街擦皮鞋，这是小孩子能做的事。可三四十万元，得擦多少双皮鞋？但他知道只要向前迈进一步，离自己所要的目标就近了一步。

这一想法虽说让他很无奈，但也令他激动。很快他又有了一个想法，要挣钱就得到大城市。而离他们家近一些的大城市就是广州。他要去广州擦皮鞋！

2011年5月初的一天下午，他从学校回到家，走到妈妈床头，拉起了妈妈的手："妈，我得走了，我去赚钱为您治病。"母亲知道他是一个孝顺的儿子，已给他做了这么长时间的工作，自己再怎么阻止也是没有用的，她只得含泪看着儿子。这时，伟科又想起了什么，他从身上掏出20元钱放在妈妈枕边。

这段时间，为了给妈妈治病，他一边上学，一边起早贪黑去拾矿泉水瓶子、铁钉什么的，也就积攒了30多元钱。他把20元钱放在妈妈枕边后，犹豫了一下，又将手伸向口袋，将剩余的钱全部掏了出来，也放在了妈妈的枕头边。

他再次深情地看了妈妈一眼，这时，他看到妈妈眼中盈盈的泪水，自己不得不狠狠心，一转身，向门外走去……

这是一场毅力的长征，爱的长征！

第一天，迫切想赚钱的骆伟科走得很急。尽管背负着被子、水壶和擦鞋箱，有十多公斤重，5月的白天已经很热了，他走得浑身都是汗。可他一点儿也不敢放慢脚步，走到晚上10点多钟，他足足走了30多公里。

第二天早上，走了一会儿，他便来到了那个十字路口。

当那个中年人听了他的问话，觉得他的话挺好笑的："去广州，当然是要去火车站坐火车啊！"他急了："叔叔，不是这个意思，我……我手中可没有钱啊！"

那位中年人顿时警觉起来："你是离家出走的吧？孩子，你可不能这样做啊！这样，会让你家人着急的，赶快回家吧！"他涨红着脸，不知说什么好。那位叔叔又说："要不，你把家中的电话号码告诉我，我打电话给你家人，让他们来接你……"说着，那人还怕他趁机跑掉，紧紧拉住他。

于是，他只得将自己去广州擦皮鞋为妈妈治病的实情告诉了中年人。听了他的话，中年人非常感动，给了他20元钱。在那人的指点下，他踏上205国道。

凭着那20元钱，每天他可以买几个馒头充饥了。无论怎样节省，几天后，他终于又断炊了。

一天中午，饿得前胸贴后背、虚弱不堪的他再也走不动了。他打算坐在路边的树荫下休息一会儿再走，这时，有一辆拖拉机从后面开过来，停在了他的身边，好心的司机问清缘由后，感动得竟然掉下泪来，说："看你饿成这样，先去吃饭吧！"

在路边一家小餐馆里，他狼吞虎咽地直吃了三大碗饭。"你太累了，我捎你一段吧！"听了司机的话，他感激地上了车。到了一个岔路口，司机说："我就只能捎你这5公里路了。"说着，司机掏出了身上仅剩的60元钱，递给他："你拿去坐车吧！这样也会在路上少遭一些罪。"临别时，他对这位好心人千恩万谢。

他哪里舍得花那钱，他想到的是，每一元每一角钱都是妈妈生命的希望啊！

2011年5月28日晚，在经过20多个昼夜的风雨兼程后，骆伟科终于完成脚底下的长征，来到了广州白云区。可挣钱为母亲治病的"长征"之路又将是何其漫长啊！

擦鞋的第一天，他挣了30元。他想，待有了经验后，一天一定会挣上100来元的，挣满1000元，就给妈妈寄去。可转念一想，他又忧心忡忡，他怕母亲等不及啊。然而，到第四天，事情就有了重大转机。

那天，一个热心的拍客见他装束怪异，身体羸弱，却极为用心地在擦皮鞋。凭着做拍客的敏感，他认定这个小男孩身上有故事。在通过给文昌中学去电话，核实到骆伟科的情况属实后，这位拍客决心缩短骆伟科"长征"的路程。

拍客将骆伟科徒步近千里到广州擦皮鞋挣钱救母的事迹用DV拍成视频，一边传到网上，一边传给广州各媒体。骆伟科的事迹经新闻电视台播出和报纸报道后，整个羊城被感动了！

2011年6月7日，广东三九医院徐院长派出了救护车将骆伟科的妈妈接到医院救治;广州市民也纷纷伸出了援助之手,截至2011年7月13日,爱心人共同捐助了29万元。6月11日,三九医院已为骆伟科的妈妈做了手术,目前他妈妈的身体正在恢复中……

长征是宣传队,长征是播种机……骆伟科爱的长征一路走来,一路得到那么多人的关心和帮助,相信凭着这爱的种子,一定能让爱在千千万万人心中长成参天大树……

让孩子学会与人相处

张亚勤9岁小学毕业，12岁考入中国科技大学少年班，23岁获得乔治·华盛顿大学博士学位，31岁成为美国电气电子工程师协会百年历史上最年轻的会员，38岁成为微软全球副总裁。他在教育孩子上也有许多过人之处。

张亚勤有一个女儿和一个儿子。他认为，在这个告别了个人英雄主义的时代，一个人必须具备团队协作精神和与别人沟通的能力。因此，于孩子而言提高他们与人相处的能力才是第一重要的。

提高孩子与人相处的能力，其品格又是最根本的。打孩子很小时，他就有意识地培养孩子具有正直、善良的品性。在孩子们一岁多时，他就和妻子汪健带着孩子去福利院，他们会帮助孤寡老人们换被子、洗头发，让孩子们在耳濡目染中拥有一颗关爱人、帮助人的心。

一年春节，两个孩子还很小，全家去外地过春节。那年冬天很冷，他们看到一个老婆婆在寒风中瑟瑟发抖，面前放着一个纸盒子。女儿苏菲问："老婆婆在干什么？为什么她这样老了却没有人照顾她？"张亚勤解释说："老人在乞讨，因为她很穷，没有收入。"苏菲与弟弟博然商量了一下，把自己身上所有的钱掏了出来，放在老婆婆的手里。父母见状，直夸两个孩子心肠好！说着张亚勤也给了老人一些钱。

善良的秉性已在孩子们心中扎下了根，到10多岁时，孩子们也去做义工，或去聋哑学校与孩子们交流，或去农民工子弟学校教英语。苏菲甚至和同学们到过云南一周，给当地老乡盖房子。

好心肠是与人好好相处的前提，但也要练好与人交往的本领。在张亚勤看来，会说、会写、会演讲，比起数学来却重要得多。因此他有意识地培养孩子们的阅读习惯，让孩子多读一些文学书，家里到处都摆放着书，随手就可以拿来读。

交往本领是要边学边实践的，除了让孩子们读书外，他还尽可能地鼓励孩子们出去与小伙伴们玩。他还特别信奉“读万卷书，行万里路”，每年他们夫妇俩都会抽时间带着姐弟俩去全球各地旅行，在旅行中学会与人交往。

张亚勤一直非常尊重孩子们的选择，总和孩子们平等交流，因此两个孩子兴趣广泛，花在音乐和运动上的时间比学习书本知识的时间更多。和儿女平等相处，尊重他们的做法，并不等于无原则地迁就。但他的处罚很少使用暴力。他说那是女儿在上幼儿园时一次受到的启发。

那时，他们一家人在美国，一天幼儿园的老师带着孩子们滑冰，苏菲滑了一会儿，也许是感到累了，也许是懒劲儿上来了，就停下来躺在地上。老师也滑了过来，没有斥责，甚至没有说话，只是拿出了一支粉笔，照着苏菲的身形在地上画了起来。小朋友都觉得有趣，围着苏菲嘻嘻哈哈笑了起来。苏菲觉得不好意思了，赶紧起身又滑了起来。老师的处理方式让他眼前一亮：“这可是多么幽默诙谐的方式啊！”

打那起，在孩子做错事后，他要惩罚，也做到尽可能不那么伤及孩子的自尊心。比如本来一周可以玩5个小时的游戏，孩子犯错后，或许减少到两个小时；原本每周可以去朋友家玩一次的，也可能会取消。

他从来不无原则地迁就孩子，但也并非让孩子们哪怕是有一次盲从，纵使是老师对孩子们的批评与处罚。

儿子博然10岁时，学校一次上计算机课，3个人一组。一个同学在计算机上写了一些骂人的话，3个人又凑上去看，还爆发出一阵笑声。老师非常生气，把3人分别叫去，询问他们在做什么，博然不肯说同伴做了什么。这下老师更火了，他让博然2周内不再上计算机课，并写检讨承认说谎。

当博然向爸爸说起了这件事情后，张亚勤并不赞成老师的观点，不认为博然说了谎：孩子在背后不揭发别人是应该支持的，动不动揭发人是一种非常令人讨厌的行为。但老师坚持认为不说话就是撒谎。在与老师沟通无果的情况下，他又去找校长，校长也认为老师的做法不对。

然而，张亚勤还是让博然写了检讨，不是让儿子检讨说了谎，因为他认为在这件事上孩子也是有错的：同学在做不好的事情时，可以选择不参与，也可以选择制止，也可以选择走开。他既让博然写了检讨，而且原定双休日带博然到海滩公园去玩的活动也被取消。

在处理这一类问题上，他说："无论是家长还是老师，都不能用强权去压迫孩子，只有跟孩子讲明白，让他心悦诚服。否则，孩子以为权力是可以这样来使用的，一旦他有了权力后，也可以像这样滥用权力去对待别人。"不过，张亚勤也并非什么事情都得让孩子如此较真。

有一次，女儿苏菲参加了一次辩论会，可觉得老师给的分数很不公平。他对女儿说："或许老师有不同的视角，或许就是不公平。世界也有这样的一面，并非你以为的不是黑就是白。对于辩论这样的事，既有它客观的一面，但更有主观的一面，在这种情况下你也许要接受'不公平'。万一你不愿意接受，你可以找老师诚恳地去沟通，用你的观点去说服老师。”苏菲去与老师沟通，老师果然不太赞成她辩论的观点，她也就把这件事放下了。

两个子女在张亚勤的教育下，健康成长。

儿子博然11岁时就会弹得一手好钢琴，还会拉大提琴，是学校乐队的骨干。他还喜欢踢足球、打篮球和网球，是个小体育健将。

女儿苏菲17岁时，钢琴获得市、州里的大奖；辩论尤其出色，在参加高中生辩论比赛中，获得了亚太地区冠军。更值得称道的是，她居然花3年时间写了一本类似《哈里·波特》的小说，被一家出版社看中后出版了。她还为《英语学习》杂志写专栏。

张亚勤还将自己教育孩子的体会归纳为5点：第一要让孩子有一个健康的心态，第二要有良好的修养，第三要有正面的影响力，第四要不断挑战自己的极限，第五要充分体验人生。

学会与别人相处，其实质就是学会如何做人，一个在做人上能让人信得过的人，人们会乐于与其交往，这样也就有了向心力与凝聚力，其事业与人生就不难获得成功。

亲情永远是接纳

对于别的孩子来说，父亲那高大暖和的肩头，还有那宽厚温软的背，就如同自己家门口的路，或家中的沙发，随时随地都可以亲近享受一番。可这些对于他来说，却是那样的遥远与陌生。

直到2003年，15岁的他在杭州的大关中学念初二时，他才有了一次被人背着的经历。那时，他寄宿在杭州的湖野路卖鱼桥附近一户徐姓人家，徐家的孩子已工作了，一家人对他非常亲。

那是春日，一天下了很大的雨，路滑难走，徐大伯说，我今天背你上学。当他趴在徐大伯的背上，那贴肤亲切的感觉，让他的眼泪如同那纷纷扬扬的雨水，幸福而恣意地流淌着，他这才知道世上还有这么一道令人刻骨铭心温暖的风景……

他叫江建，从记事起，他就有些不明白，跟他一般大小的孩子为何都姓江，后来才知道，他们生活的地方叫福利院。让他心灵最为震撼的是，一天，他们一班小朋友跟随老师走出福利院，听到街头上的小孩子“爸爸”“妈妈”叫着。他顿觉纳闷：福利院的小朋友们怎么就从没有人叫“爸爸”“妈妈”呢？那时他才知道他们是群孤儿。

稍微长大的他明白，有的孤儿是父母家人遭遇不幸，便只剩自己一人；有的则是由于各种原因被父母遗弃。可潜意识里，他认为自己的父母还活着，他要好好学习，做一个努力上进的人，让父母能接纳自己。

自从有了徐大伯一家人对他关怀，特别是徐大伯让自己趴在他那如大山一般的背上，温暖地行进在风雨中，让他感觉到父母亲情就是一座巍峨的山。也许他的家远隔千里，可家就是延绵不断的思念，他要让这思念在某一天变成为一个现实的家。

2008年9月，20岁的江建被江南专修学院计算机应用专业录取了，随着录取通知书送到他手上的，还有他生活了18年的杭州市第一社会福利院一直封存着的他的一份身份证明。那是装在一个档案袋中一块发黄的白布和一张褪了色的红纸。

白布上写着："我是南方陈家村人。今年阴历十一月下旬孩子患小儿麻痹症，在当地医院治疗至今，共花去1000多元。今天我们做父母的实在是走投无路，再也没钱为孩子治疗。眼看孩子终身留下残疾，所以将孩子托付给国家或做慈善的人抚养。如果能使孩子生存下去，并给孩子解除一点儿痛苦，我们做父母的死也瞑目了，来世再报恩德。"这时他才知道自己原来姓陈。他又展开红纸，那上面竖写着：陈家孩子，一九八八年五月廿六日未时瑞生。

这份证明是1990年1月12日，江建被遗弃在火车站附近时，被人和他一起送到福利院的。面对这份证明，他的感情是复杂的：自己是被遗弃的，意味着父母有可能还活着，也就还有与父母团聚的一天；可他又暗暗生出一丝恨意，自己身患小儿麻痹症，父母就不要他了。那他是否还要去找父母呢？

转眼间就到了寒假期间，江建去看徐大伯一家人。他在徐大伯家待了两天，徐家人看出了他的心思。于是江建将那白布与红纸拿出来给徐大妈看。徐大妈边看边哭，对他说：“这上面写的你家当时的情况一定是真实的，但凡有一点儿办法，你的父母怎么可能丢下你不管？建儿，你不能怨他们，这些年，他们心里一定比谁都难受。”

徐大妈的一番话，让他心中的雾霾一下子散去了，他相信父母一定在世界上的某一角落盼望着他回到他们的身边，他心灵的深处萌生了回到父母怀抱的情愫。可天下之大，归家的路又在何方呢？

2010 年 5 月，江建入选浙江省残疾人射箭队。2011 年 6 月，他在全国第八届残疾人运动会提前举办的男子复合弓箭 50 米单轮赛中，以 36 箭 327 环的优异成绩摘得首金，并在其他项目上获得两枚银牌。

三度走上领奖台，他却没有其他领奖人满脸阳光般灿烂的笑容，因为他内心渴望是父母为自己喝彩，可父母又在哪儿呢？不过，他知道，只要父母还在世上，人们的鲜花与掌声一定会铺起一条回家的路。

2011 年 10 月 17 日下午，杭州江南专修学院为江建举办庆功会。他的获奖感言是：“爸爸妈妈，如果你们还健在的话，我希望和你们重逢。这 22 年来，我一直在想念你们，我爱你们！带我回家吧！”江建的感言让人感动不已。

当天，一张有关他身份证明的影印件及寻找父母家人的帖子贴到了微博与网站上。在短短的两天时间里，帖子被转发及评论就达到近 10 万次之多，江建微博的粉丝陡增近 5 万；当地广播、电视和报纸也纷纷报道了江建寻亲的呼声。

2011 年 10 月 20 日清晨，江建的手机欢快地响了起来，他立即接听，果然是喜讯：“江建，你的生身父母找到了！他们已经来到了学校！”江建赶紧起床往学校去。

在见到父母的那一刻，头发已花白的父亲陈叔国泪水在脸上肆意流淌，母亲余丽辉则号啕大哭。母亲边哭边说：“当年离开车站后，无奈的我们还是很快就后悔了，但回转时你已被人抱走了。此后，我们几乎每年都要到杭州找你一次或几次，每次有亲戚来杭州，我们也会托他们帮忙打听……”听到这，江建失声痛哭：“爸爸妈妈，我知道你们的难处，我不怨你们……”

哭够了，父亲说：“阿建，我们回家吧！这些年让你吃苦了！”父亲说着喜悦中也难免有一些愧疚。离开福利院下楼梯时，妈妈说：“阿建，让你爸爸背你！”

江建没有犹豫，他哪里会犹豫，当年徐大伯背他时，那种温暖的爱如今依然在他内心深处悸动与柔软着。如果说徐大伯的背是大山，父亲的背就是大平原，一个是那样令人仰止，一个令自己的心变得是如此广袤无垠……

不要说他以这种不犹豫，给自己、给亲情一个自然而然亲密无间的机会。亲情从来就是一种宽厚，永远是一种期盼与接纳……

·母爱是女儿生命中的坚强心音

女儿小夏孟出生后的那一刻，她看着女儿一双明亮的眼睛，心中就宛然有璀璨的星星在升起。是的，女儿就是她的一片天空，她真希望这片天空永远风和日丽，明净和温暖着自己的心。

然而，这片天空就是风雨阵阵。女儿出生没几天，就患上了黄疸病，治疗一个星期后，黄疸症状才消失。从医院回到家中，小夏孟总哭闹不停，吃奶量也很少，不到正常婴儿的四分之一。她抱着女儿再次来到医院，结果检查出女儿得了喉炎，半个月才治好。岂知两个月后的一天，小夏孟突然又吐出了几口鲜血，医院诊断这次得的是肺炎。一直住了两个月的院，小夏孟才康复。

这个不省事的孩子，自从出生以来，简直就一直在病中打着滚！尽管她与丈夫整天小心翼翼的，女儿的身体却一天比一天虚弱，以致后来连奶水也吮吸不动了。她只好买了最好的奶粉，加上米粉，拿开水调成糊糊，用小勺子一点一点喂女儿，可女儿还是吐出来得多，吃进去得少。

1987年冬天，一天深夜，小夏孟从睡梦中醒来，低声哭了几声后，竟然呼吸急促、脸色发青、手脚僵硬。她和丈夫赶紧将女儿弄到医院急救，这次医生告诉她，小夏孟患有先天性心室间隔缺损。夫妇俩一下子明白了：女儿之所以一直多灾多难，原来心脏病才是罪魁祸首。

医生告诉他们，这种病不说做手术很难从手术台上下得来，即便手术成功，也活不了多少年。她想，既然这样，没有必要让女儿担风险做这没有太多意义的手术。她要另辟蹊径，为女儿求得一条生路。可路又在哪里呢？

女儿三岁多时，和同龄的孩子比起来，却要乖巧、懂事得多。由于女儿呼吸急骤，嘴唇动不动就发紫，妈妈只能让女儿不要过多活动。于是，小夏孟就像一只温驯的小猫一样成天缩在家里。

一天，小夏孟对母亲突然轻轻说了一句："妈妈，我真不想死。"这句话犹如一声惊雷，不禁让当妈妈的她泪雨纷飞……其实，这两年多来，为了让女儿有条生路，妈妈何曾睡过哪怕一夜的安稳觉！作为做影视编剧的她，在有关心脏病的治疗与护理上，于理论上似乎比许多专业人员还要懂得多。这可是熬了一夜又一夜，看了一本又一本大部头的相关书籍得来的啊！特别是在睡着后，她也似乎还睁着一只眼，因为她总担心一点点疏忽会危及了女儿的生命。

一天晚上，睡觉中蒙蒙眬眬的她突然想起了什么，她轻轻起床，又看起了医学书籍。突然，有一种想法在她的头脑中明晰起来：医书上不是说，一切皆会归于平衡。女儿的心脏上有一个洞，而这个洞的产生只因为女儿早产一个月……

第二天一早，她就来到医院，对医生说出了自己的想法："我们要使劲给女儿吃，把女儿喂胖了，那个洞不就有希望补起来了吗！"医生觉得她的这个想法太离谱了，可她坚持认为：先天不足后天补，这本身就是一种平衡。

1992年春节前，她决定对女儿进行"增肥疗法"。她去书店买回一大堆菜谱，每天起早贪黑，花三个多小时进行悉心研究，并结合膳食学，变着花样为女儿做好吃的。面对一大桌子色香味俱全的菜肴，女儿总会乐滋滋地说：“妈妈做的菜真好吃。”小夏孟很快就被母亲喂成了一个小胖墩儿。

1993年9月，女儿嚷着要上学，妈妈也就让女儿入读了长乐路第一小学。为了减少孩子的运动量，她每天都要背着女儿上楼下楼。当时，小夏孟的体重已三十多公斤，她每次都背得气喘吁吁。一次，她把女儿背进教室，下楼时，突然两眼一黑，竟然顺着楼梯往下滚。由于她和丈夫既要忙为孩子挣治疗费用，又要丝毫不放松地照顾好女儿，那几天她的身体实在太虚弱。好在她在滚动时被人及时发现，没有对身体造成大的伤害。

为了有奇迹出现，她不曾停止过探索和试验。一天，她从一本书上看到弹钢琴有助于心脏患儿的康复的介绍后，她果断地拿出与丈夫仅有的一点儿积蓄买了一架钢琴。没有多少钢琴基础的她现学现辅导女儿。没多久，小夏孟学会了贝多芬的《命运交响曲》，每次演奏，那种令人震撼的旋律都会让女儿感觉到有一种力量在身体中涌动。

女儿的命运终于迎来了朝霞满天的时刻。1994年11月的一天，她照例带着女儿去医院体检。连医生也难以相信，小夏孟的心脏部位形成了一个小小的膜部瘤，也就是说，出现了初步愈合的迹象。此后，她又忙着给女儿大幅度减肥。

1999年年初，她再次带着夏孟到医院体检，女儿心脏回流现象竟然神奇地消失了。几位心脏学专家一起会诊，正式宣告夏孟的心脏病已经痊愈。

是的，这位妈妈就是孟朱。

2003年，夏孟成了北京医科大学附中高二年级的学生，已出落成了一个身高162厘米、体重接近50公斤的美丽女孩。

在女儿与命运抗争的路上，妈妈多年来表现出的坚韧和顽强，使得夏孟的“生命交响曲”也演奏得格外铿锵有力。

2004年高考临近，听说影视工作更具挑战性，夏孟一定要报考北京电影学院。她和已是知名导演的丈夫要为女儿打通一些关节，此举却遭到了女儿的强烈反对：“不要你们帮忙，我要自己试试身手……”这年6月，夏孟从五千余名考生中脱颖而出，成为北京电影学院导演系的一名新生。

2006年1月，夏孟放寒假，父亲夏钢正在拍摄28集电视连续剧《荀慧生》，她特地请求父亲：“我要吃住在剧组里，扎扎实实接受锻炼。”经不住女儿的软磨硬泡，父亲终于同意了。女儿在剧组的表现引来一片称赞声。

2008年6月，夏孟以优异成绩从北京电影学院毕业，被中央新闻纪录电影制片厂聘为导演。人们说，夏孟太坚强了，哪里像一个曾多年生病的人！她跟随剧组天南海北地跑，饿了，啃几口面包；渴了，喝几口山泉水……

2011年1月，由夏孟导演的电影《姐妹》经观众票选，入围了第四届“全球华人短片大赛”20强，并有望角逐数字电影年度大奖。

夏孟曾经写道：“古有女娲‘补天’，今有妈妈‘补心’，妈妈的爱洒在天上是点点繁星，落在地上是女儿生命中的坚强心音。妈妈的爱陪伴着我走过青涩的青春岁月，一路收获诗情画意……”

即便世界有太多的缺憾，母爱也能让生命的天空响起一片激越的心音，使得爱心与坚强所点亮的光华在人类的夜空中永远照耀闪烁，让世界变得更加明丽圆满起来……

爱孩子是一种“埋伏”

那年“六一”儿童节，女儿婉晴要去参加幼儿园组织的演出，婉晴对爸爸说：“你可要把我送到演出地点哟，别的爸爸妈妈都是这样！”可他说：“你上学，爸爸妈妈从来没送过你，这次也是不会破例的。”女儿不再说什么也就独自走了。

婉晴这次要走过的比起上学的路来要复杂得多。父母到底有些不放心，两人经过商量后，妈妈张京对女儿说是去买菜，其实是“埋伏”在楼下，待女儿去演出地点的路上，悄悄跟在后面。

是的，在教育孩子上，他们总是如此让爱不外露，这样将爱“埋伏”着。他们就是张伟平夫妇。

张伟平是张艺谋的“御用”制片人，收入颇为丰厚，可在孩子们面前他从来不“露富”。女儿婉晴两岁时，儿子皮蛋出生了，张伟平严格按照“老大新，老二旧”的传统，将女儿用过的诸如尿布、奶瓶、摇篮等拿过来给儿子用。

婉晴和皮蛋姐弟俩出生时，张京的奶水不够，同事们的孩子吃的都是进口奶粉力多精等，80 元一罐，却只能吃 3 天。在拍片时，张伟平得知离家 12 公里的地方是一个奶牛场，他找了奶牛场的老板，谈好每月给200元。从此他准备了一个暖水瓶，每天起早骑着摩托车去取奶，那奶带回家时还是热乎乎的，正好给孩子吃。

为了锻炼孩子们的毅力，增强体质，张伟平还坚持每天带着孩子们跑步，或去登山等。随着孩子们的运动量越来越大，需要有营养跟上来，这时他也会给孩子们买鲍鱼、燕窝什么的。但他知道婉晴、皮蛋的同学常常对他们说起鲍鱼、燕窝是挺贵重的东西，那些孩子们说起这些时无不带着一种炫耀的口吻。因此，张伟平即便给孩子吃这些东西时也一定要"打埋伏"，比如鲍鱼烧好后便说是蘑菇，孩子们也当作蘑菇吃；鱼翅会加点儿火腿炖汤，姐弟俩一直以为是粉丝；晚上有时一人一碗燕窝汤，他们一直当作是银耳羹。

姐弟俩从没吃穿过"值得向同学们夸耀"的东西，也就难免会受到奚落，同学中有人说姐弟俩的爸爸妈妈其实是不爱他们的。这时，他们就会用事实加以反驳——这事实是他们从邻居阿姨口中得知的：姐弟俩上学放学时父母从来不接送。由于他们家离学校是一片开阔地，站在自家阳台上用望远镜就可看到他们的操场，所以父亲总会打听姐弟俩什么时间有体育课。到了孩子上体育课时，父亲就会拿了望远镜站在阳台上充满爱意地瞧着。说完，他们会问同学："这样的爱难道不是很深沉、很感人吗？"

姐弟俩的衣服一直是张伟平买，买得最多的是班尼路之类的普通品牌，他认为，衣服就是用来暖身子的，穿在身上只要暖和就行。儿子过10岁生日时，张伟平破天荒地花400元为他买了一双耐克鞋，儿子高兴得竟然欢呼雀跃起来。一会儿，他禁不住问爸爸，买了这么贵的鞋子家里还有生活费吗？儿子的话直说得妈妈的眼圈都红了。

尽管他们"埋伏"得很深，可在婉晴和皮蛋会上网后，他们的家境到底让孩子们知道了——原来老爸竟然是一个大老板。担心孩子们滋生大树底下好乘凉的思想，张伟平一天将姐弟俩叫到跟前，很严肃地对他们说，如果你们没有出息，是只会花钱不思进取的败家子，他就会立下遗嘱，到时，你们一分钱也拿不到。他同时还告诉孩子们是否有出息的标准：有出息并不是赚到了多少钱，只要能拥有一份适合的职业，能勤勤恳恳工作就行。

父亲说完后，婉晴、皮蛋说："爸爸妈妈这么多年来的良苦用心我们能懂，就是不让我们成为人们所说的不争气的'富二代'。"

尽管家境不再是秘密，可孩子们的消费标准依然没有提高，孩子们也没有意见，穿上49元的特价T恤，他们一点儿也不觉得灰头土脸、低人一等。

因为教育得法，两个孩子的成绩都非常好，综合素质相当不错。女儿婉晴的考试成绩总是名列年级前茅，在文艺演出中屡屡获得全国和全市的大奖。儿子皮蛋也一点儿不比姐姐逊色。

爱孩子是一种"埋伏"，也许大家都会这样说，可又有多少人能做到呢？正如张伟平所说："在我们这个圈子里，富人很多，但我觉得会管教子女的少。很多同行将自己的孩子当作小公主或小王子来养，在我看来这实在是不太高明的行为。孩子会慢慢养成一种有钱无难事的心态。"联想到现在一些"富二代"的负面报道，张伟平感叹道："这些孩子固然有错，但错得最多的是大人，一味地在孩子身上花钱只能让孩子变得越来越娇气。"

爱孩子是一种"埋伏"，埋伏掉的是孩子的骄娇之气，培养出的是热爱生活、踏实地做人做事、珍惜人生的良好品质。

一个“不负责任”爸爸

1979年的一天，他带着1岁半的女儿上街，女儿被一些纸折的小鸟、飞机吸引住了。他却偷偷地走过马路，对尚在马路那边的女儿说：“爸爸在这儿啦，你一个人过来。”看见马路上稳稳当当走着的女儿，他笑了。

可人们说：“这位做爸爸的也是太不负责任了。”他却不以为然，在后来的日子里，他就以这样一种“不负责任”的态度，让女儿走过了生命中的一条条马路和沟沟坎坎。

女儿在上小学的第一天，他把女儿带到学校，在分完教室后，问女儿：“知道怎么回去吗？”在女儿回答“知道”后，放学时，他不仅自己不去接女儿，也不让太太去接。面对别人的质疑，他却理直气壮地说：“她都满6岁了呀，难道将来我们还要陪她一起约会男朋友吗？”

学校离家有一定的路程，女儿每天7点半必须进教室，这期间要坐10分钟的公共汽车。所以，6点40分他会叫醒女儿，洗漱、吃早点。然而有一天晚上，女儿到了每天必须睡觉的10点钟仍然在折纸飞机，这样上床睡觉的时间比以往就迟了半小时。

第二天早上，6点40分了，他叫了女儿3次，可女儿嘴上答应着，却又睡了去。他索性不管女儿了。待女儿自己醒来时，一看时间，已是7点20分，不觉大叫起来："死了！死了！"这时，他却说："你可不能怪我的，是你自己的原因，我已叫过你好几遍了。"女儿心中嘀咕着："有这样做爸爸的吗？"不过，女儿自打这次后，却再也没迟到过。

女儿对所有的新鲜东西都非常感兴趣，比如前面所说的纸折的小鸟、飞机等。对于女儿的这样一些爱好，他也会偶尔给点钱让女儿去买。可一个两个纸鸟纸飞机并不能让女儿满足。慢慢地，女儿也就找到窍门了，她不再用爸爸所给的那点钱直接去买纸鸟纸飞机，而是买了纸自己动手去折。一段时间后，她除了折出纸鸟纸飞机外，居然还能折出纸狮子、纸钱包等。更让人不可小看的是，她还能利用这些东西去赚钱，有一个小男孩一次就花了16.5元购买了她的纸钱包等。

凡能挣钱的往往也能花，女儿慢慢地就有了购物的习惯。为了取得收支平衡，她会通过做一些力所能及的事去赚钱。她先是到餐馆洗盘子，后来又去给人家当保姆。在她12岁时他们一家人移民加拿大，加拿大一般的保姆一小时只能赚得3加币，为了一小时能涨到6加币，她竟然去念了个看护执照。尽管如此，有时在花费上仍会有缺口，她又不好意思向爸爸伸手。这时爸爸对她说："干脆你靠画画赚钱吧，我会给你稿费，一张画20美元。"

女儿说："行，不过你是漫画家，你总得教我几手吧！"可他只是给了女儿几幅名家的画，说："画画的技巧都在里面呢，你就照着画吧。"无奈之下，女儿只好先认真"读画"，把那画记在脑子中后，再去下笔。不太长的时间，女儿居然领悟到了绘画的一些技巧，所画出的画自成风格，受到一些人的看好。2003年，她把自己的画汇集在一起，出版了取名为《一个人睡》的个人画集。

他就是中国台湾的漫画大师蔡志忠，女儿名叫蔡欣怡。

蔡志忠这种“不负责任”，让女儿练就了不同一般的独立能力。那是蔡欣怡14岁时，也就是他们举家移民到加拿大两年后，一次她打越洋电话对回到中国台湾的爸爸说：“我要去日本旅行。”他问女儿：“有同伴吗？”蔡欣怡说：“没有。”他又问：“到了日本有朋友接应吗？”女儿仍然回道：“没有。”他在日本本来是有朋友的，可他想了想，认为用不着为女儿做这些，于是说：“既然你已做出决定，那就开路吧。”

蔡欣怡立即背上背包，登上了飞往日本的班机。直到两个星期后，女儿又打来电话，说：“爸爸，我已回家了。”电话中他却得意地笑了。

对于女儿选择工作，直到女儿找男朋友，他也从来不问什么。蔡欣怡也不怕带着男朋友去见爸爸。每当女儿带了男朋友来，他都会在最贵的餐馆请吃饭，还送上自己的漫画和书。他说：“无论这个男孩是否可以和女儿携手一辈子，但他一定在某段岁月里给了女儿最丰盈的回忆。”

蔡欣怡小时候总觉得别人的爸爸比自己的爸爸好，可成年后，她却说：“我要感谢我的父亲在我念完大学后没有逼我继续上学；小的时候，没有叫我去上补习班，没有叫我去上电脑班；也没有将他一生未完成的什么愿望，要我去替他完成。”

蔡志忠则说：“我女儿是全天下最幸福的人，我想她的一生都会很快乐。试问你的孩子你不去爱，你的孩子你不去欣赏，谁会去欣赏？”原来，他的“不负责任”却是对孩子的爱，是对孩子的欣赏。

是的，这样的“不负责任”是对孩子敢于放手，而放手从某种意义上来说，才是对孩子最大的负责任。放手了，才能培养孩子自己对自己负责的精神，这样的精神才是积极主动的，也是最可靠、最为长久的。

· 让孩子的愿望自由开花

人们总会说，在孩子的教育上，要对孩子适当加压，让压力成为动力。其实，人们应该做的是，让孩子的愿望自由开花。

浙江瑞安的蔡笑晚，1941年出生的他一生育有6个孩子。由于当初他只是一名乡村医生，认为自己没有成才，便把一切希望寄托在孩子们的身上。

当长子蔡天文尚在襁褓中他就开始教儿子数数，8个月时儿子就能从1数到5，一岁多时就能认出1到10的阿拉伯数字，然后是认识中文数字或大写数字。尽管如此，可他对孩子并不是一味严格，而是尽量听从孩子的想法。

20世纪80年代初，正是习练武术之风在中国劲刮的时候，许多孩子看了电影《少林寺》、电视连续剧《霍元甲》后，一个个热血沸腾，说要练出一身好本领保家卫国、除暴安良。那时蔡笑晚读初中的四子蔡天润就是其中之一。

天润的成绩非常优秀，去练武功当然与蔡笑晚的愿望相违。可在给天润讲明学文习武各自的利弊关系后，天润仍然执意要成为一代"武术大师"时，蔡笑晚便让天润写了两封决心书，主要意思是一定要文武并进,让自己成为有用之材。蔡笑晚还郑重其事地为天润摆酒送行。

不料没多久,天润就给父亲写了信,说自己原来对武校了解得太少,进武校的大多是在读书上没有天分的孩子,因此学校很不重视文化课的学习。他说很想回到家乡专心念书。不过他又说,既然来了,至少要坚持一学期。

从武校回来后,天润的学习更用功了,后来他顺利地考上了华西医科大学。那一学期的武校经历让他收获也不小,不说思想更成熟了,而且在大学里力气是最大的。

听从孩子的意见,让孩子的愿望自由开花,成了蔡笑晚最有效的教育方法之一。蔡笑晚的女儿蔡天西,在小学毕业后的假期中就自学完了初一的课程,他也就有了让女儿直接升初二的想法。不过他依然不强求孩子,当他征求女儿的意见,女儿说先去试读一天时,他也就不再说什么了。

待一天的课上完,女儿说初一的课不能再上了,内容她都懂。当时女儿考取的学校不同意让女儿跳级,蔡笑晚也就把女儿转到了另一所学校直接念初二。蔡笑晚的6个子女大多在6岁就入校读书,按孩子的意愿,每人都曾多次跳级。此充分显示了孩子们有着极高的学习自觉性和很强的自学能力。

不过,这样的能力不是天生的,主要是通过"立志教育"得来的。有好些年,蔡笑晚全家人都住在农村一间租来的百年老屋里。他在墙壁上贴满了爱因斯坦、居里夫人、牛顿等科学家的画像。一有空儿就给孩子们讲这些科学家的故事,鼓励孩子们长大以后争取做科学家,干大事业。蔡笑晚还经常让孩子们背诵《荷马史诗》中的这样一段话:"莫辜负你一片聪明美质,你须抖擞精神,留个芳名在青史。"他还把这段话写进了家训里。

同时，蔡笑晚认为远大的志向、伟大的情怀、广阔的胸襟，并非通过简单的说教就可得来的，必须与壮观的外景、崇高的意境结合在一起，其才能被感化出来。因此，在当时旅游概念尚没在一些人脑子中形成时，他已开始带着孩子们进行旅行了，他要让孩子们在“旅行中立志”。

蔡笑晚曾利用暑假一个月带孩子们游览了东三省、天津、北京等地。为了锻炼孩子，让他们具有吃苦耐劳的精神和勇于向困难挑战的毅力，旅游中大多数时间都是靠步行，那时孩子们十岁左右，往往是两个人抬着一个包吃力却是欢快地行走着。每到一个景点后，他就给孩子们讲解有关历史故事，特别是那些为祖国为民族做出伟大贡献的杰出人物的故事。

最让全家人难以忘怀的是山海关和北戴河之行。孩子们早就能熟练背诵毛泽东诗词《北戴河》，只是他们一直没能有机会身临其境。那天到达北戴河时，恰巧下起了倾盆大雨，这让孩子们对“大雨落幽燕，白浪滔天”的诗句，有了更直观更深刻的体会，也极大地激发了孩子们的兴趣和想象力。

立志教育最直接的好处，就是孩子们不会满足于现状，在取得成绩后，有着更上一层楼的决心和气魄。同时也就激发了孩子们的学习自觉性，培养了孩子们的自学能力。

在农村的那段时间，每天清晨蔡笑晚都会打开收音机，调到播放英语或是日语节目的频道，孩子们边起床，边听。时间长了，对外语有了兴趣，孩子们也就努力自学起来。

每当夜色降临，他们家就会出现这样一道景观：全家人一起围坐在灯下，蔡笑晚看专业书，孩子们写作业，或看课外书籍……

这种对新事物抱着极大兴趣、对目标执着追求所形成的极强的自学精神和能力，让孩子们一个个出类拔萃。老大蔡天文为报考中科大少年班，曾仅用半年时间学完高中的全部课程，15 岁上大学，19 岁读研究生，21 岁开始在国际学术会议和国内外权威性学术刊物上发表论文；老二蔡天武，花 4 个月时间自学完高中 3 个学期的课程，14 岁就入读中科大少年班，18 岁由国家公派赴美攻读博士；女儿蔡天西 22 岁拿到哈佛大学博士学位。创造了 5 位博士、1 位硕士的奇迹。

让孩子们的愿望自由开花，一个人只有做自己想做的事时才会最具动力。同时我们也要明白，一定要帮助孩子立志：只有那高山之巅自由盛开的花儿才会笑傲苍穹……

孝顺是一杯保健茶

“身健却缘餐饭少，诗清都为饮茶多”，一杯香茶不仅能喝出人生健康，还能喝出一片孝敬之情。

那天临出门，王瑾端起婆婆泡好的一杯香喷喷热腾腾的保健茶呷了一口，顿时一种沁人心脾的感觉弥漫全身，不禁夸赞道：“妈，您的保健茶真是做得越来越好了！”婆婆见儿媳妇夸自己，脸上不禁满是笑容，心情如同一壶明前茶一样清澈明丽：“那当然……”

婆婆几个月前可不是这样的。

2011年春节，在这个传统喜庆的节日里，王瑾一家人却沉浸在巨大的悲痛中：公公在春节前的腊月二十八不幸病逝。大年初三上午，举行了公公的葬礼。第二天，丈夫刘国梁就要带队去法国。失去父亲，刘国梁非常痛苦，要远离家乡，最放心不下的当然是母亲。王瑾安慰丈夫说：“你放心去吧，我会花更多的时间陪伴妈妈的。”

刘国梁出国后，身为北京华夏国球体育用品有限公司董事长的王瑾，尽可能放慢工作节奏。每天早上起来的第一件事就是给婆婆洗脸、梳头，然后按婆婆的口味做上老人爱吃的饭菜。饭后，帮老人穿戴得整齐一新，挽着老人去景点散心解闷。

不出门时，只要有时间，王瑾就陪着老人收看老年电视节目。在王瑾细心的照料下，婆婆的情绪渐渐好转。可是有一天，婆婆的情绪似风过茶林，又不禁波动起来，老人吃不下饭，睡不好觉，经常自言自语。

后来王瑾知道老人心情变化，是无意中从电视节目中看到一个医学常识：老年人一旦出现频繁打哈欠、头晕、四肢麻木、间歇性失语，即为脑出血的前兆，家人应及时将其送往医院救治。她立马想到老伴去世前就有过这样的症状，便认为老伴的逝世与自己照料不周有太大的关系，自责、愧疚的情绪顿时而生。

王瑾想让老人的心绪快点平静下来，可一时又找不到好的办法。没几天，丈夫回到家中，因在法国世乒赛上丢了两枚金牌情绪有些低落。王瑾认真思索一番后，说，有办法了。她要通过这件事让母子俩情绪一起好转起来。她想的是，婆婆的自责，来缘于自认为在老伴的健康上没尽到责任，而她与刘国梁的健康无疑会更为牵动老人的心。

老人也观察到了刘国梁的情绪不佳，在知道原委后，明白老伴已去，再多的自责、后悔，也无济于事，让儿子心情好转才是最重要的。在王瑾的提议下，她做了儿子喜欢吃的有着老家河南风味的烩面、胡辣汤等；她还让儿子请来孔令辉、王皓、马琳等好友，做家乡菜招待客人。因为忙碌，因被需要，老人的痛苦逐渐被冲淡，刘国梁心理上的压力也慢慢得到缓解。

王瑾继续在“亲人的健康”上做文章，她为婆婆报名，参加了附近一所医院开办的医学科普班。每个星期的一、三下午有课，老人一分钟也舍不得耽误，听得津津有味，还戴着老花眼镜认真做笔记。听得多了，老人活学活用，用白菊花、枸杞、红枣等泡成茶，让一家人饮用。

付出了心血就会有收获，王瑾夫妇喝了几个月老人泡的保健茶后，直觉得神清气爽。一天，王瑾忍不住夸赞道：“妈，您现在是个保健专家了！”婆婆高兴地说：“那当然，专家说了，一个人什么都可以缺，就是不能缺健康！”

那时，到医院听医学讲座是老人最惦念的事，但一段时间后，老人似乎有些挂念家乡了。因为老人说着说着，就念叨起了河南一起跳舞的老伙伴们。王瑾对丈夫说：“是不是应该让妈回一趟家乡了？”

百善孝为先，丈夫听了妻子的建议后，亲自开车把母亲送回新乡老家。老人一回去，那些老兄弟姐妹和以前的邻居都跑过来看她。啦呱一阵后，老人便把自己在讲座上学到的一些保健知识说给老伙伴们听。——原来她是放心不下老伙伴们的健康啊！从2012年下半年后，老人北京、新乡两头跑，将学到的医学科普知识全部奉献给老伙伴们。

2013年以来，老人不再像以前频繁回新乡了，因为她已学会上网，那些保健知识通过上网就可传授新乡的老伙伴们了；老人也能更好地为北京的孩子们泡好一杯杯保健茶了。

“霜后橘，雨前茶，这风味清佳”，无一顿茶饭不萦牵，无一刻光阴不怅念，“孝顺是一杯保健茶”，只要一家人吃得好，睡得香，每天神清气爽，这便是孝顺的精粹所在。

为了儿子的遗愿

儿子是她的希望和骄傲，她说，为了儿子有一个美好的未来，再苦再累也值得。

然而，13 年前的一天早晨，时年 22 岁在日本中央大学商学部念书的儿子杨睿哲，在去学校的路上却不幸遭遇车祸，那冰冷的车轮，使得她的希望破灭了，将她的骄傲碾碎了……

她在收拾儿子的遗物时，发现那些笔记本上多处记载着儿子在那段时间的一件事，发动移居日本的中国人以及中国留学生为改变中国的沙尘暴环境出一份力量。她拿着儿子的笔记本对丈夫说："儿子尽管英年早逝，可他的理想是崇高的。我们要完成儿子的遗愿，回国后到荒漠中种树！"于是，她辞掉了在日本待遇优厚的工作，丈夫也卖掉了门诊室，夫妻俩一起回到祖国。儿子所说的沙尘恶魔在哪里？我一定要找到它，打退它！她说。

一天，有一位蒙古族老大爷连连对她说："塔敏查干，塔敏查干！"她问老大爷："塔敏查干是什么？"老人说："你不是要找恶魔吗？塔敏查干在蒙古语中就是'魔鬼''地狱'的意思，你愿意，我可以带着你找到它。"

就这样，她用了 10 天时间，从内蒙古东部穿行数千公里，来到了塔敏查干。塔敏查干在科尔沁草原腹地的通辽市库伦旗，它原本是水草丰美、牛羊成群的膏腴之地，曾是屡为成吉思汗建立奇功的成吉思汗二弟哈萨尔的领地。只因后来过度耕种和放牧，逐渐变成了黄沙满目的“八百里瀚海”“死亡之海”，成为内蒙古沙尘暴最大的源头。

2004年4月的一天，她带着儿子车祸后的生命保险（放心保）金和事故赔偿金，来到通辽市库伦旗。她在抓紧购买了树苗后，便来到塔敏查干沙漠，挖开了第一锹，拉开了完成儿子遗愿的序幕。

她栽种下第一棵树苗、第二棵树苗，以及一排排树苗以后，她泪流满面地抚摸着儿子的遗像，说：“儿子，你看看这些树苗，你的心愿一定能实现！”

然而第二天早上，当她来到树苗栽种地时，却傻眼了，几乎所有的树苗都被前一天晚上狂暴的大风连根拔起，甚至有的树苗被风卷得不知去向，而干旱又使得地里仅存的树苗卷起叶片，耷拉起脑袋……

当她不知道究竟是打井取水，还是从什么地方引来水浇灌树苗时，那天晚上，突然电闪雷鸣，下起了百年难遇的大雨。她异常高兴，赤着脚顶着大雨跑向树苗栽种地……她说，一定是儿子冥冥之中来帮助自己了，来和自己一道种树了。在雨水的滋润下，那些发蔫的小树苗在10多天后，便又开始吐出嫩嫩的绿芽。

从那以后，她每年种树1万多棵，前后她已经花出费用60多万元。在她的感召下，从2006年开始，每年春天，就有大批国际国内的志愿者来到塔敏查干，在她的“绿色生命”生态基地帮忙植树。目前，她又在国内开展了“百万母亲捐献百万棵树”的公益活动。她说，每位母亲只要捐献5元钱，沙漠中便可多一棵树。

·让有些话穿耳而过

李肇星曾在一篇文章中记述了他儿子3岁时的一些充满童趣的奇言妙语。其中他儿子在回答“人为什么会长两只耳朵时”说:“可以一个耳朵进,一个耳朵出,光进不出就会装不下。”由此,我想起了一句话:让一些话语穿耳而过。

在生活中,难免会有一些我们原本不愿听到不想知道的话儿,可它还是让我们听到了。这个时候,最好的办法,就是让它们穿耳而过。

譬如某一天,无意中我们听到了一些诽谤和中伤自己的话语,我们就让它们穿耳而过。那也许是别人对我们某一个不经意的行为某一句不经意的话产生了误解,他把草叶上的微芒当成了尖利的荆棘,甚或把自己的几许甘霖当成泼天的淫雨。我们要相信,只要假以时日,浊者自浊,清者自清,他一定会看出我们的初衷与本真。于是我们便拥有了一颗平静安宁的心,无论与对方见与不见,都会有一份从容和释然。

如果偶尔听到有人指责自己太不经意,未能做到未雨绸缪、防微杜渐,我们要让它穿耳而过。尽管他的指责是善意的,可是在这个世界上,每个人都是渺小的,谁也不能保证自己不踏入认识上的歧途。不要太过相信没有远虑必有近忧的话,无论自己对将来有多少设想,可它终究没有发生。最为紧要的，我们要抓住今天，要认认真真活在当下。由此，我们才会在有限的生命中不为一些似是而非的东西浪费掉自己宝贵的光阴，才会不为那些旁逸斜出的枝柯耗去自己的吟咏与歌唱。我们才能听到妻儿的欢声笑语，才能沐浴到金色的夕阳缤纷的晚照。即便风雨骤然而至，我们也依然轻裘绶带玉树临风。

如果有人说我们才貌双全功成名就，我们也要让它穿耳而过。那才华学识本是天外有天山外有山，那形貌却是父母的遗传并非自己的努力，原本不值得他人夸奖，自己也大可不必将其作为骄傲的资本。如果有人说自己出类拔萃，但也白璧微瑕，我们也要让它穿耳而过。是否出类拔萃姑且不说，不完美实是人生的一种常态，如此，我们就能摆脱“一次失败就成永远颓势”的阴影，就能走出“局部不完美就泛滥成整体否定”的误区，就始终能葆有一颗清醒的头脑。

对于一些冷漠无情，一些耍小聪明的话语，对于一些玩世不恭、不知轻重的话语；对于一些上下之势、高低权争、金帛多事、男女绯闻等小道消息。所有这些都要让它们穿耳而过，这样，我们就会秋波无痕，我们就会素心如玉。纵然那些对我们有用，可我们的智所不能逮，力所不能及，以致褫夺了我们幸福与快乐的话语，我们也要让它们穿耳而过，随风而逝。

人生是一个容器，可这个容器的容量实在是有限得很。愁苦和畏惧多了，欢乐与勇气就少了；局促和紧张多了，潇洒和轻松就少了；傲慢和骄矜多了，恭谨与谦虚就少了。一些不需要的话语存放太多，一些忠言箴语就会无处落脚。

让有些话语穿耳而过，是一种理性有层次的思考：清醒、深刻；是一种精神领域的探求：通达、睿智；是一个人文化底蕴的体现：洒脱、隽永……

彩虹是被折射了的阳光

病痛、苦难，许多人都会遭遇，倘若你能把它当作一种“神来之笔”，它就会为你的人生涂上一片绚丽的色彩。

他好不痛苦，小小年纪就得了肺结核病。那是20世纪40年代，对于多数人来说，这可是要命的病。老师让他休学在家。渴望知识的他，却如同一下子掉入了万丈深渊。他成天大门不出，神思恍惚，眼中所看到的只有一片灰暗。

那是一个雨后的傍晚。父亲对他说，儿子，我们一起出去走走吧！疲惫、倦怠的他懒得动，但又实在无法拒绝父亲的好意。

他们来到郊外。有风拂过，湿润的空气中飘荡着丝丝甜意，以及花草的芳香，让他顿有轻松之感；花瓣上挂满水珠，那水珠与花儿同呈五彩斑斓之态，似在比谁更美丽，他的心情不觉为之一振。父亲问：“美吗？”“美。”儿子答道。“那么你抬抬头，天上的阳光更美。”父亲又说。

啊，天空真美！不知什么时候，东边天空架起了一道彩虹。他说：“这不是阳光啊！”父亲微笑着说：“那是阳光，只不过是被云彩折射了的阳光。阳光被雨后的云彩挡住了，却不肯屈服，折了一折，冲出云彩，也就发出了这七彩的光芒。”他瞪大了眼睛，喃喃地说：“阳光有了挫折，成就了他的美丽。爸爸，是这样吗？”父亲说：“你说得很对！这雨后的云彩，就是上帝的神来之笔，被阳光抓住了，也就让它更为绚丽多彩。”

他明白了，从某种意义上说，疾病也是上天赐予人的神来之笔。于是，他在生病期间，读了大量文学书籍，而且积极配合医生医治调理，不多久他的病也奇迹般地痊愈了。

他就是白先勇，最终实现了他的文学梦，成了当代知名的作家。尤其他的《台北人》被推举为“台湾文学经典之首”，他被世人誉为“当代中国短篇小说家中的奇才”。

还有一个类似的故事。

那年，他17岁，由于父亲身陷政治门，包括他在内的家人受到仇敌的疯狂追杀。那天，他又被父亲的仇敌盯上了，他在子弹的追击中疾驰狂奔。好不容易跑过了一片开阔地，转过一个小山头，前面就是一片花地。他想也没有想，就钻进了那色彩斑斓的花丛中。

仇家追上来了，他们吼叫着逼问正在花圃中侍弄着花的一位老者：“孩子哪去了？”老者说：“你们不要践踏我的花。我没有见到过孩子，更不愿见到一个可怜的孩子被追杀。”追杀者打了老人一记耳光，接着用刀在老人脸上划了几下，老人脸上便有了几道深深的印迹，随之血汹涌而出……这时有与他们为敌的队伍来了，他们仓皇地逃走了。

当老人醒来时，懂得一些医学常识的年轻人正在对老人予以救治。“谢谢你！”老人说道。“应该是我谢谢您，是您救了我！”年轻人说。看着已被毁了容的老人，年轻人禁不住泪水涟涟。

他一直陪着老人，直到老人的伤口结了疤。一天，老人和他一道来到花圃。老人指了指自己脸上的伤疤，又抚摸他脖子的疤痕，说：“孩子，你知道吗？花是开在大地上的美丽，伤痛却是上帝开在人生命中的花朵，它是上天赐予人的神来之笔，比大地上的花朵更坚强，也就更为斑斓绚丽。”

年轻人顿时明白了一个道理：“伤疤是花不是痛，伤疤是上帝给予自己的一份珍贵的礼物，因为它时刻警示你，让你奋进不止，让你坚韧不拔！”

他叫阿基诺，曾身中五弹而不亡，至今，他的颈部仍残存一颗未能挖出的子弹。就是这个一直被各个派别的仇敌追杀、一生经历了无数风险的阿基诺，于2010年6月30日，就任菲律宾第十五任总统。

人生在世，不要惧惮困厄。它是上天赐予的神来之笔，有了它，你之生命就可以被描绘成比彩虹更斑斓、比花朵更艳丽的一幅色彩缤纷的画卷……

第二辑

成路的海

建一条“海上丝绸之路”。这是友谊之路，友情让海洋成了畅达的路，远海近海连成了一线。海面上百舸争流，每一艘船都争相弹奏着地球村友谊的祥和、谐和的琴弦，那美妙的旋律托起一路高天云霞，以及心灵相应和、如晨鸡昂扬激越的啼鸣声……

一只沾上白灰的鞋

有的灰也会闪烁出光芒。

“出列！报上你的名字！”身着笔挺军服的马莱将军眼睛犀利地看着一位士兵说。士兵跨前一步：“报告将军，我是英军第六空降师突击队二等兵利克。”将军更为严厉地说：“作为最讲绅士风度的英国皇家空军的一员，怎么可以军容不整？本人一向有令，如果连皮鞋也擦不干净的人，一律不得参加战斗！”

利克这才明白了将军让他出列的原因，其实他一直非常注重军容，将军的命令是丝毫不打折扣的，当他看了看脚上的皮鞋时，豆大的汗珠不禁从额头上滚下来……

原来这一天是1944年6月5日晚上9点，第二次世界大战诺曼底登陆前，英国皇家空军正在执行“汤加行动”，拟把一个师的兵力空投到德军阵地，以让盟军的大部队能顺利登陆。利克说：“这皮鞋晚饭后我还擦过一次，我就不明白它怎么又沾上了白灰。将军，这次行动太重要太需要人手了，请一定让我参加！”

在一旁的突击队队长看了一眼将军，又虎着脸对利克说：“你还是执行将军‘军容不整不得参加战斗’的命令吧！赶紧回到军营去。”就在这时，马莱将军掏出了一块手帕，蹲下身子给利克擦起皮鞋来，一边擦一边说："下不为例。"刚擦左脚，正要再擦右脚时，忽然机场电铃声大作，原来空降兵要登记了。利克向将军敬了一个礼，和战友们一起登上了运输机。

由于身入敌军腹地，战斗极其惨烈，成批成批的战士血洒疆场。利克也奋不顾身，英勇杀敌，突然一发炮弹打来，利克顿时被炸得粉身碎骨。突击队队长是为数不多的幸存者之一，战斗胜利之后，他找到了利克的一只鞋，就是登机前将军尚没来得及擦干净的那一只皮鞋。他拿着鞋来见马莱将军，将军就像那天一样，弓下腰来，用手帕将皮鞋上的白灰一点点擦去，然后把它交还给突击队队长，让他把这只鞋安葬到集体墓地中。

有一个秘密始终藏在突击队队长心中，那鞋子上的白灰是那天晚饭后他悄悄地撒上去的。突击队队长在盛放那只皮鞋的骨灰盒上刻上一行字：英军第六空降师突击队二等兵利克。他是英国皇家空军马莱将军最小的儿子，也是为国捐躯的最后一个儿子。

对自己的规定来一个"下不为例"，也许是马莱将军的一点儿"私心"；容忍作为儿子的战士皮鞋上存有白灰点，也许是他军旅生涯中的一个"污点"。可在说出"下不为例"时，将军未必不知道习惯于猛打猛冲的利克这次参战后很难有下次，因此他的那点儿"私心"才是映天地昭日月的公心。

当一位将军为了正义事业而不惜献出一切，哪怕是仅剩的儿子的生命时，那么他一定光照千秋……

·两个“奥巴马”

美国演员伊曼·克罗森居然以奥巴马总统的身份在全美游走，出席各种公司庆典、公共集会。

有人给奥巴马总统提建议：政府是否要干预一下？克罗森如此招摇过市，也许会损害总统您的形象。然而，奥巴马不仅没有接受这项建议，反倒给克罗森提出建议，让他装扮得与自己更逼真些。

这是 2014 年 3 月的一天，奥巴马挺高兴地邀请克罗森来白宫小聚。会面时，奥巴马当场请克罗森模仿自己演讲，对于他的模仿，总统赞不绝口。最后奥巴马建议说：“要是再有点白头发就更像了。”

这个建议恰到好处，克罗森 1982 年出生，比奥巴马小了整整 21 岁。尽管在衣着、语气、动作上，尽量向奥巴马靠拢，但从面庞上看依然是一个大男孩。

克罗森是地道的俄亥俄州人，风趣幽默的性格与生俱来。5 岁那年，美国传奇福音歌手雪莉·凯撒邀请观众中的小朋友登台表演，他自告奋勇地跑上台去。其他孩子表演结束后都回到了座位，只有克罗森不愿下台，继续扭来扭去，自顾自地跳着舞着，引得观众捧腹大笑。

也许是见到克罗森特别爱好表演，以及他在表演上的天赋，12 岁时，父母把他送进了辛辛那提市的创意和表演艺术学校。毕业后，为了让技艺更上层楼，克罗森又前往莱特州立大学继续学习，接受了更系统的艺术训练。走上社会后，尽管演技精湛，可运气不佳，曾一度失业。

2008年7月，26岁的他在朋友的鼓励下，决定制作模仿总统竞选人奥巴马的滑稽视频。“之前我没有做过模仿视频，可我想，如果我是第一个模仿他的人，最后他又赢得大选，那岂不是很好。”这个夏天，克罗森凭借一段时长30秒钟的模仿视频，赢得了“奥巴马全国模仿赛”第一名的桂冠。

克罗森一炮而红，他在Youtube上的关注度也开始飙升，由此，他受邀参加了《美国达人秀》节目。很快他成了一名炙手可热的模仿秀明星。2009年1月，奥巴马宣誓就职后，克罗森也更加忙碌了起来，频频出现在各大电视节目、报纸和网站上。2010年，他受邀在第六十六届美国广播电视记者协会晚宴上模仿奥巴马，博得台下阵阵掌声。2012年，他又推出模仿视频“奥巴马对战罗姆尼”，其中的配乐获得了美国唱片业协会金奖。

是奥巴马总统的大度让他成了明星，克罗森也要以自己的影响为总统做点什么。经过思考，他找到切入点：2013年12月，他制作了为奥巴马医改宣传的模仿视频，美国一些年轻人受其影响开始积极投身医改中。

当一位失业者期望通过模仿总统有碗饭吃，甚或能红起来时，总统却能以一颗大度的心予以包容，终于让白宫里出现了两个“奥巴马”这样有趣味也堪称典范的事。无论贵为总统，还是一介平民，都要和善待人。相互和善则两利，白宫里出现两个“奥巴马”所显示的力量，会比只有一个强大得多。

亲近是种淡淡的感觉

有人说，人与人，或与物相处，最佳境界有时是种淡淡的感觉。只因为这种淡淡的，是最亲近的感觉。

相互间，那些让人一惊一乍的东西，看起来不同一般，其实骨子里太多的，只是一种纷扰或侵袭。譬如你与她，很亲密的，是恋人吧！蓦然间一人将手挠到对方的腋下，欢乐似大风中的风铃，叮叮咚咚的，止也止不住。可痛苦也像冰雹击打下的羔羊，龇牙咧嘴的，想收也收不拢。

也许有人会说，人要的就是这种痛苦中有欢愉，欢愉中有痛苦的感觉。要不要是你个人的事。我要说的是，这绝不是一种最亲近者间的感觉。不信，你自己将手伸到自己的腋下挠一挠，有什么感觉呢？难道有谁能比自己更亲近吗？

科学的解释也为如此观点做出了佐证。人之所以挠不痒自己，这是一种进化的结果。因为自打有人类的那一天起，人的皮肤总在受各种各样的刺激。所以，过滤掉那些无关紧要的刺激，尤为重要。于是，自己对自己的搔挠，其感受就是淡淡的了——只因它是没有危险的东西。要是你被毒蚂蚁、毒蜘蛛叮咬了一口，你的感觉仍是淡淡的，你也就非倒大霉不可。对那些非亲近的东西，你必须要有强烈的感受，或者说强烈的反应。这实际上是人自我保护的一种手段。

生活中有句戏言：握住老婆的手，如左手握右手；握住情人的手，浪漫又温柔。淡淡的，没有多大感觉的，才是最亲近的。只因为在多年的相互打磨中，老婆与自己由最初的恋人，即由独立的两个人，慢慢变得好像一个人了。你再挠，也就不会有太大的感觉了。

有这样一位画家，他对"淡淡的，却是最亲近的"，更是有着一种别样的感受。26岁时他受蔡元培的邀请，由巴黎回国任北京国立艺专校长，29岁又任杭州国立艺专校长。抗战期间，一位国民党官员慕名拜访他时，发现不惑之年的画家只身借住在一间简朴的仓库中，一桌一床一画布、一灯一椅一炊具而已。遂丢下一句话：能住这种地方的人，不是白痴，就是得道之人了。

事后画家说，我既非白痴，也不是得道之人。我只是一个人，一个普普通通的人。正是那间陋室，那张白木桌子，那些厨刀、枯枝、油瓶、洗衣板，让我真正变成人的。在北京和杭州当了十几年的校长，住洋房，乘私人汽车，身上的人气几乎耗光了。

这位著名画家就是林风眠。那段轰轰烈烈的校长生涯，让他失去了人气，这种平平淡淡的甚或有些寒碜的日子，却让他回归了自我，聚拢了人的应有之气。

按林风眠的话说："你必须真正生活着，体验着中国几万万人的生活，身上才有真正的人味。首先是'人'，彻底'人'化了，作品才有真正的生命活力。"话语也许够平淡的了，可道理绝没有半分的平庸。

亲近是种淡淡的感觉，要是你刻意追求一种酽浓，一种轰动效应，你至少是对自己的不亲近。

· 冰火亦相容

水火不相容，似乎是定论。其实，比水更冷的冰亦能与火相容——不止是相容，而且冰能生火，或者说火可以出于冰。

那还是在两千多年前，一个寒冬。深山中，有两个有世仇的猎队为了争夺一个猎物交手了，直打了两天两夜。

真可谓“战罢玉龙三百万”，“搅得周天寒彻”。从他们相互出手开始，天就铺天盖地下起了大雪。两天下来，虽说雪停了，可四野一片皓白，路迹不辨。几于快被冻僵的双方虽说各自罢手，相互后退，然而他们却被大雪围困了。

很快，他们所带的干粮告罄。那猎物是一只老虎，然而那只死虎已被奇冷的天气冻成了一个冰砣砣。斯时光有猎物又有何用？必得还有火才能使得各自的生命不致熄灭。

他们看看四周，有大片大片的艾草在寒风中抖动，此可是生火的上好之物。然而双方谁也没有火种，有的只是白茫茫的雪和晶晶莹莹的冰。

有人说，要是这雪与冰能生火该有多好啊！他的话一出口，立即便有人说他是痴心妄想。

云不知什么时候散去了,太阳终于露出了它苍白的脸,但没有谁指望这软绵绵的太阳能够将死虎解冻,他们也就断了生食死虎的念想。

“火,火……”人们念叨着。

他们茫然四顾,那人又说:“要是这雪与冰能生火该有多好啊!”

这次似乎没有多少人反对了。痴心也是心,妄想也是想,天下许多事本来就没有一个定准儿。

“你们有刀吗?”那人向另一个猎队丢过一句话去。

“有刀。”很快就有人回过话来。

那个一再“痴心妄想”的人用另一个猎队扔过来的刀开始削冰了。没半天工夫,一个晶莹剔透的冰凸透镜便削成了。那人扯来了艾草,捋下了艾草上的艾绒,然后将冰凸透镜举了起来,朝着日光,以艾绒对着焦点。

然而他失败了,没有得到他想要的火。

好奇心与求生的本能使得对方猎队给他刀的人过来了,那人仔细看了那冰凸透镜,说,你为什么不能把镜子削得更大而凸稍浅呢?

他们两人一起来做。这次,果然成功了。几天以后,他们终于探到了出山的路。两支猎队都逃过了一劫。

事后有人问对方猎队中那建议将冰凸透镜予以改进的人:你是怎么知道你那种方法就能生出火来呢?

那人说:是我受到了你们那方那个人的启发。以冰制作凸透镜取火本来就是一种逆向思维,为什么就不能继续朝着相反的方向想下去呢?也许冰凸透镜凸起程度浅的焦距长,不利于聚焦。但是冰会放出寒气,寒气下行不利于生火。所以要适当拉大焦距,以减轻寒气对焦距附近温度的影响。这就是我之所以提出改进后能成功的原因。

“以冰取火”这一创举在历史典籍中都有过记载。两千年前的西汉有一个叫刘安的人在他所著的《淮南万毕术》一书中说：“削冰令圆，举以向日，以艾承其影，则火生。”

“艾”即“艾绒”，“影”即“焦聚”。

清代科学家郑复光对此还亲自做过实验。何以不按正常思维将冰凸透镜做得更凸而要稍浅呢？他在自己所著的《费隐与知录》中说：“盖火生于日之热，虽不系镜质，然冰有寒气，能减日热，故须凸浅径大，使寒气远而力足焉。”

许多看起来根本不可能的事，只要你敢想，敢于逆向思维，再逆向思维，奇迹往往就会在你的这种异想天开的思维中产生。

逆向思维是思想解放最有效的途径，而思想解放的力量是无限的。

不错，逆向思维居然使得两支曾打得不可开交的猎队最终携起手来，共奏了一曲相亲相爱而相生的流传千古的人间仙乐。

让人分羹自己更强大

兰建军创办的“小拇指”公司，设立在杭州的总部存在着一个奇怪的现象：公司服务体系近百人，招商部却只有 4 个人。

小拇指有一项“独门技术”，或者说它是兰建军靠着一门独一无二的技术兴办起来的，就是：修补汽车油漆刮痕，传统方法至少得三天以上，小拇指只要 3 个小时就搞定了。“一招鲜，吃遍天”，但这样的鲜，人人都想来分一杯羹。

你的独门技术不是由技术工人来实现的吗？我就以比你更高的工资将他们挖过来。小拇指一时成了他人的免费培训基地。这时，公司核心层有人坐不住了：小拇指的独特技术工艺是企业赖以生存的法宝，独门技术不独，企业还有什么优势可言。于是提出：先交押金后培训，确保技术工人不会轻易被人挖走。

兰建军的想法却相反：既然技术工人能被挖走，说明行业对技术工人有需求，唯一的办法是加快培训步伐。因为企业的发展是建立在有众多掌握先进技术的工人之上的，行业的人才一多，小拇指的人才自然也就多了。因此，兰建军愿意做“总后勤部门”，为整个行业提供培训服务。

兰建军还有一个独特想法：企业起步靠独门技术，随着企业不断发展，“硬技术”的作用会越来越小，而独特的高效管理，这样的“软技术”，为企业创造的价值其份额会越来越大。

这是基于实践总结而来的，不说兰建军曾在杭州一家汽车配件厂担任过多年的厂长，善于思考的他积累了一定的管理经验。特别是小拇指超大服务体系的建立，让他深刻体会到独特管理的重要性。

那是2008年，随着小拇指在杭州城里名气越来越大，兰建军应时而为，开启了“百城千店”计划。可问题总会伴着事业扩张而来。那段时间，兰建军每天的电话怎么也接不过来，那都是全国各地加盟商打过来的，有各种问题迫不及待地需要总部解决。服务人员接不过来兰建军就顶上去，可一个又一个电话只听得他耳朵直发麻。

电话多就增加电话和服务人员吧，电话铃声却仍然丁零响个不停。后来他发现了“电话多”的秘密，表现为：加盟商依赖性强，无论什么事都给总部打电话；由于总部服务人员实行固定工资，干多干少一个样，也就抱着“多一事不如少一事”对待打进来的电话。

兰建军敏锐地意识到，这是一个可以让公司崩溃的问题。经过多日思考，他终于想出了对应之策。即实行积分管理制：加盟商不必一次性给总部加盟费，而是每向总部打一次需要服务的电话就记取一定的分数，然后将积分换算成加盟费；总部服务人员每接一次电话也得到相应积分。到月底，加盟商按积分付费，总部服务人员根据积分多少拿到相应的工资。这样一来，加盟商自己能消化的问题就会尽量不给总部打电话，服务人员争着接电话欲创造更多的业绩，兰建军只负责解决一些服务人员解决不了的重大问题。

小拇指和谐先进的管理体系终于建立起来了，管理所创造的效益份额很快达到了90%以上，公司也就相应进入了一个高速发展期。公司壮大后，规模效益使得成本更低，非加盟商得到的利益已不能和小拇指可比，许多原先跳槽的技术工人又重新回到各地的连锁加盟店。

管理与技术从来都不会是一劳永逸的，在不断探索实施先进管理的基础上，兰建军还专门设立了科研部门，让技术始终保持“独门”的地位。如公司与美国、荷兰、德国等国家行业巨头开展深度战略合作，建立了拥有49道工序的QSRS快漆标准化作业流程，而这一“独门技术”使得非加盟商纷纷加入小拇指公司。

不要怕别人分你一杯羹，在让别人得益时，你且能站在行业的制高点上发展自己，这样会让自己变得更为强大。

· 真正的英雄

在一次跳伞训练中,因发生意外,吉米被挂在飞机的尾翼上。

他想顺着伞绳爬进尾翼割断伞绳,但强大的气流让他根本抓不到背上的伞绳。飞机在空中盘旋着,为他争取着时间。可一个小时过去了,他拼命努力着,事情却没有任何进展。这时最糟糕的事情出现了:飞行员报告说,飞机的燃油已经所剩无几。吉米估计无论再怎么努力也抓不到伞绳,他对着对讲机果断地说:“让飞机快着陆!”

大家清楚,飞机一旦着陆,吉米在跑道上一定被拖死。刚刚降落地面的约翰逊说:“吉米,你要保持冷静,我们正在想办法救你!”吉米大声说:“请你们不要管我,否则就来不及了!”约翰逊一听急了,大声吼道:“吉米,你这个浑蛋,你这时的表现太差劲了!平时不总吹嘘自己是‘智多星’吗?你的智慧哪儿去了?赶紧想办法救你自己!”

约翰逊的话让吉米一激灵,主意也就有了。为了不耽误一分一秒的时间,他直接向地面指挥塔呼叫:“我是吉米,我是吉米,请立即起飞一架直升机,同时搭乘一个身手敏捷的突击队队员。”“吉米,请你告诉我,直升机起飞后怎么办?”地面指挥员问。他简要地进行了说明。

瞬间,一架直升机飞到了跳伞机的上空,上下两架飞机相互调整着，并尽量放慢速度，很快成为同步飞行状态。直升机上的突击队队员从悬着的绳子下到伞机尾部，麻利地掏出匕首，银光一闪向伞绳斩去。

吉米感觉自己在急速下降，他知道伞绳已被割断了，随之摁下备用伞的按钮，降落伞张开了，人们终于放下了悬着的心。

面临危急关头，一腔热血者往往想到的是舍生取义、杀身成仁。这样做实质是一种思想懒惰，是在做无谓牺牲。也许让人敬佩，但更多的会是扼腕唏嘘。生命最可贵，当危险出现后，要尽可能努力，在保全他人时，让自己也活下来，这才是真正的伟大，才是真正的英雄。

·让生命“显形”

2012年2月3日晚，感动中国2011年度人物揭晓，张平宜入选，被誉为“跨越海峡的希望之翼”，成为中国台湾同胞首次获此殊荣的人。

1999年，一天，当台湾记者张平宜来到四川省凉山彝族自治州大营盘村时，心中是那样的难受。

在村子里，张平宜看到许多人拖着残缺的四肢在地上爬行，身后带出一条条血迹。他们要爬到哪儿去呢，是要爬出这个历史上曾经的铁血大营盘而今不是营盘却依然受到“封锁”的地方吗？

按当时的情况，他们无论以怎样带血的心灵淌着血迹也不可能爬出这个地方半步，因为他们是一些患者。不，那是曾经的事，如今除了一部分人四肢因疾病导致残疾外，而所有人通过治疗疾病已没有了。要说他们依然是患者，那只是心理阴影，其实，这些阴影是外界强加给他们的。

那还是1959年，他们就进了这个“大营盘”，他们是来接受治疗的，当然也是被禁锢与隔离的，因为他们得了让人谈之色变的麻风病。也许他们没有料到，这一来，再也出不去了，不光是自己，连健康的孩子也只能在村子中打转。

孩子们到了上学的年龄，村外也有学校，可没有一家学校愿意接收他们。那么自己解决吧，大营盘村学校倒是有一所，却在海拔1800米的高山上。教室是两间破土房子，没有一扇完整的窗户，有风灌风，有雨漏雨，有雪进雪。而且又是那样的逼仄，常常是数十名学生挤在一起，大部分学生只能站着上课。

村子里的人最初还想去了解外面的世界，后来索性死了这份心，因为从别人闪烁的眼光与唯恐避之不及的举动中，他们知道自己是"令人害怕和讨厌的人"。即使是他们学校的老师去县城开会，也没有人和老师同桌吃饭，受不了歧视的老师后来也不再去县城开会了。外界封闭了他们，他们也开始封闭自己，人们也就叫大营盘村为"隐形的村落"。

张平宜看到这些身体健康，却得不到健康心智教育和启发的孩子，哭了。她要撰文告诉世人，康复了的麻风病人不是什么魔鬼，他们的后代更不是给人带来厄运的灾星，他们与正常人完全一样。

然而，作为一名资深记者的她，知道最难撼动是观念，让那么多人改变观念，需要一个漫长的时间。当务之急，是要为孩子们建学校，通过知识改变孩子的命运，让他们走出去，融入社会，让这些"隐形人"变成"显形人"。那天，她要离开大营盘村时，担心这儿唯一的一名老师也会离孩子们而去，便诚恳地说，你一定要坚持，我要让这儿的教育有一个大的改变。是的，她要带着这里的乡亲和孩子们突围，打一场异常艰辛的"突围战"。

尽管她在中国台湾有一个富裕而又舒适的家，丈夫是医生，收入也不错。可建学校不是一件容易的事，需要一笔很大的资金。张平宜回台湾后，夜以继日，或写文章呼吁，或四处演讲，甚至直接去那些潜在资助者的家，说服他们，以获得一笔笔善款。人们终于被孩子们的处境以及她的善良与真诚感动了，纷纷解囊相助。

2003年，她正式辞去年薪百万新台币的工作，来到大营盘村刚刚落成的新学校开始紧张而又艰苦的工作。学生要得到知识的阳光雨露哺育与滋润，而长知识更要长身体的孩子们在生活上也不可有丝毫疏忽。

由于地处高山，大营盘村小学的水就一度成为困难。为了保证孩子们的生活用水，张平宜会常常坐着小马车去邻近的村落运水。不久，张平宜索性从台湾请来了一名水利专家，花了50万元人民币在荒山上建成了一个大水窖，从此孩子与老师们每天都能喝到洁净甘甜的水了。张平宜既是校长，也是“伙夫”，在台湾家中十指不沾阳春水的她天天都要为孩子们做饭，厨艺也逐渐为人们所称道，她做的具有台湾风味的咖喱鸡、麻油鸡，让孩子知道世上还有这样好吃的东西。

张平宜的教学让大营盘村人打开了一扇心窗，孩子们的求学热情更是高涨。一些孩子念完了小学，接着想念初中。可附近的中学没有谁愿意接收他们，他们只好每天行走三个半小时去县里读中学。由于花在路上的时间太多，孩子们的成绩受到了影响，再说，每天行走在悬崖峭壁间，还要沐风栉雨，既艰辛，也不安全。于是张平宜又动起了建初中的心思。没有资金，她四处奔波，成立了“中华希望之翼服务协会”，她要争取更多的好心人的资助。2009年，一座投资260万元的气派的中学在大营盘村小学校园内拔地而起。

初中毕业，也是这些孩子的最高学历了。张平宜来大营盘村办学的目的就是要让他们走出去，可小学、初中学历社会并不看好。她又有了办法，即为在山东青岛开办工厂的弟弟“定向输送人才”，她甚至还让弟弟为那些因各种原因小学没念完而又想到外面打工的人提供职业技术培训。弟弟不同意，她就采取“强制性”措施。

从2005年7月30日首届毕业典礼在大营盘村小学的操场上举行以来，至今已经有了100多名小学毕业生。从营盘村小学走出，初中毕业的也有30多人。有阿被拉且等40多人进入青岛等地工厂工作，他们终于看到了大营盘村以外的一片灿烂明丽的蓝天……

如今的大营盘小学已经扩建成为一所9年一贯制学校，面向全凉山州18个麻风康复村招生，学生总数达到330余人。在入选感动中国2011年度人物后，张平宜告诉记者，她希望未来能够推动这个“爱心行动”更加专业化，帮助凉山州更多偏远地区的孩子，让他们更好地就学，并协助他们更顺利地迈向社会，实现就业。

又到开学的时间了，张平宜很快将再次跨越台湾海峡，去到凉山深处的大营盘，还有青岛，去看望她的那些孩子。

生命不是被隐形的，让生命显形，就是还生命一份希望、一份尊严、一份幸福。而那些让生命显形、让一些生命在广阔的蓝天中展翅翱翔的人，人们也会永远记住他的名字，他的事迹会被世人广泛传颂……

“哈”与“吹”

“哈”,通常是说对他人他事的一种喜好热爱,或是一种拥戴;“吹”,则是吹嘘自己,表现自己。“哈”与“吹”由于出发点不同,“追捧”的对象不同,因而产生的效果也不同。

其实,人在“哈气”与“吹气”时,其气流的速度和吐气方式的不同,最能形象说明“哈”与“吹”的好与坏、优与劣。

一个人“哈气”的时候,那是一种从容、淡定,不无保留地张大自己的嘴巴,大团大团的气体成自然状态呼出。这种含有充分水蒸气、温度并没有多大散发的气体,在接触到人的皮肤后,迅速被液化,放出的热量被温度低一些的皮肤吸收。这样,人就会感到暖和。

一个人“吹气”的时候,那是一种浮躁、急切,却又患得患失地缩小嘴巴。这样就要经过一个既节流又膨胀的过程,即高压气体经过小孔时受到阻碍后向低压膨胀的过程。这个过程,会使得气体的温度大大降低。而且这种“吹气”还会让皮肤表面的气流速度增大,皮肤上的水分迅速蒸发,蒸发时皮肤所吸收的热量比从吹出的气体中得到热量多。因此皮肤的温度比正常的体温要低,人也就会觉得冷。

可见,“哈”,多是从善意出发,给别人给自己送出的是一片温暖;

"吹",则是无端地贬损他人,抬高自己,其结果只能是给他人或自己带来阵阵寒意。

如果世界上多一些"哈",少一些"吹",人间也就会多一些温情,多一分和谐。

人世“倨与恭”

在待人时，有人先倨后恭，有人倨中含恭，但无论如何，待人处世与人为善才是根本。

大凡能青史留名的政治家，当初欲登上政治舞台，并不全是为了拥有权利，更主要是为了让自己的政治主张有一个施展的平台，英国的撒切尔夫人就是如此。

那是20世纪70年代，撒切尔夫人不赞成同属保守党的前首相希思的政策主张，她支持基思·约翰与希思竞选党首。后来经过认真思考，她发现还是自己走上前台，打出自己的竞选纲领，胜算的把握会更大。

这一下，却激怒了希思，认为她是一心与他作对。竞选期间，希思的人马故意打出“我支持杂货商，但不支持他的女儿”的口号，以亮出撒切尔夫人的家庭身世，作为攻击手段。但最终并没能阻止撒切尔夫人登上党首的位置。

在英国，一个政党的领袖能否当上首相，还要看其领导的政党在议会竞选中能否胜出。已成为保守党领袖的撒切尔想的是，参与党首竞选是宪法赋予的权利，并不是“有意与希思作对”。不过，一个政党，倘若内部不团结，即使议会竞选中获胜，自己当上了首相，也算不得一个能被人称道的优秀政治家。

为此，她要弥合与希思的关系。当选为保守党领袖的她做的第一件事就是去拜访希思，热情地邀请他参加她领导的影子内阁。在被希思回绝的情况下，撒切尔再次拿出自己的真诚，请希思手下的总督导员怀特洛出任保守党的副领袖，怀特洛接受。除此，撒切尔在政策主张上，对并非原则问题做了调整和修补，使得在对外政策上，两派基本一致。此时，希思发表声明，对撒切尔"完全相信"。撒切尔凭着这种"前'倨'后恭"，不仅让保守党空前团结，更是树立了自己友善坦荡政治家形象，在一片赞扬声中成为英国新一任首相。

如果说撒切尔夫人倨与恭比较分明，以后来的"恭"化解了先前的"倨"所带来的矛盾隔阂，那么三国时期的政治家王祥则是虽"倨"犹恭。

司马昭在五十五岁中风猝死后，长子司马炎继承其相国、晋王的地位。此时，王祥与荀顗前往拜贺，荀顗对王祥说："相国尊贵权重，何曾已经向他行了最重的礼，今日去见他应当下拜。"王祥回答说："相国确实很尊贵，但我们是魏的三公，公与王相只不过相差一个等级而已，上朝时的班列也是相同的，哪有天子的三公动不动就去跪拜人的道理！这样会折损魏王的威望，也有损于晋王的德望。君子爱护一个人应按礼行事，我是不会跪拜的。"见到晋王时，荀顗立即下拜，而王祥只是长长作了个揖。当场司马炎就说："今日才知道你王祥为何这么受重视啊！"

王祥虽然知道司马炎迟早要做皇帝，不过，那还要大臣们的"劝进"，魏帝曹奂"禅让"。王祥的"揖而不拜"，表面看来是倨傲，其实质是对晋王的尊重和爱护：我若现在像拜皇上一样拜晋王，那不就宣告晋王已存心要取代魏王了。王祥这样做，既维护了君臣之礼，避免了让司马炎难堪,也保持了自己正义凛然、高贵独立的人格。因此王祥也受到了司马炎的重视,在司马炎登上皇位后,王祥被“拜太保,进爵为公,加置七官之职”。

无论是倨与恭,出于一片与人为善之心,并坚持做事的底线,你就能立于天地之间,并闪烁于历史星空之中。

君子和而不同

有人说这件事是“蛇年第一掐”，事情的缘起是2月15日早晨著名童话作家郑渊洁发了一条微博：

“昨晚带着八十一岁的老妈看冰灯。给老妈拍完照片我检查是否虚了时，老妈要下一级台阶，她对身边一位十二岁左右女孩说，闺女，能搭把手我扶着你下台阶吗？女孩儿伸出胳膊支持我妈下了台阶。我老妈说完‘谢谢’，身后传来女孩儿妈妈教育女儿：‘傻孩子，她要是摔了，咱家就惨了。以后扶吗？不扶了？真听话。’”

没过两个小时，这条微博就引起了有“国嘴”之称的赵忠祥的注意，他转发并进行了评论：“我的天，是你的照片重要还是老人安全重要，这样的博文也好意思发表。……春节儿女在老人身边，要劳别人搀扶，我只好多嘴了。如得罪君子，幸甚。”

赵忠祥的这一条微博一出，人们就围观上了，有人说赵忠祥的这种“怒斥”，两人势必会擦出火花。然而，对于有人看来赵忠祥的这种不算不“凌厉”的攻势，郑渊洁却只做了如下回应：“君子和而不同。”

如此回应，因为他认为赵忠祥是一位君子：在微博中并没指责他怪罪女孩的母亲，只是说：“您想表达社会腐败”，而此正是郑渊洁发表这一微博的动机。至于说他“没尽好人子之责”，由于当时他给老妈拍照，为避镜头，三位家人离得远了些，老妈也就求助了女孩。要是赵忠祥在场，也就不会这样说了。

郑渊洁对记者还说，“我觉得就此开始讨论很好，因为它能达到让大家孝顺老人，帮助老人的效果。”

“小人同而不和，君子和而不同”，是说君子胸怀坦荡、大度包容。一个人只要以君子的气度，高屋建瓴地对待发生在身边的事情，就总能有一个漂亮的台阶为自己所下，让人生一路阔步向前。

·朋友是一方上好的砚台

交朋友，是交心。

她的朋友挺多，朋友来到她的家，她总会第一时间对朋友说，冰箱里有你爱吃的菜，煤气阀门就在厨房的那个旮旯处，被单和睡衣在第几个抽屉……她就是想让朋友有一种待在家里的感觉。

她就是王珞丹。

有时挺不凑巧，朋友刚到，王珞丹就接到剧组的通知，到北京以外的地方去拍戏。这时，她会叫来北京的朋友，陪着这位外埠的朋友逛京城。外地朋友要走了，王珞丹在剧组要是仍然走不开，她就会在电话中“耳语”：“你受累把房子的钥匙放在门口垫子的下面，你可要记得哟，要偷偷地，别让人家看见了哟！”

朋友交到这个分儿上，此可谓是王昌龄所说的“一片冰心在玉壶”。可王珞丹却说，不是“冰心”和“玉壶”，如果说是“清水”与“上好的砚台”要更为妥帖些。因为在她看来，朋友之间，绝不是像吃速食碗面条一样，吃完就把那碗给抛弃了。而是把朋友当作一方上好的砚台，写过字后或画过画后，时不时还拿出来用清水滋养一番。

对于书画来说，砚台可用，清水可用，所以王珞丹说，朋友就是拿来“用”的。在用之前，当然一定要用力爱。

当年她没有多少钱，却喜欢“走万里路”。有一次，她花了不到一万元，居然跑遍了新疆、内蒙古，最后还到海南住了一个星期。她的秘诀就是从不住旅店，而是用朋友。

住在朋友家，王珞丹也会用“清水”滋养“砚台”。她的“清水”就是自己的一双巧手。一旦到了朋友家，在朋友介绍那儿有哪些好玩的地方时，王珞丹就会毫不客气露几手精湛的厨艺，麻利地替朋友整理房间。告别时，感激之余，她还会有些抱歉地说：“打搅了，真不好意思！”倒是朋友会乐呵呵地回答：“你不是总说嘛，朋友就是拿来用的。”朋友的意思是说自己用了王珞丹。

在她用朋友时，也总是这样让朋友用。那年，王珞丹要告别小单间了，买了一套三居室。搬家那天，她打了几个电话，很快，一些哥们儿姐们儿就从不同方向汇集过来。东西并不多，没多大一会儿工夫就搬完了。她说，你们辛苦了，新居室还没支起锅灶，我们就去大排档解解饥吧。

几瓶啤酒，几盘小菜，王珞丹又回到了昔日寂寂无名时的小幸福。即便在这样一种场合，她让朋友用时，朋友也依然会被她所“用”。如朋友在喝得微醺时，不知谁讲起了年少时的情事，居然有人说曾暗恋过王珞丹，且这暗恋的还不止一位。这样，令王珞丹心湖中有了温暖的阵阵涟漪……

在朋友们离去时，她会因人而异送些小礼品，爱看书的送给几本有意思的书。其他的人，或者是赠给她主演的影视碟片，或者是她从内蒙古老家带去的土特产等。

每一个明星都会有一段没有名气的时期，不过，有的是“路漫漫其修远兮”；有的则是“好风凭借力，送我上青云”。在很多人眼里，王珞丹好像是一下子蹿红的。其实,她在星路上一路走来,还算顺风顺水,与她的“朋友是一方上好的砚台”也是不无关系的。

王珞丹在考电影学院时,她所住地下旅店的隔壁房间也住着一位考生,一来二去,两人便成了好朋友。这位朋友落选电影学院,但就读了人民大学,后来去了法国。王珞丹几次带父母去欧洲旅行时,都是住这个朋友家。她说,在这位朋友家中她就很有家的感觉。

这位朋友的父母住在北京,逢年过节时,王珞丹总会带上礼物去探望,下厨、整理房间……直让朋友的父母感觉到就是自己的亲闺女来到了。而这些,她从来不对法国朋友说起。但是,法国朋友这方“上好的砚台”,让王珞丹用着,居然“画出了自己生命中最好的‘丹青’”。

那年,王珞丹随经纪人去赴一个晚宴,在座的不是名导就是明星。谁也没有注意在角落里尚没什么名气的王珞丹。席间,一位大腕导演突然说起自己初去法国的女儿,既吃不惯那边的饮食,语言交流上也有障碍。看得出,这位导演脸上流露出的对女儿的牵挂和不安。

导演的情绪很快就传染给了王珞丹,她很想为这位导演解除烦恼。这时,王珞丹突然想起了已定居法国多年的那位朋友。晚上回到家,一打听,正巧朋友的住处与导演女儿的住所只有一条街之隔。王珞丹拜托朋友周末的时候做一顿中式大餐邀请导演女儿做客,还让朋友教授女孩儿一些法语。

对于王珞丹来说,这也许只是让自己那颗不安的心变得安宁一些,没想到却让她的命运就此得到改变,导演力荐王珞丹去一个剧组试镜,她居然还成了主角。由此她踏上了明星之路。

朋友,是一方“上好的砚台”,只有心中有一泓“清水”的人,才能有着如此境界。此既是放低自己,而又不看低自己,在滋养了别人时,也洇染出了自己一片锦绣前程……

医院窗外的蜘蛛侠

她说："这些可怜的小病人平时没有太多的机会娱乐，我们至少试着在那一刻让他们快乐起来。"她叫米切尔·马涂伊泽克。

她的工作既平凡又辛苦，她只是阿勒格尼窗户清洁公司的一名职员。前些时，因为工作认真负责，能谋划，大家推举她做了办公室经理。不久前，米切尔的儿子生病住院，她发现邻床有一个孩子整天沉默寡言的。孩子六岁，名叫诺兰·艾里克森。米切尔成心逗他说话，让他笑，但诺兰的笑神经似乎僵化了。

原来，在过去的十三个多月里，诺兰一直和爸妈在医院里陪伴十四个月大的弟弟。弟弟马修一出生就被诊断为脑肿瘤，一年多里经历了六次手术和五轮化疗，自从马修出生后，全家人就没有离开过医院。"诺兰在这里过了两个生日，"妈妈说，"脸上很少有笑容了。"

后来，米切尔发现了一个秘密：当她和儿子说到超人、蜘蛛侠、蝙蝠侠时，诺兰脸上就会露出一些笑容。这下让米切尔明白了，几乎所有的孩子都有英雄情结。英雄是孩子们心中的太阳，一缕缕阳光洒下来，郁结于孩子们心中的忧郁就会像冰雪一样被融化掉。

诺兰脸上挂上了丝丝笑容，米切尔倒发愁了，自己只是一个高层玻璃的清洁工,离英雄相差实在太遥远了。

然而,后来她终于成了英雄,而且是“超级英雄”。

原来,在儿子出院不久,即2012年夏天,米切尔一次看报,她看到一幅照片:一个个清洁工把自己装扮成蝙蝠侠的模样。看照片下面的文字说明,这些人是伦敦的清洁工。这让米切尔异常高兴:在我们公司也可以成立一个“超级英雄玻璃清洁队”嘛!万圣节就要到了,我们可以把它作为万圣节的主题游戏,送给医院的孩子们。

当她把这一想法告诉她的先生、清洁队的队长爱德华时,先生却持反对意见:队员们穿上超人、蜘蛛侠、蝙蝠侠的服装,会不方便,会有危险,导致工作进度变慢。再说购买这样一套行头,也会让公司增加不算低的成本。但当米切尔告诉了爱德华关于诺兰的事时,他终于同意了。

结果,超级英雄们魅力无穷。万圣节那天,诺兰、马修看到三个蜘蛛侠从天而降,英姿飒爽地挂在窗玻璃上,对他们微笑、招手、竖起大拇指,孩子们的那份激动和快乐简直让医院沸腾起来!可不是,这天,和诺兰、马修一样,医院里的几百个孩子和爸妈都被蜘蛛侠迷住了,蜘蛛侠在窗玻璃上做着清洁,一直晃了几个小时,孩子们就一直兴奋激动地看着,欢呼着。其实,不仅仅是孩子们和家长,连医生、护士也一起激动着,欢乐着。医院的负责人凯瑟琳说:“孩子们把英雄们的保险绳当成了蜘蛛侠的蛛丝,一切真像一个奇迹!再没有什么比他们更能照亮医院的一天了,即便是那些常年躺在病床上的孩子,也可以和心中的偶像相遇,使得孩子们心中热乎乎亮堂堂的。”

超级英雄清洁队的队长哈罗德·康诺利说:“以前觉得做一名清洁工很平凡,可如今感到非常骄傲与自豪。”

从那开始,几乎每个星期一早晨,美国匹兹堡儿童医院的孩子们醒来后，都会惊奇地发现，那些英雄挂在窗户外，向他们招手致意，擦着窗玻璃，就像在为他们擦去一周来落在他们心灵上的灰尘。在宾夕法尼亚，赫尔西儿童医院，他们直接把玻璃清洁变成了“嘉年华”，孩子们可以在病室里等待这些英雄的“天外来客”，也可以在楼下排队，和英雄们握手、拍照……

眼下，米切尔和哈罗德要把这支超级英雄清洁队带领到别的地方，他们收获的欢迎和快乐像太阳一样，在他们光芒的照耀下，一花开来百花放，许多清洁公司纷纷效仿，一个个超级英雄要将“快乐”送到坦帕、费城、芝加哥、孟菲斯……超级英雄们并不想停下来，他们计划把惊喜与快乐带到更多的医院，整个美国，乃至更远的地方。

舍我不舍“手枪”

舍我即成舍我，我国近现代著名报人。

他有一句在报界广为流传的名言：一张报纸犹如一把手枪，如果社长或总编辑自己不看大样，就好比把自己的手枪交与他人，万一他乱枪扫射，责任都是自己的。

“按龙泉血泪洒征袍”，许多名言背后都会有一则流泪的逸事，甚或是一则染血的故事。如著名之语“人但知强盗可怕，不知无法无天的官吏比强盗更可怕”，就是被誉为“铁肩辣手，快笔如刀”“飘萍一支笔，抵过千万军”的《京报》社长邵飘萍所言，他后来被奉系军阀残酷杀害。

又如撰写盛传一时的对联“今日幸西苑，明日幸颐和，何日再幸圆明园，四百兆骨髓全枯，只剩一人何有幸；五十失琉球，六十失台海，七十又失东三省，五万里版图弥蹙，每逢万寿必无疆”的《社会日报》主编林白水，在邵飘萍被害不到百日，于1926年8月6日，也遭军阀张宗昌屠戮。

京城两位报界名流的相继喋血，让一些报人不得不战战兢兢，如临深渊，如履薄冰。一次，《世界晚报》一篇报道字号“效坤”的张宗昌的文章，因按当时的习惯，文章中称张宗昌应为“效帅”，然而当大样出来时，社长成舍我看了一遍，排版人员将“效”字排成了“妓”字，竟然成了“妓帅”，这可要犯张宗昌的大忌，由于成舍我的一次细心，避免了一次不测之祸。

接下来的一次排版错误，让成舍我没有这么幸运了。当时，北平城是直系军阀曹锟的天下，而奉系军阀张作霖一直虎视眈眈，终于在1934年酿成“直奉大战”。战况紧急，曹锟任命吴佩孚为统帅，防堵奉军入关。张作霖气势汹汹，当时北平城人心惶惶。

吴佩孚清末秀才出身，也许是《推背图》等书读得太多，他迷信地认为一个拥有好名字的人就可逆转战事，能够“逢凶化吉”。于是他突然想到手下一位名叫“张福来”的大将，让他喜不自禁：有了“福来”，一定能打胜仗了。于是吴佩孚特地将张福来从河南开封调去，任命他为“前敌总指挥”。

成舍我得到这条独家消息后，就以“前敌总指挥张福来今早出发”为通栏标题发当天的头版头条。按惯例，报纸在下午两点钟以前就必须印刷出来。不巧那天他中午有事，不得不破例没看大样，成舍我再三叮嘱同仁，千万不可有错字。

办完事后，成舍我匆匆忙忙往报馆赶，途中报童已在叫卖《世界晚报》了。不太放心的成舍我似乎有预感地买了一张自家的报纸，一看，让他不禁惊魂。原来头版头条的通栏标题竟然把张福来的“福”错成了“祸”，张祸来，一字之差，天地玄黄，宇宙洪荒。此时已经是下午三点，还能做什么，三十六计，走为上计，成舍我打了一个电话，让报务主编把重要的物什收拾一下，赶紧关门，他则跑到了东交民巷的“六国饭店”避难去了。

晚上七点，报馆被封。

然而,军阀混战,此消彼长,竟然让成舍我因“祸”得福。就在《世界晚报》被查封的第三天,冯玉祥临阵倒戈,堡垒就这样从内部攻破了。曹锟遭软禁,吴佩孚仓皇逃到洛阳。那天的《世界晚报》成了直系的“祸殃”,却给奉系张作霖带来“福音”。三天后,《世界晚报》重新开业,据说张作霖暗中给了成舍我一大笔资助。复刊的当天,《世界晚报》销量大增,此后,好长时间都稳居京城报纸第一名。

其实,此并没有让成舍我有多少欣喜,而更是让他坚信“不可放弃自己的手枪”。因为他明白,这种侥幸是极其靠不住的,它能够让你“因祸得福”,但一旦祸事上身,轻则让你永世不得翻身,重则丢掉身家性命。

“不可放弃自己的手枪”,告诉人们,只有兢兢业业做最过细的工作,才是一个人的立身立命之本。

让相关的人有归属感

前几年，他的企业开发出了一种叫作“寒天”的食品，那是由深海红藻萃取而成。因为具有低热量的特点，对于有着时尚饮食消费观念的人们来说，这样的食品无疑会是首选。果然，其在国内很快就掀起一股“寒天食品热潮”。

有人说，这一下他要抓住机会，快速扩大规模增加产量了。可是他不，面对雪片般飞来的订单，他却选择了婉拒。或许有人认为他这样做是由于缺少资金，其实并非这样，因为他的企业是连续48年保持增收增效的优良企业。对于他的不扩产，当有人追根溯源时，他向人讲起了这样一个故事。

有这样一家饮品企业，一段时间，前来购买产品的人在销售部的门前排起了好长的队。企业首先是提高销价，可人们就像着了魔一样，前来购买的人不减反增。于是这家企业的老板立即投入资金开始扩产，而且一扩就是好几年。后来不知怎么就转了风向，企业销量锐减，产品严重积压，老板只好大量减员。糟糕的是恰在那时开始了世界性的金融危机，那些被解雇的人员生活顿时陷入困境，有人流落街头，有的人甚至或冻馁而死。

人们这才明白，他的不扩产是为了企业员工着想。

其实，在他的经营理念中不仅仅只为自己的员工着想，而且凡是与他有交往的人，他都要考虑他们的利益。他说，人具有社会属性，一个人免不了要和许多人都是相关者，而你得让这些相关者有归属感。

在相关者中，关系最为密切的除了企业的员工外，再就是公司的下游厂商。一般来说，那些承包大公司的委外加工业务等配套厂商，他们对发包商及母公司大多是有意见的。因为他们之间除了合作外，更多的是利益冲突。发包商或母公司往往会高高在上，盛气凌人：对于外包及合作厂商，他们或是要求对方无条件地完成任务，或是强制性地要求其降低成本。

但他的公司从来不这样，他就曾多次主动对下游厂商说："这个单价太不合理了吧！"下游厂商乍一听，会不相信自己的耳朵，"哪有胳膊肘儿朝外拐的"，这时，他会接着说："我已仔细调查过了，知道你们公司已经很努力了，却没有什么利润。"于是他也就立即给他们的产品提价。如此一来，下游厂商会由衷地感叹说："他们公司是真的好，我们愿意为他们更加努力！"

不说这些自己企业的员工及联系比较多的人，即便那些一时间要与他的公司发展业务关系的商家，他也要让他们有归属感。就有这样一个事例：

正在前些日子"寒天"销售最火爆时，有家大型超市向他伸出橄榄枝，要求销售"寒天"食品，他却不同意。有下属说，这可是一年几亿甚或几十亿的利润啦！要是搁在其他企业身上，人家一定会求之不得。老板您拒绝了多可惜！

他的观点是，作为一家超市并不只是单纯销售产品，而与其企业文化、整个制程、软件价值都会有着关联。他说，销售我们的产品，这家超市在这些方面显然有差距。我要是答应了他们，会给他们造成很大的损失。

——原来在作决定前他对这家超市已做过详细考察。

不仅仅如此，对于更多的人，他说，尽管不可能与他们为友，但至少不与之为敌。不与他们为敌就是尽可能不和他们发生利益冲突。为做到这一点，最根本的就是开发世界上唯一的产品，即致力于开发国际国内不曾有过，或是其他公司做不出的产品。

说起开发，不说是开发世界独一无二的产品，即便一般产品，也不是一件容易的事。多少年来，企业家们就有着这样的经验总结，即“千分之三”。人们将产品开发比作种植，也就是说播下1000颗种子，如果能长出3颗新芽来，那就非常非常不错了，那就该谢天谢地了。可他不仅每年都要拼命地播种，而且还要精心地灌溉施肥。他的公司屡屡就有了他人不能做的产品，这样既顺应、满足了顾客的需求，同时也避免了诸如仿冒、价格战、品质战这类会树敌的情况发生。他这样做，最主要的是让企业能永续发展，员工不会因公司倒闭而流离失所。

他就是日本伊那食品工业公司创办人冢越宽。

这种让相关者有归属感，就是他的企业让人有一种家的感觉，那是一种幸福的感觉。冢越说：有归属感，就能将企业做成一个“百年老店”，我的经营决策都是以100年后这家公司还能够具有存在价值作为考量的。我也希望员工们都知道这一点，坚强、勇敢地做下去。因为我做成一百年老店的理由是，要使员工和员工家属幸福，要使外包及合作厂商幸福，要使股东幸福，要使当地社区幸福。总之，能使与伊那相关联的所有人幸福，以及更多更多的人幸福。

在日本，有人最近作了一项调查：日本哪一家企业最了不起？答案是：不是丰田，不是索尼，不是东芝，而是像伊能食品工业这样捍卫

“幸福感”的企业。

有了归属感就有了幸福感，只有捍卫归属感的企业才最具有凝聚力，也就最具发展潜力。

·让他人心灵之石光滑

他一心要成为一名高僧,16岁那年,他来到临水寺。

他想,临水寺大师众多,向每位大师学一点儿,自己的目标也就不难实现。在方丈慧能大师为他取了悟净的法名后,他便开始了自己的梦想之旅。

当天,悟净就一一拜访各位前辈及师兄。他知道要长见识,必须虚心、多看多思。在拜访完毕后,善于观察的他还真的发现了一个问题:方丈配给自己的石凳凹凸不平。

他对慧能大师说:“方丈,能不能给我一个如师兄们一样光溜溜的石凳呢?”大师看了他一眼,很肯定地说:“不能,别人的石凳开始时和你的也一样。”他略加思索,说:“方丈,我明白了,俗话说,只要功夫深,铁杵磨成针,给这样一个石凳,是提醒修行的人,如要修成正果,必须下苦功夫。”

从此,天还没亮,师兄们还在睡梦中,悟净洗漱完毕,便捧起一本经书读起来。每读一会儿,他会用手摩挲一下石凳,看比先前光滑一些没有。见效果并不明显,他还特意在裤子的臀部位缀上一块粗棉布,坐在石凳上不那么疼了,于是他开始加大摩擦力量,重重坐,重重起。

这样一年过去，石凳果然光滑了，可他并没成为大师，因为没有谁承认他。

悟净有些不明白，对方丈说："我的石凳光滑程度并不比大师们的差！"方丈看了佛案上摇曳着的灯火，问："灯火为什么会动呢？"悟净看了一眼打开着的窗户，说："是风吹火苗动。"方丈说："不是风动，也不是灯火动，而是心动。"

悟净终于明白，一年来自己只有一个念头：让石凳变得光滑，并没真正用心念佛修行，当然也就成不了大师。

他从库房中又搬来一个凹凸不平的石凳，悟净要重新开始。他只穿了一条单裤，坐在石凳上，开始时觉得挺疼痛的，由于一门心思读经修行，疼痛也就低下了头。这让他领悟到，读经修行力量是强大的，而疼痛就像弹簧，你弱它就强，你强它就弱。

一年后，悟净盘点了一下，上一年只读完一本经书，而且还是囫囵吞枣，这一年竟然研读完了三本。

之后，他依然整天坐在石凳上，青灯黄卷，苦读苦思。春去秋来，又过了一年，悟净的头脑丰富了，石凳也非常光滑了。他想，这次应该称得上大师了吧！可依然没有人承认他，连香客们也不认可。

这次，他将几本反复阅读书角已经打卷的经书带在身边，来到方丈面前，说："我想向大师请教，这几本经书上的内容我已熟记于心，可不明白，我究竟离大师还有多远呢？"

这次方丈没说话，只是拿眼睛看着寺内寺外来来往往的人。悟净回到住处，思考着方丈为什么不说话。经过一晚上的参悟，他终于明白了。

悟净又从库房拿了一个凹凸不平的石凳来，他要重新开始。坐在石凳上读经之余，他也会在丛林法会上做持香盒执掌烧香及行礼的"烧香侍者”;还去为住持起草往来文书,做一位“书状侍者”;接待照应住持的私人来客,做一位“请客侍者”……

除了这些,他还一改过去闭门念经参悟的做法,将禅房大门打开,在读经参悟时,一旦有香客进来,他就发扬慈悲,传递佛法,积极认真地为香客解惑答疑。正所谓教学相长,在为香客服务,让别人增长智慧,去忧解愁时,也让悟净真正长了见识,受到启发,且得到一份从来没有过的舒心和快乐。

不知不觉,一年又过去了,他已记不清接待了多少香客,反正他去四方化缘时,几乎没有施主不认识他的,都说悟静师父是一位了不起的大师,要不了几年,也许就成为世人尽知的一名高僧了。当然他的那个石凳也变得比较光滑了。

修行就如一个石凳,不能只顾表面光滑,而是要从心灵打磨它。这且不够,不仅让自己的心灵光滑,还要去关注别人的内心,让他人的心灵也变得光滑起来。

想想我们的人生,不也是在修行吗?只有在帮助他人中,自己的境界才能真正得到升华,在成为他人一块“垫脚石”时,也让自己具有了一块美德的基石。

·与人沟通就是放低自己

有人说，所谓与人沟通，就是“勾”下腰来和人讲话。此虽说是一种诙谐形象的说法，但它却道出了沟通技巧的“奥妙”之所在。从某种意义上说，与人沟通就是放低自己。

有一位闻名遐迩的谈判专家，许多极其危险异常棘手的绑匪挟持人质事件，只要经他出面，就能化险为夷、化繁为简，一切问题就会迎刃而解。

一天，我有幸见到了这位谈判专家，这位让我如雷贯耳的英雄与我心目中的形象却实在是相去甚远。他不到一米六〇的个子，却臃臃肿肿，胖得出奇。不说是高大威猛，英姿凛然，即便是匀称也谈不上。

就是这么个人，不拿手枪刀具不穿防弹衣什么的，也就是说不携带任何攻击性武器和防御装备，赤手空拳面对穷凶极恶的绑匪，在很短的时间内却能让歹徒土崩瓦解，缴械投降。这又是一种怎么样的神功？

这位谈判英雄告诉我，做他们这一行的除了智商要高一点儿，语言中枢区要发达一些，社会民俗经验要丰富，知识面要广泛外，还有一个最重要的条件，就是必须“其貌不扬”。因为你矮，你胖，你丑，歹徒突然发现,来人不过如此!他就会获得某种心理满足及心理优势,他下意识中就会产生一种愉悦感,警惕性也就自然而然地放松了。这就为下一步的谈判打下了基础。

他还说,一个人的高矮自己是无能为力的,但一个人的胖瘦自己是可以掌控的,他的胖就是自己有意识吃出来的。

谈判说到底就是一种沟通的艺术,而放低自己,让对方觉得愉悦的沟通技巧,可以说是一些谈判专家致胜的最重要的法宝之一。

美国钢铁大王卡内基,在1921年曾以100万美元的天价年薪聘请夏布出任CEO。许多记者问卡内基为什么会是他?卡内基说:“他最会赞美别人,这是他最值钱的本事。”卡内基的这一用人理念可以从他为自己写的墓志铭中找到其渊源,那墓志铭是:“这里躺着的一个人,他懂得如何让比他更聪明的人更开心。”

卡内基看重的就是夏布的放低自己取悦他人的沟通与交际能力。而这种放低自己取悦他人,与其说是夏布被卡内基所青睐的关键,更不如说它就是卡内基之所以成为钢铁大王的根本所在。

著名作家沈从文在年轻时就誉满天下,他在26岁那年被时任中国公学校长的胡适聘为该校讲师,可上课时他一开头就说,我的课讲得不精彩,你们要睡觉,我不反对,但请不要打呼噜,以免影响别人。就是这放低自己的开场白,竟然为他赢得了满堂的喝彩声。

诗人说,花朵把春天的门推开了,绿荫把夏天的门推开了,果实把秋天的门推开了,飞雪把冬天的门推开了。我说,是示弱与低调把人的心扉推开了,是以低调为前提的有效沟通把走向成功走向辉煌的大门推开了……

第三辑

独立的鹭

我们遭遇了寒冷，遭遇了冰泥，又不得不赤脚面对。这时，不远处有一只智慧之鸟——鹭。它那瘦骨伶仃的一只脚常常撑起整整一个自我，整整一个天空，却将另一只脚缩进身体的深处。在生活寒冷的烂泥田中，我们也可以将自己的一只脚缩向心的位置，不为遗世独立，只为可以获得半个天空的暖。

“能蜘蛛”

在我们家乡，当说到一个人很“能干”时，会说他是一个“能蜘蛛”。当然，被称为“能蜘蛛”的人，其“能”一定是很不地道的，也就是通常人们所说的有“能量”的人。那么，对这样一些“能人”为何如此称呼呢？让我们来看看明代开国初的一桩公案。

那是洪武十八年（公元1385年），溧阳县（今江苏溧阳）一个叫潘富的衙役犯了事，其案子直接到了朱元璋的案头。看罢奏报，洪武皇帝龙颜大怒，随之下诏缉拿。按理说，一个小小的衙役，皇上下令，当是瓮中捉鳖，手到擒来，然而事情却是十二分的吊诡。

当朝廷的抓捕小组悄悄来到溧阳时，哪里还有潘富的人影。是的，他已从内部得到消息，脚底下抹油——溜之大吉了。这可是一场有组织有计划的逃跑行动：由一个士绅牵头，十三个知名商人参与，将潘富秘密转移到了安徽的广德县。抓捕小组跟踪追击，可他们竟和朝廷公差玩起捉迷藏的游戏，当抓捕小组来到广德时，潘富在一帮人的庇护下，去了邻近的建平县。

随之，一位具有较强反侦察能力的帮凶提出“越危险的地方越安全”的见解，又将潘富秘密送到了溧阳。疲于奔命的抓捕人员闻风而至，结果依然又扑了一个空：一个大户人家又将潘富护送到了江苏宜兴。

后来潘富又潜入浙江的崇德县，被一个叫赵真的盐贩子藏了起来。潘富最后躲到一座寺庙里，到抓捕人员前去时，和尚们竟然与官府追兵大打出手，致使一名公差被打伤。

为什么会有这么多人帮助潘富，难道说他是一个仗义疏财之人，是一个广有善行的名士，朝廷将他抓错了？其实朝廷一点儿也没有错，潘富就是一个为虎作伥，撺掇溧阳县令大肆搜刮民脂民膏的不法之徒。

这样说来潘富一定是一个公关型"人才"了。可不是，为官不仁的溧阳县令李皋正是看中了他的这一点。在李皋刚到溧阳上任时，潘富一出手就是"奇招"：科敛荆杖。他对李县令建言：以县衙的名义发一纸公文，让溧阳县的老百姓每人缴纳一根拐杖。就这么一个闻所未闻的公文，竟没有一人站出来说"不"。可潘富却一个劲儿地说"不"，当人送来拐杖时，他不是说长了，就是说短了；不是说细了，就是说粗了；或者说不够光滑，或者说太光滑，反正没有一根是合格的。

"都不合适，那该怎么办？"有人小心翼翼地问。潘富说："眼看农忙季节就到了，你们寻找拐杖也会耽误庄稼活儿，干脆把拐杖折成现金得了。"话说得还怪好听的，其实他一开始心中想的就是要现金。这一下让李县令得了不少真金白银，也让他看到了潘富不同寻常的"能力"。

既然有了一个"好"的开场，接下来的事就容易办了，什么理发要缴纳剃头税，走路要缴交通税，拉撒要交清洁税，一场接一场的"好戏"不断闪亮登场。李皋与潘富赚得盆满钵满，可老百姓却揭不开锅了。

为了活命的老百姓推举了一位肯替他们说话的读书人——名叫黄鲁的为他们出面，直接到京城上访。谁都知道朱元璋年轻时，饱受官府的欺压盘剥，对贪官污吏恨之入骨。他取得政权后，为了惩治贪腐，不惜推出"剥皮实草"的做法。且当时洪武皇帝又正在全国大搞反腐运动,潘富的案子也就要从重从快处理。让洪武皇帝万万没料到的是:一个小小的衙役,却怎么也抓不着。

朱元璋盛怒之下,出了一狠招:从外围入手,凡是参与庇护潘富的人一律砍头,没收其家产。结案时,帮助潘富逃跑与窝藏的人竟有107户之多。

潘富就是一个典型的“能蜘蛛”。而所谓的“能蜘蛛”,就是指那些善于织网——织出一张张盘根错节关系网的人。由于这些关系网的每一根“蛛丝”都是由金银打造的,用金钱织出关系网的他们当然要利用其捕捉更多的“金蝉子”。

“你只看恢恢天网,饶得过哪个人儿”,关系网再大也大不过天网,对于诸如此类的“能蜘蛛”,在其关系网的庇护下,也许能成为一时的漏网之鱼,但只要我们对他们保持高度警惕,“苍蝇”“老虎”一起打,其一定不会逃得过疏而不漏的天网。

生命的摇摆

花染烟香，柳摇风翠，摇摆是一道风景。

树枝在风中摇摆，袅娜多姿；花儿在风中摇摆，妖娆妩媚；小孩子一边走路一边摇摆，是那样活泼灵动，是那样娇娆可爱。记起一首儿歌："三岁伢，穿红鞋，摇摇摆摆上学来！"那摇动的是无限的未来，那摆舞的是整个世界！

一次与朋友闲聊，朋友语出惊人："现在成人中有好多人不会摇摆了。"见我不解，他慷慨陈词，掷地有声："在那决定国计民生有关政策的会议上，对于上级领导的观点，有几人会摇头的？皆点头如小鸡啄米！在那些学术研讨会上，对权威人士的意见，只见拍手称是，有几人摆手表示不同看法的？凡是对一件事的表决，你点头，我点头，你拍手，我拍手，蔚为大观。摇头、摆手倒成了一种稀罕的景象。"

友人的话，虽说只是一己之见，不过，还是让我陷入了沉思：一些人不知摇头、摆手，是避免伤了和气，为了让社会聚集更多的精气神吗？是担心破坏了平衡，为了让社会的步子迈得更稳健更轻快吗？

不免想起了科学家最近的一项研究成果。

人走动时，为何要摇晃身子摆动胳臂呢？对于这个一直让科学家们好奇的问题,而今终于有了答案。来自美国与荷兰的3名生物医学专家,对人走路时的动作进行了精细的测试。他们制造了一个机械模型,来模拟人的上身尤其是胳臂摇摆的姿态,然后让10名志愿者尝试正方向摆臂的摇摆行走,以及将两臂环抱或放在身体两侧的不摇摆行走。他们的活动代谢成本根据吸入的氧气和呼出的二氧化碳量来计算。

出人意料的是,人摇摆时并不多消耗能量,因为晃腰摆臂时完全不需要相关肌肉的扭转力。不摇摆时反而要多消耗12%的代谢能量。行走时的摇摆还能缓冲上下起伏动作,也就减少了腿肌肉的能量。如果一个人走路抱起双臂,这种称为垂直地面反应的运动,其运动量就陡然增加了63%,能量代谢会增加25%。

原来不愿摇头摆手,害怕起摩擦"多消耗能量"而影响了社会的"行走",其实是一种"反自然"的行为。科学家们说,晃身摆臂并非只是我们四肢爬行祖先的特殊运动遗产,它更是人体步态能量系统的一部分。

社会不就是一个扩大了的人体吗?

为了保持社会步态能量系统平衡,为了使之节约能量,为了让其"行走"得更快,对于一些事情,我们不光只顾拍手称快,点头叫好,我们须得按照内心的要求,遵循自然节拍,来摇动我们头颅,摆动我们的手臂。只有这样,才是一种真正减少社会摩擦和振荡的行为,才是一道对自己负责、对人类奉献的亮丽风景。

一点点油漆改写“二战”历史

1940年7月，希特勒向海陆空三军下达“海狮行动”作战任务，该任务要求空军能够取得制空权，利用空中优势，在第一阶段极大削弱英国海军实力。

此后，德国空军频频派出飞机对英国皇家海军基地、机场、雷达站等重要军事设施狂轰滥炸。要命的是德军的飞机如同长了眼睛一般，目标准确，英国的重要战略设施遭受到了极大的破坏，使得英国在战役初期皇家空军落入极度危险的境地。

很明显，要扭转这一局面，就得弄瞎德国战机的眼睛，即让德军在英国的情报机构不能发挥作用。那时，传输情报信息主要是靠无线电发报机，由于英国掌握了极强的密码破译技术，德军曾一度传递有关英国的情报信息并不敢用发报机。那么他们是靠什么来传递消息的？英国人猜想极有可能采用的是最原始的方法——信鸽传书。经过侦察，这一想法很快得到证实，英国人发现每天都有信鸽飞越国境。

英国是一个善于狩猎的国家，他们也以传统的办法对付德军，让那些能百步穿杨的弓箭高手埋伏在信鸽飞行的航线上，因而每有斩获，大大打击了德国空军的嚣张气焰。

然而没过几天，英国的重要战略设施又遭到德国空军的精确轰炸。原来，德国人已有准备，他们训练出的信鸽可以在夜间飞行，这一下，让英国人又只好望天长叹了。

一天，英国一位侦察连连长无意中向做建筑工的弟弟杰米说起了此事，并叹惋：真不知道该如何对付这些令人头疼的鸽子。杰米眼前一亮，突然想起了一年前建筑工地发生过的一件事：

一天清晨，工人们上班的时候，在一栋楼下发现了许多死鸟。有人说这些鸟是被人谋杀的，也有人说它们遭遇到瘟疫。一连好多天这栋楼下都会有死鸟，最后确定这些鸟是自个儿撞上这座楼房的。人们又不禁疑惑，这座楼只有两层，在那儿是最低矮的一座，鸟儿们自杀为何不选择那些高层建筑呢？通过对这几栋楼房进行比较，秘密最终被揭开了……

听完杰米的话后，兄长如获至宝。

原来工地上要抓紧建设，工人们日夜奋战，在工地上安装了八盏高杆电灯，入夜时分，灯火辉煌，将整个工地照得如同白昼。黑夜飞行中的鸟本身具有趋光性，鸟儿夜间飞行不像人类有指北针，只能利用星光、月光作为航标灯，晚上光线太强，这就成了鸟儿的一个陷阱。鸟儿又为何不撞在附近那些高大的建筑物上呢？只因这座两层楼房的墙面涂成了浅蓝色，在灯光的映衬下，很像晴朗的天空。

这位侦察连连长建议在德军信鸽飞行的途中安装许多高杆电灯，在几座房子的墙面上涂上浅蓝色的油漆，德国夜间飞行的信鸽在强光下视线锐减，因而错把墙面当蓝天。又因为德军犯了战略性错误，“海狮行动”终于遭致破产。

几盏灯，几瓶油漆，为改写“二战”历史留下了辉煌的一页。

·陌 生 化

一次，参加一个笔会。在讨论一个人的作品如何能更让读者接受时，有一位笔友提出了颇有见地的看法：让自己的作品“陌生化”。

他说自己就是这样做的。他让人给自己编了一个电脑软件，他常常用这个软件对自己的作品进行分析，看一些词语、一些方法在作品中出现的频率。频率在不断地降低，也就说明自己的作品在向“陌生化”趋近。

“陌生化”，就是避免老一套，要让读者对你的作品自始至终保持一种新鲜感。老套重复令人生厌，新鲜稀罕吊人胃口。

有这样一个故事。情人节前两个月，两对情侣中，一位男士每到周末就会给女友送去一束花，而另一个男士只是说说，并没见行动。到了情人节那天，二人都各自给自己的女友送了一束玫瑰。每周都收到花的女士只是抬眼看了看，让男友把花放到桌子上；另一位女士却欣喜若狂。

无怪乎“殷勤男”让人乏味，不是殷勤惹的祸，而是“熟悉的地方无风景”。

生活中，需要“陌生化”的东西太多太多。一些父母抱怨孩子不懂事，自己呕心沥血孩子却不知道领情。有这样一位母亲，孩子每天早上起床衣服要递到手中，洗脸水要端到床头，连牙膏也帮忙挤上。可孩子并不觉得妈妈有多辛苦。有时上学要迟到了，还要向妈妈发脾气。

有人劝孩子的妈妈不要这样，这位母亲领悟，这样也确实不是一件好事情。从此她买了闹钟让孩子按时起床，从前帮他做的事情一律让孩子自己做。慢慢地，孩子习惯了，也乐于做那些事情了。

有一次，孩子作业太多第二天起床晚了一点儿，母亲赶忙帮忙倒了洗脸水帮忙拿了书包。孩子觉得妈妈做了自己的“及时雨”。

即便自己的孩子也要适当“陌生化”，这样既锻炼了孩子，也培养了孩子的知恩之心。

另辟蹊径的“陌生化”还会创造出意想不到的奇迹。草原的夏季来了，天空不见一丝雨，太阳整天整天火辣辣地烤着，河、塘也临近干涸。许多动物经受不住酷热纷纷死亡，然而河马却过得挺滋润。

我们知道，一般动物抵御炎热都是靠出汗，可河马并没有汗腺。没有汗腺的河马为何反而无事？

后来研究人员发现，虽说河马没有汗腺，但却有一种分泌腺体，能分泌出一种红色的黏稠液体。这种液体含有带状的或非带状的两种液晶结构。非带状的结构，它可以减少带状结构液晶的黏稠度，从而加强液体覆盖河马表面的能力。而带状结构的液体却能反射阳光，兼有防晒与遮光的作用。河马在自然界的“陌生化”，使得它们成为最为强大的动物之一。

“陌生化”，就是不从众，不墨守成规。它既是挑战他人，也更是挑战自己。敢于“陌生化”，就能超凡脱俗，就能柳暗花明，就能让你脱颖而出。

·让人生清泉突涌

如今许多人，总想身怀十八般武艺，总想同时挖出几口井，总以为东方不亮西方亮，因而心无定所，凡事也只能浅尝辄止。其实与其轰轰烈烈一场忙乱而所获有限，甚或一无所获只落得一个身心崩溃，不如专心笃定，始终朝着一个目标，只挖一口井，直到清泉突涌，形成人生一种独特别致的美丽风景。

我有一位曾在政府机关工作的同学，趁着改革开放的浪潮下海了。他开了一家眼镜厂，生意红火了一段时间后，因办眼镜厂的人太多，企业便开始走下坡路。一次，我因公到了甘肃白银。下车时，夜色已经降临，宽敞的马路上空无一人。忽然身后就传来了一阵脚步声，我神情为之一震。当我转身一看时，几乎要跳起来，原来他就是那位下海办眼镜厂的同学。惊异与欣喜之余，我问他："到哪里去，要做什么？"他拍了拍斜挎在肩上的一个木盒子："前边，卖眼镜。""你为何就到这荒山野岭来卖眼镜，何以不转行干点别的什么？"我问。"我认定了这辈子就干这行。正因为别人不来，我就来！"他笑了笑说。

其实他那次到甘肃是去做市场调查的，后来他在甘肃办了一个眼镜厂，企业逐步发展，如今他的身价已过亿元。无意转型着实很了不起，这是一种纯粹，一种踏实，一种自知，一种自制，一种自我发展，一种自我突破。

法国有一位叫雷杜德的画家，他一生就只画玫瑰。那时正处于法国大革命时期，政局动荡，到处充满腥风血雨。他却潜心画室整整20年，以一种“将强烈的审美加入严格的学术和科学中的独特绘画风格”，记录了170种玫瑰的姿容，出版了《玫瑰图谱》一书。在此后的180多年里，这本图谱以各种语言出版了200多种版本，几乎每年都会有一种版本隽美芬芳地降临人世。他的玫瑰画作成了巅峰，至今无人超越。图谱被称为“玫瑰圣经”，雷杜德本人也被誉为“玫瑰绘画之父”。

许多人往往自命不凡，有些人虽说只是一只雀儿，却自以为是一只能扶摇直上的鲲鹏，总想引领一队又一队雄鹰在蓝天中翱翔；有的人只不过是一匹极普通的马，却自以为是一只四蹄生风的骐骥，总想带领一群又一群骏马在大地上驰骋。结果没曾飞跃已折翅，没曾起步却跌倒。面对挫折，却又是“三十六计走为上”，从矛盾与冲突中逃之夭夭，还自欺欺人地说自己是“在转型中求取新的出路”。

即便自己很有实力，也不要将希望简单地寄托在转型之上。面对困难，而是要坚定不移，心无旁骛，调整自己，适应现实，激流勇进，超越自己。这样，就可在专一中做出不凡的业绩，在单一的天地中达到他人难以企及的高度。心向一点，劲往一处，人生只挖一口井，无意其他也许更能让人生的清泉突涌……

成名不必早

人们说，人过留名，雁过留声；人生鲜百岁，只有名常存。张爱玲所说的“出名要早”，其已成为许多人的圭臬。其实，成名不必早。

为了早成名，人们总在抢占“快车道”。步行的道路不被人看好，于是来到跑道上；跑步也不理想，骑上自行车；自行车太落后，于是开上奔驰或宝马；开车也不够快，于是我们飞了起来。然而，据说一个人的灵魂只跟得上一个走路的速度，如此灵魂也就被落下了。脱离了的灵魂四处踟蹰，时而在莽原中，时而在沙漠上，后又掉进了沼泽里，它们的微弱光亮不得不在暗夜中闪烁着，有的甚至就这样熄灭了。

想起了于娟，她说，她曾很喜欢自己的性格，即便有一次在酒桌上被一个哥们儿半开玩笑地说上辈子肯定是个山东响马也不以为然，从来不认为有什么不好。后来她生了病，而且很严重，她才对自己的性格开始反省了：自己太过喜欢争强好胜，太过喜欢凡事做最好，太过喜欢统领大局，太过喜欢操心，太过不甘心碌碌无为。简而言之，是自己之前看不穿。看不穿什么呢？看不穿想早成名的坏处：“生不如死，九死一生，死里逃生，生生死死。”

她还说，她曾经试图用三年半的时间同时搞定一个挪威硕士、一个复旦博士学位；她曾经试图做一个优秀的女学者，虽然她极不擅长科研，但是既然走上科研的路子就要有个样子。她曾经的野心是两三年搞一个副教授来做做，于是开始玩命想发表文章搞课题，虽然对实现了做副教授的目标下面是不是继续搞一个正教授也不清楚，为了一个不知道是不是自己人生目标的事情拼了命扑上去。

是的，于娟最终留下了一本叫作《此生未完成》的既是十分厚重又非常轻飘的书，留下"世间一切，隔岸看花，风淡云轻"却不能让世人轻淡的话语，那颗曾渴望光芒四射的花季般的灵魂就这样陨落消失了。

于娟曾是一名高考状元，从某种意义上说，高考状元当然也是一次成名，这些年来他们总被媒体所关注，为众多的闪光灯所追逐就是证明。然而，这样的过早成名未必就有大成就。有调查显示，恢复高考三十多年时间，一千多名高考状元中，没发现一位是做学问、经商、从政等方面的顶尖人才，他们的职业成就远远低于社会预期。

不说早成名是一种包袱，在幼年时声名远扬的仲永长成后泯然众人。就说一些运动员，一上场就拼老本地冲刺，精锐尽出，迅速跑到别人前面，半场以后却跑不动了。从植物学上讲，一朵花怎么可以水灵灵地开一年，它也有开有谢吧？

花儿艳丽地开，大约是要让人观赏让人看。成名不必早，你至少不会被"看杀"，仲永其实就是被"看杀"的。历史上还有一个人也是被看杀的。《世说新语》有一个故事，西晋有一个美男子叫卫玠，是帅哥也罢，还听说他尽管年少已写得一手好文章，这一下他更是成了一睹为快的目标。从预章到下都，人闻其名，观者如堵。也许一直被人围追堵截，心理与生理皆受不了，在一次围观中不幸一命呜呼。

而那些与灵魂同行的人，就如同一棵树、一株花草，按部就班地发芽、生长，干壮了，叶茂了，一次强有力的生命绽放，即便"眼神的风雨"

来袭时，他们也能傲然挺立了。

成名不必早，也并不是说有十分的力只使出九分或更少，不过是说不要如同于娟一样，给自己设立一个十二分或更高的目标，“拼命拼到累死”，可依然达不到时，却“恼怒得要死”。

就算一个人早早就有了成就，也只是埋头做事，不宣传，不张扬。“壮志恐蹉跎，功名若云浮”，此才是人们对名利要有的态度。早成名没有必要，就算晚成名也没有什么值得炫耀的，踏踏实实做事才是正道。

"荐"与"菅"

人生是要"如锥在囊",不可久处于暗处的。战国时的毛遂就是这样一位范例。

毛遂最初只是赵国平原君的一个极为普通的门客,说他普通,已到平原君处3年了,平原君可以说根本就不知道有这么一个人。但毛遂毕竟是一个心有志向的人。

公元前257年,秦昭王派兵围攻赵国都城邯郸。赵孝成王派平原君去楚国求援。临行前,平原君拟挑选20名文武门客随同前往。毛遂自认为是该"锥出于囊"的时候了。可平原君让人挑来挑去,已挑中19人了,却仍然没有看上他。眼看自己将要没戏了,毛遂再也沉不住气了,急切切地说:"这最后一个人应该是我了!"

尽管平原君尚不认识毛遂,但毛遂相信自己"今日得出囊中,方能脱颖而出",他也就终于为自己争取到了这千古留名的机会。凭着这股自信和勇气、胆识和智慧,毛遂一举促成了楚、赵合纵,同时也得到了"三寸之舌,强于百万之师"的美誉。然而,谁也不会想到这一震古烁今的壮举,反倒引来了杀身之祸。

据史料记载,公元前256年,也就是毛遂自荐出使楚国建立功勋的第二年，燕军忽然派了大将军粟腹领兵大举进攻赵国。让谁率军去抵抗呢？此时平原君对那些能征惯战的将军们全都视而不见，心中只有毛遂，他力荐毛遂任前敌总指挥。赵胜其实应该这样想才对：毛遂虽说口才好，是第一流的外交人员，但他并非就是能统率三军御敌的将才。结果昌都一战，赵军被燕军杀得片甲不留。毛遂面对一败涂地的惨状，羞愤万分，便抽出了佩剑，寒光一闪抹了脖子。

从"毛遂自荐"的辉煌到"毛遂自刎"的凄惨，时间仅仅一年，令人不禁感慨万端。

有些握有权柄的人总会有着一种惯性思维，认为某人一方面很出色，他就是一个通才、一个完人了。这种不切实际的一味拔高，似乎是要将其视为宝物，其实是把他当作了草菅。这样做的结果，不仅使得其辉煌昙花一现，也让国家蒙受巨大损失。

对于当事人来说，自荐立功当然是好事，若对自我没有一个全面的认识，在取得一定成绩后，便硬去做一些"服从领导"却是力不从心的事，"自荐"与"草菅"自己，也就只不过一纸之隔。

· 不关乎玉碎瓦全

有人说，宁为玉碎，不为瓦全；也有人说，宁为瓦全，但求碎玉重圆。其实，世上许多事情并不关乎“玉碎”还是“瓦全”。

有这样两个人，可以说他们皆是“瓦全”的高手。

先说一位日本人。这位日本人一生坎坷，少年时代作为人质过着遭冷眼被凌辱的日子。后来虽说独立，却始终生活在同时代另两位英雄织田信长和丰臣秀吉的阴影下。

反正屈辱惯了，为了保全自己，他常常做出常人难以忍受的惊人之举。他投靠织田，作为盟主的织田却提出了一个极为苛刻极为冷血的条件：杀死自己心爱的发妻与嫡子。为了表示自己“唯织田的马首是瞻”，获得织田的信任，他强忍巨大悲痛立即动手；为结交盟友，他不惜屈下尊贵的武士之膝，下拜市井浪子出身的丰臣秀吉；桶狭之役后，他不但不为盟主今川复仇，反而与盟主之敌缔约。

再一个就是中国人。1750年，一个孩子出生在北京驴肉胡同。这是满洲正红旗居住的地方，孩子的父亲世袭了一个职位，且又屡立战功，一路升迁到了福建副都统的职务。似乎这个孩子将来钟鸣鼎食，平步宦海已成定局。

然而世事难料。他三岁那年，母亲虽说给他生下了一个弟弟，可因难产撒手而去。没过几年，他的父亲又因勤于公务导致积劳成疾，病死在福建任上。中正平和，为官清廉的父亲并没留下什么产业，仅有的一些财富很快就被一些小妾瓜分殆尽。

尽管聪颖刻苦的兄弟俩双双考上了京城最好的学校，可他们在家受尽父亲那些小妾的欺负；在学校，一些不怀好意的大腕大款家的孩子变着法儿整治他们。

一次，有一个大官的儿子无故要羞辱他一番，于是，写了一首骂老师的打油诗，并落上了这个穷学生的名字。老师来上课时，那个大官的儿子就予以"告发"。不分青红皂白且又极其势利的老师给这个穷孩子一顿好打。他知道自己只能忍着。

在他少年时，他忍了太多的欺负、太多的嘲笑、太多的无理取闹，他知道不忍耐无异于拿鸡蛋去碰石头。

他还更是将他人对自己的凌辱化为刻苦学习的动力，他除精通满文外，还认真攻读汉人的"四书""五经"，同时，他还熟练地掌握了蒙古语、藏语。他懂得只有如此，自己才有可能有朝一日出人头地，才有可能像他父亲那样建功立业。

儿时的他们可以说有口皆碑，就连当时著名的诗人袁枚也禁不住赋诗称赞他们兄弟俩："擎天兼捧日，兄弟各平分。"

终于，一次很偶然的机缘，他获得了乾隆皇帝的青睐，以致一路升迁，青云直上。

那个日本人就是日本战国时代的德川家康，这个中国人就是清代的和珅。

二人皆堪称等待时机，忍辱负重的典范，可二人的结果却大不一样。德川家康最终扫平诸侯，统一日本，开创德川幕府长达三百余年的统治；而和珅却成了中国历史上最著名的大贪官，所谓“和珅跌倒，嘉庆吃饱”，他贪尽人间财富，是使大清没落的千古罪人。

一个人欲干一番大事业无疑需要忍耐，可同是忍耐，有人却成了留名青史的英雄，有人却沦落为一个背着千古骂名的国贼。

一个人不在乎你是瓦全还是玉碎，而关键的，你是负有为天下众生的雄才大略，还只是被凌辱的重荷压断了自己的脊梁骨，挤走了自己的良心与骨气。

不要说上天、社会对自己不公平，一个人的历史从来都是靠自己来写就。

老年的境界

老年是一种不乏明丽而并不刺眼的光芒，是一种能够看得很远却又不陡峭险拔的高度，是一种蕴藏丰富而不夸耀的厚实。

德国诗人歌德曾在一首小诗中说：“少年，我爱你的美貌；壮年，我爱你的言谈；老年，我爱你的德行。”大凡德高望重，才是老年境界的唯一注脚。诗人刘大白对老年也有着一种定义，他说：“少年是艺术的，一件一件地创作；壮年是工程的，一座一座地建筑；老年是历史的，一页一页地翻阅。”老年的厚重很重要一点就在于它有着一种历史的沧桑感。

老年的境界自成一番风景！这种风景中的老年人，摆脱了他人“深沉”的俯视，他当然还要仰视些什么，但他要看的再也不是任何“尊贵”的容颜，而是地的广阔、天的邈远；他摆脱了他人“深刻”的告诫，他仍然要聆听些什么，但他要听的再也不是冠冕堂皇的空话大话，而是野草的低语、虫鸟的歌吟；他已远离了他人“崇高”的揶揄，他仍然要向往点什么，但他驻足欣赏的绝不会是空中楼阁，而是泥土的芬芳、晚霞的灿烂……

老年的境界是前段风景的延续。人在中年，不要天天为金钱荣誉发愁,不要过于精打细算、节衣缩食,不要不苟言笑、逆来顺受、忍气吞声。一个抑郁的、拘束的、卑琐的中年不会抵达一个自由的、欢快的、有尊严的老年。这就像一条河流，上游混浊不可能有着清澈的下游；这就似一尊山岳，没有宽广巍峨的山脚山腰，也就不会有直插云霄的高峰。老年的境界并非就是时间的流逝或者说是时间的简单叠加,它是不凡生命历程的一种自然归宿。不凡的过程是一种体验,是一种沉淀。没有经过沉淀的生命过程,当他步入老年时不可能成为一个智慧的老者；没有体验的人生岁月，其老年不可能抵达一种瑰美曼妙的境界。不凡的人生过程就像一块砺石,老年的亮丽只因其生命的锋芒在磨砺中曾有过闪光；不凡的人生的过程就像矿石，其年老时的生命不乏神奇,只因他生命的活力在提炼中曾有过释放。少年,在土里洗澡；中年,在土里流汗；老了故去,在土里埋葬。这样的生命过程,与其说是平凡,不如说是平庸,不如说是一种悲哀。

老年境界的魅力之处就在于,它是一座插入云雾中的山峰。也许平时你并不能看得到它的尊容。但你需要的时候，它会及时出现，帮你排忧解难，使得你心情舒畅。当你对它的帮助要表达谢意的时候，它已是神龙见首不见尾。这是一种高位上的偶尔显露、一种隐柔中沉积着岁月的硬度。它似天人对晤,地人对晤,无须强求,不必驱使；它如一种写意笔墨,似淡似浓,似有似无。

明代洪自诚写过一本《菜根谭》,其中有一段话,最能说明老年的境界：风来疏竹,风过而不留声；雁渡寒潭,雁去而潭不留影。故君子事来而心始现,事去而心随空。也就是说,人们需要你了,你就援之以手,主动出来承担,事情过去了也就放下了,心始终保持一种空灵的状态。达到此种境界的老年人,也许就达到老年境界的极致了。

帝王名讳

帝王名讳，是古代颇为滑稽荒唐却又十分严厉的一项政策规定。

比如，人们在读古书时，就有把“食用油”改名为“芝麻水”的事情，此就是因为“帝王名讳”，或者说“皇帝名讳”。何谓“皇帝名讳”，是说皇帝叫什么名字，皇帝的任何臣民都不再能说这个字，写这个字，笔误口误也不行。否则，轻则笞杖百儿八十，重则问罪斩首。“芝麻水”的出现，就只因为当朝的熹宗皇帝名叫朱由校。由此也就还有很多要改的东西，比如说“校官”要改为“教官”“校场”要改为“教场”等。

更让人莫名其妙的是封建帝王们规定的“父亲名讳”了——父亲叫什么名，做子女的不仅不能说这个字，写这个字，且还不能做与这个字相关的事。唐代的李贺就是一位深受其害者。

李贺极其聪慧，据历史记载，他 7 岁就能辞章，拿起笔一挥而就如同早就构思好了的一样。可就是这样一个神童，只因父亲名晋肃，他便被剥夺了晋升的途径——不得参加朝廷的进士考试。虽说惜才爱才的一代大文豪韩愈曾引经据典，极力为他说话，最终也没改变他的这一命运。尽管李贺写下了一些脍炙人口的诗作，可终因忧愁激愤，27 岁便英年早逝。

如果说李贺的祖父为李贺父亲取名“没有先见之明”，那么还有一个人在姓氏上却出了问题的，这个人就是明英宗时的祁顺。一次考试中祁顺本来考上了状元，只因他的姓与当朝英宗皇帝朱祁镇的“祁”是同一个字，他的状元也就不能作数了。好在只是降为第二，也算是英宗皇帝对他的一种“法外开恩”。

明之前宋代的“名讳”更为滑稽。

宋代官方曾修订了一部叫作《礼部韵略》的书，将大宋皇帝的名字、庙号之类要避讳的字尽收其中。而高宗皇帝赵构的“构”字回避起来最为麻烦，因为“构”字有很多同音字，故而要回避的字共有55个之多。如称“狗”为“犬”这还没有什么，要说“苟且”为“句且”就荒唐至极了。宋代其他各位皇帝要避讳的字大多也在二三十字左右，生活在宋代的人总共须避讳的字计有325个之多。

对于当朝的人来说，有关“皇帝名讳”的一些字不用也就罢了，更要命的是古代典籍中凡涉及这样的字都要改，它会涉及人名、地名、官名、机构等各个领域。如此也就使得人们看一些文献典章如看天书，危害最大的是历朝历代好不容易创造出的一些字因须避讳而被禁止了。

试想一下，且不说一些朝代由于“名讳”之事无端埋没了人才，倘若一个朝代的统治时间一久，由于“皇帝名讳”，那中国的汉字岂不是要被尽行废止嘛！没有文字的时代那只能是结绳记事的原始时代。

一些封建帝王总要死死抓住所谓的尊严，以让他们的政权一世二世而万世，可为什么到头来却只能是如痴人说梦呢？也许冥冥之中的上天就是不让他们开历史倒车毁灭文字甚或人类吧！

·两辆汽车引起一场龙卷风

龙卷风是一种非常恶劣的自然现象。

在龙卷风发生时，人们往往能看到一个高速旋转的漏斗形云柱，其中心附近风速可达每秒100－200米，最高可达360米。这漏斗云柱所过之处，人们会看到房屋成片倒塌，连根拔起的尺来粗的大树满目都是，更不用说它对人与牲畜形成的伤害了。

世界上，美国是一个龙卷风多发国家，每年都会有1000－2000次龙卷风发生，平均每天就有5次之多。然而，近些年来美国的龙卷风似乎有愈演愈烈之势，据美国国家气象局日前发布的消息称，仅今年4月份一个月，就发生龙卷风900多次，接近平常年份全年的数量。

美国发生龙卷风的原因，历史上似乎早有定论，这就是由于美国比较特殊的地理位置以及气候条件：美国东临大西洋，西靠太平洋，南面还有墨西哥湾，大量的水汽常常会从东、西、南3个方向飘向美国大陆所造成的。

没有水汽就会干旱，但水汽多了也未必是好事，特别是当3方的水汽总飘向美国大陆时，这可让美国大陆受不了，那些密布的雷雨云，达到一定强度后，形成的那强悍的龙卷风就开始尽显它的威风了。

然而让人们有些不明白的是，这些年来美国的龙卷风为何越来越多？而且今年4月份创下了历史上一个月龙卷风之最？美国有科学家说，他们这几年已着手就龙卷风呈逐年上升趋势进行研究，并非这些年美国气候比以往更为恶劣，一个很重要的原因就是这些年来进入美国公路干线的汽车日益增多。

汽车就与龙卷风有关联？科学家的答案是肯定的。目前，每天走上美国公路干线的小汽车不下200万辆，卡车60多万辆，他们实行右侧道行，每当高速运行的两辆汽车错车时，就会形成逆时针方向的空气涡流。是的，这两辆汽车形成的涡流也许掀不起多大风浪，可数百万辆汽车产生的空气涡旋叠加起来，就是一股足以能够造成祸祟的力量。即这股力量一旦遇到与它相适应的天气系统和大气湿温条件，本不该发生的龙卷风就开始肆虐了。

不禁想起了“蝴蝶效应”，人们说，蝴蝶在热带轻轻扇动一下翅膀，遥远的国家就可能造成一场飓风。而汽车要比蝴蝶的力量大得多，所以，我们对大自然不要盲目地“给力”，哪怕一点儿轻微的大自然不愿意接受的东西，说不定对人类就是一场巨大的灾难。

穷与富

●沮丧忧愁你会永远贫穷，保持心境快乐才是致富之道。

●小生意需“小本”经营，大生意则“无本”经营。“小本”经营小生意可能永远是穷人，“无本”经营大生意则会很快从有权人中进入富人行列。

●身处现代社会，有钱的富人要懂得包装，没钱的穷人却要懂得假装。

●穷日子难过的是肚皮，富日子难过的则是心情。

●当年没有钱挤公共汽车，很累；现在有车找车位，还是很累。穷有穷的累，富有富的累。

●我曾经一文不名，但我并不觉得贫穷。缺钱是经济状态，贫穷则是一种心态。失去财富是一种损失，失去好的心态则会一切尽失。

●穷与富之间区别很大，而小富与巨富的区别小。

●穷人和富人一样，一生都在忙忙碌碌。然而富人是“活着忙”，穷人则是“忙着活”。

●穷，则结不起婚；富，则不敢结婚。据说“富到不敢结婚”已成为当前的一个社会问题。贫穷和富有对婚姻都是一种冲击。

●只有当最后一棵树被砍倒，最后一条河流被污染，最后一条鱼被捉走的时候，我们才会意识到贫穷与富是没有差别了。

有大门钥匙的囚徒

一天晚上，副首相在首相府被要事缠身，待他将事情处理完匆匆走到大门边时，这才发现门已落锁。

他呼喊敲打，好一会儿，有个人从地下室走了上来替他开了门。出门后，副首相禁不住问开门人："地下室条件很不好，你作为守门人为何要住那儿呢？"

那人却有些羞赧地回答："我不是守门人，我是一个囚徒。"这可让副首相吃了一惊：囚徒为什么会有大门的钥匙？"你有钥匙，为何不逃走呢？"副首相问。

"逃走？"开门人说，"我从来没有这种念头。人人都相互认识，我能逃到哪儿去？"

"可以逃到国外呀！"

"你这个人也是，世界上还会有哪个国家比我们好？"说着，那囚徒反锁上门，向地下室走去。

这是一个真实的故事，故事就发生在"微型国家"列支敦士登。那个置首相府、法院、监狱于一体的楼房就坐落在列支敦士登的首都瓦杜兹大街上。

古语云：仓廪实而知礼节。知礼节并非意味着不再会有过错，有些事都是在所难免的。然而“仓廪实”却能让人“知法律”，让人自觉自愿地反省、服法。这也许是富足对人的精神的一种文明的提升，是对人的精神的一种奖赏和救赎。

“黑鸟儿”

据说，在家乡骂人“黑鸟儿”是一句极其恶毒的话。对于从小就喜爱鸟儿的我，却总不明白它的恶毒在哪儿。最近，看了有关乾隆朝的一些事，对这种说法似乎有所领悟。

从古至今，差不多对贪污腐败都是下重手整治的。可乾隆似乎是一个异类，异就异在他任用和珅为国家的反贪重臣。也许这也是一个重手，只是这手下错了地方。

更形象一点儿说，和珅是用他的一张“狠嘴巴”去啄食那所贪之物。在和珅的那张狠嘴巴下，那些搞腐败的官员不是怕贪污，不是不敢贪污，而是怕贪得不够数，满足不了他的那张狠嘴巴。

浙江有一个巡抚叫王望，他一贪再贪，银子好像已经没地方放了，贪污的事也就暴露了。中央派了钦差大臣阿桂去查办。有人认为也许王望的小命难保了。其实，人们想错了，他不仅命没有丢，而且高官照做。只不过，他“自知罪重，自认罚银50万两”。

他爽爽快快地拿出白银50万两，我们设想一下，王望贪了多少？他又为何如此大捞特捞，就这样有恃无恐？

原来和珅曾经主持制定过一则反贪律令：凡大员犯了渎职、违例、包庇、侵贪等不法之事，只要交够“议罪银”就行了。是交银一万两，还是一万五千两，或是更多，就看你的事情有多大。自己犯了事，先是自己认识到位，自己处理到位。否则，敬酒不吃就得吃罚酒。所以，这“议罪银”又叫“自行议罪银”。此就是和珅独自发明的“和一条”。

这可以说是腐败者与反腐败者“双赢”的“好一条”。但也有人只想让自己一个人“赢”，并不认为这“和一条”有什么好。

甘肃有一个知府叫闵鄂元，贪污公款一万九千八百两。甘肃可是一个穷地方，搞这一点儿钱也着实不容易。他当然舍不得往外掏。

东窗事发后，他对和珅说，把我交给吏部处理吧！和珅本来就以“鬼精明”闻名，闵鄂元的那点心思他怎么会看不出？闵鄂元是在打他的小九九，到了吏部，官职虽说丢了，可银子也就保住了。

然而和珅的想法是，我要的是银子，就是不革你的职。再说，你不做官或是朝廷一狠心把你给杀了，我和珅的财源可就断了。倘若吝啬你那点钱，我也可以为你变通，你分次“按揭”也未尝不行！

“分期付款”这可是有先例的事。一个叫西宁的盐务专卖局的一把手，似乎能力很有问题，该收的税款就是收不上来。能者上，庸者下，让他挪出位子不就得了。

可和珅不这么看，作为垄断行业的一把手，哪有税款收不上来的？这一定是他把力气使错地方了。和珅只要他的钱，并不撤换他。

那可是肥得流油的部门，要的议罪盐数额也特别大。和珅也担心他下手太猛，大手笔捞钱逼得盐商们狗急跳墙造了西宁的反。为了保护这位他用得着的干部，他也就给了西宁八年缴银的期限。

有关和珅的这番公案看到这里，我的心似乎戚戚有所动。原来家乡有一种水鸟儿的形象开始在自己的眼前扑腾。

那是一种浑身黑透了的鸟，它总一刻不停地在河水中追逐吞食。

虽说它吞到肚中的鱼儿很多，但绝大多数都让渔翁，即它的主人给挤出来了。是的，这种鸟我们家乡人称它为“水老鸹”。

和珅之所以能成为中国第一贪，原来他养了那么多的“黑鸟儿”“水老鸹”。正在和珅以渔翁自居而扬扬得意时，想不到他自个儿也“跌倒”了，于是便有“和珅跌倒，嘉庆吃饱”之言传于世。和珅跌倒于大清朝的浑水中了，人们发现他其实也是一只“水老鸹”。

这“黑鸟儿”“水老鸹”，与大贪、巨贪联系在了一起，说“黑鸟儿”是骂人的恶毒话也就不再难理解了。

·答案请在本版找

随着到国外留学的学生日益增多,国外大学与国内高校教学方式上的一些不同之处总被人津津乐道。当然,说得最多的是考试。

我们知道斯坦福是一所世界名校,而它的有些考试让你觉得似乎不是在对学生进行学业检验,倒像是对他们的诚信在做一次次测试。考卷发下之后,往往便不见了老师的踪影。当然老师事先会对学生说,你们认真做题,我会在下课前五分钟来收试卷。这时谁也不知道老师去了哪里。

学生是没有谁会去交头接耳的。但教室是否就一点儿声音也没有呢?并非如此。当你面对一道考题在思索时,考场突然会响起一种细微的"咏咏"的声音,这绝不是有人在窃窃私语。当你仔细去辨别,原来那是有人在吃苹果。由于教室的静谧,那吃苹果的声音也就显得格外爽脆与活泼。

但也不是什么果子都可吃,如那些发出响声特别大的坚果,老师会告诉你最好不要带。老师的理由是,你要是坚持这样做的话,你在公德上很难说得过去。

也有老师在发好卷子后,是并不急于走出考场的。当然也不是讲考场规则之类的东西，而是与同学们侃侃曾在斯坦福念过书的一些名人的糗事趣事，等待同学们笑得前仰后合，老师也就悄悄溜走了。你想，有了这样一个铺垫与前奏，有谁还会紧张吗？接下来的自然就是像平时做作业一般，轻轻松松一道道去解题了。

我的一个曾在斯坦福念过书的一位侄子就曾多次遇到过这般的考试。他讲了他第一次参加这样的考试的情况。他念的是社会学。他说，前面的一些题做得挺得心应手的，最后一道题颇有一点儿难度，但他花了一些气力也终于把它攻克了。

他看看时间，刚好也只剩五分钟了，收卷子的老师进了教室，他把考卷交给了老师出了考场。这时有一个法国同学对他说："考卷背后有答案，你看见了吗？"侄子如同听到了天方夜谭。他禁不住问其他同学，其他同学都向他证实那位同学所言不虚。

侄子后来说，斯坦福大学试卷背后的答案，那是在学生做完了题，尚有多余时间的话，让学生估分用的。知道这个"秘密"的学生，是没有谁事先就去看它，并将其抄到前面去的。

侄子的话让我想起了国内一些报纸杂志上所刊登的智力题，在其后面，常常会写着"答案请在本版找"的字样。那又怎么能与斯坦福的考试比呢？那是一种游戏呀！

斯坦福大学的有关考试的这些事，似乎让我窥探到了它之所以能成为世界名校的秘密——

当有了学校高度信任学生、学生又恪守诚信这样一种互动机制这样一种氛围时，也就使得每一位学生拥有了自己最大的人格魅力。而且所有的学生又拥有将考试当作"游戏"这样一种轻松的心态。那么相关联的是，学生也就能挖掘出自己最大的学习潜力，也就能在每一次考试中将自己的学习成效最真实地反映出来。

考试是一个指挥棒。有了什么样的指挥棒，也就有了什么样的学生，当然也就有了什么样的学校。

加班要上“黑名单”

在澳大利亚，你正工作着，说不定有人就会告诉你：你已经上了公司的“黑名单”了！

这种“黑名单”是说你没有按规定休假。这时，老板会找你去认真谈话，要求你去尽你应尽的“职责”。

除了双休日，澳大利亚公共假期一般是12—14天，年休假4周不等，另外还有18天病事假等特殊需要的私人假期。企业老板总会让人将各个雇员的休假情况在电脑系统中列成单子。如果你逾期没休假，你的名字就会从电脑系统中自动弹出。此就是“黑名单”的来由。

被列入了“黑名单”，你要是仍不想休假，雇主是不会放过你的。其实这并非政府对企业老板有什么强制性的约束，因为在澳大利亚，人们非常重视工作与生活中的平衡。缘由是他们在通过多年研究后得出结论：不休假的人工作能力会下降，而且对工作容易感到厌倦，在工作中也就很容易出差错。

在老板找你谈了话，如果你还不能明白的话，他就会直截了当地对你说：要你休假，不仅仅是为了你，更是为了我，为了整个公司。当然，他潜藏着的还有一句话，就是：你倘若不会休息，那么你也一定是一个不会工作的人。

总之,在澳大利亚,你不休假,无异于在给你自己脸上抹黑,让人瞧不起。

第四辑

瘢痕的果

鸟儿追踪着芳香在空中飞行。一棵苹果树举着一树果子的渴望：快些芬芳成熟吧！果实在鸟儿的追寻中成就了自己的梦，但也留下了瘢痕，果实难免有些纠结。不必郁闷纠结，要知道，成功的果实往往是不完美的，完美的不是真正的成功。一颗留有疤痕的苹果，那是上帝借助鸟喙雕琢出的传世品牌。

有些“变通”

“变通”，大约是一些头脑活络的人最喜欢的东西了。事情一旦滞塞梗阻，遇到麻烦了，那么就改变策略和方式方法吧！不必“一条道走到黑”，绕个弯子，目标就可以实现了。

齐国的王位传到了齐桓公，短短的十多年间，齐国从一个普通国家一跃而成为天下最富庶的强国。国家的钱财物资堆积如山，他们不仅拥有天下第一流的军队，而且还具有最好的学术与艺术。齐桓公终于实现了他“一代霸主”的梦想。

可无论如何让人想不到的是，齐桓公作为一个天下无可匹敌的国家的君王，在他晚年时，他所住的宫殿四周居然被几个不肖臣子筑起了高墙。他不仅不能威令四方，而且连喝水吃饭都成了天大的难事。在他渴极了的时候，他向一旁的妇人要水喝，妇人回答：“哪里有啊！”就这样，齐桓公被活活渴死饿死。更让人诧异的是，一个曾威震天下的赫赫霸主，在他死后近七十天居然无人过问，以致蛆虫都爬到了屋外。

齐桓公的生与死何以会有着如此巨大反差？我们不由得想起另外一个人，那就是让他成为一代霸主的管仲。

管仲曾在谈到他与鲍叔之间的关系时说：“吾始困时，尝与鲍叔贾，分财利多自与，鲍叔不以我为贪，知我贫也。吾尝为鲍叔谋事而更穷困，鲍叔不以我为愚，知时有利不利也。吾尝三仕三见逐于君，鲍叔不以我为不肖，知我不遭时也。吾尝三战三走，鲍叔不以我为怯，知我有老母也。公子纠败，召忽死之，吾幽囚受辱，鲍叔不以我为无耻，知我不羞小节而耻功名不显于天下也。生我者父母，知我者鲍子也。”

管仲在这里标榜的是他与鲍叔推心置腹的友谊，但我们似乎从每一个字中，无不可以看到管仲的“灵活”与“变通”。他一经鲍叔向齐桓公推荐后，齐桓公便如获至宝。

在管仲的“智慧”“谋略”下，为齐桓公控制住了盐铁渔织的工业生产以及所有商品的流通。这一下，扼住了整个国家经济命脉的他很快就将分散在民间的财富集中在齐桓公手中。

我们不妨再来分析管仲述说与鲍叔关系的那番话，不难看出，他的“灵活”“变通”，其骨子里就是自私。为了一己私利，什么贪、怯、不肖、无耻，可以全不顾及。有了这样的辅臣，也就有了这样的君王；或者说，两人当初能一拍即合，他们的世界观、价值观，即他们的秉性及处世方略本来就高度一致。

随着齐国的物资财富的日益丰盈，齐桓公私欲便开始急遽膨胀。声色犬马也不再能让他的感官及心理得到刺激，他也就有了更为荒诞怪异或者说无耻的想法。一次，他说，所有的人间享乐都已尝试过，唯独没吃过人肉。这样也就有了易牙烹子而献的耸人听闻的举动。本来殿阙无数，宠幸无数，可齐桓公却还要巡游于官设的妓院，整日沉湎于荒淫无度。

由于齐桓公这样，他身边的大臣以致整个统治集团群起而效仿，很快，这股奢侈享乐的飓风就刮遍了整个齐国。

齐桓公更是开了齐国穷奢极欲的先河。管仲的“聚天下之财”的治国理念与经营模式在继续，到了齐宣王仍然是“盛世”。奢靡之风也丝毫不减，齐宣王要建一个宫殿，面积竟广达百亩，征调全国的人力物力建了三年才得以完工。

经历了威王、宣王，到了闵王，统治者可掌控的金钱物资似乎更多了，齐闵王愈发有了骄横的资本，公然称帝。他一边荒淫无度，纵情享乐；一边穷兵黩武，四处征伐。最后被敌国赶出了国都临淄城。他一路仓皇地逃到了东部一小国，后来竟然被赶来救援自己的将军用最残忍的方法杀死。

有些“变通”，也许会让一些人很“风光”。倘若这种变通，从一开始就建立在极其自私毫无原则甚或说无耻的基础之上，那么这种“风光”，也就势必会被他们的自私和无耻彻底埋葬。

·失 败 者

保罗是某国一支部队机要处的负责人，非常受上司器重。他不仅能将各种文件准确归类，而且将保密工作做得铁桶一般。一层层地上锁，加之蜂鸣器、传感器、探照灯以及屋顶上的报警器……该想到的法子他全都想到了。几年过去了，他的机要室没有过丝毫闪失。

他曾总结过自己机要工作之所以成功，除了各种现代保密工具和设施一应俱全外，还有一个至关重要的原因，就是他自己吃住总在机要室，朝朝暮暮可以称得上是寸步不离。然而，他最近却有些魂不守舍，精神恍惚。为什么呢？他想起来了，是营部新来的一个文秘小姐将他的魂给勾跑了。

她那天来取一份文件，当他一看到她时，便似有雷电之光在他心空中激荡。他只觉得她美丽不可方物。

按说，他已是有妻室之人，不该对其他女人有非分之想，可他不知从何处冒出来的一股邪念，他认为自己一定该把她弄到手。他当然知道自己株守一隅，美人是不会主动来投怀送抱的，他必须花一定时间到姑娘那儿去。然而，他分身乏术。

当保罗正为此事寝食难安时，一天，有一个士兵牵着一条狼狗打他那机要室门前招摇而过。他顿时受到了启发:为什么不能让畜生来替自己看护呢?

于是保罗从市场上买来了两条杜宾犬,在通过两个月的强化训练后,他觉得它们完全能够胜任看护工作了。那两条狗也着实不错,不仅机警伶俐,更是彪悍威猛异常。

正当他与姑娘有了销魂的一夜时,机要室却被盗了。第二天早上,保罗回到机要室时,可他并没有发现那两条狼狗有什么异常之处。它们依然生龙活虎地在院子中走动,并没丝毫遭遇袭击过的痕迹。他知道窃贼不可能对它们使用过麻醉药之类的东西,因为保罗已将它们训练得只吃自己喂的水和食物。它们也不会被锁起来,按照他的设计那样会引起警报声大作。不过,他发现两条狗精神比以往要略略差一些,而且与平常比起来,也要显得温和友善一些。

百思不得其解的保罗一怒之下,掏出手枪将两条狗处决了。好在窃贼对机要文件不感兴趣,只是偷了上司放在机要室里的几幅名画。上司不再让保罗从事机要工作了。

直到窃贼们将那几幅画作拿到市场上去兜售时,被保罗逮了一个正着。询问之下,窃贼们对自己的"杰作"供认不讳,于是事情的真相也就浮出了水面——

那天,窃贼们除了戴上手套,拿着玻璃刀、万能钥匙等必备的作案工具外,他们还牵去了两条正在发情的母狗。母狗的气息让好久被禁锢在机要室院子中的两条杜宾犬非常受刺激。就在狗儿们钻进灌木丛中尽情享受春宵一刻时,窃贼们从容地将他们认为值钱的东西尽行卷走。

窃贼们的交代让保罗羞愧至极——兽性是最不可靠的。

可以说,世界上的一切凶残愚蠢之事,无不皆由兽性引起。

戴着镣铐“跳舞”的人

对于一个从事舞台艺术的人来说，不登台那滋味可不好受。那还是20世纪70年代初，他总算创作了一段叫作《综合利用开红花》的快板。

他毕竟是一位年龄已老大不小的人啦，那些新词儿接受起来可不容易，将快板背熟也费了老大一番工夫。好在这个段子演出后还挺让人叫好的。只是他演唱时总怕错了台词。

那可是一旦发生口误轻则被批斗，重则被打成反革命、要坐牢蹲监狱的年代。他亲眼目睹了骆玉笙等好几位著名艺人因一时口误又被批斗再次关进“牛棚”。所以，尽管他每次登台火爆归火爆，可总免不了惴惴不安。

一天，一位年轻人与他聊起了快板，又说到了《综合利用开红花》。那位后生说：“高老师，您唱的这段快板我听了好多回了，有这么两句词儿我不太理解，说，跨‘黄河’，过‘长江’，无产阶级粮满仓。‘无产阶级粮满仓’这句词儿，是不是有点说不通啊？”

这一下还真的把他给问住了。他嘴里反复念叨着这句词儿，寻思着，这是有些说不过去啊！可念着，念着，他猛然省悟过来了，并不是如他所说的啊！那是“跨‘黄河’，过‘长江’，亩产千斤粮满仓”。正在这时候，舞台监督过来喊他：“高老师，该您上场了。”

他上场后，由于过于紧张，脑子一下子就有些乱了，唱着：“跨‘黄河’，过‘长江’”，下面居然就将“无产阶级”给说出来了。不对！可快板节奏不能乱，得不停顿地唱下去！“这个无产阶级啊，科学种田啦……苦干巧干啦……亩产千斤粮满仓！”唱到这儿，他不禁出了一身冷汗。

开始，后台的人心都提到嗓子眼儿了！当他终于绕回来了时，人们这才舒了一口气。但无不佩服他能急中生智，让事儿终于有惊无险。

待他下场后，后台的人全都围了过来，说：“亏得是您老人家，要是别人非出问题不可！”可他心有余悸，说：“那个混蛋小子哪去了，都让他那个‘无产阶级’给我绕迷糊啦！”

殊不知，是那位晚辈在与他开玩笑。

他就是创建了我国与李润杰“李派”、王凤山“王派”形成鼎足之势的“高派”的著名快板艺术家高凤山。

文人的那点心思

据说，当年蒋介石很欣赏胡适。

1932年11月，胡适到武汉去讲学，其时正在汉口督师的身为“鄂豫皖三省剿匪总司令”的蒋介石，在胡适到汉的第二天即邀请他到自己的官邸吃饭。

胡适以为蒋介石是要向他这位“王者师”来讨振兴国家的主意了。在这次会晤中，蒋介石也确实向他咨询了有关教育兴国的事，还赠与胡适一套共五册他撰写的《力行丛书》。胡适从那时起也就使出浑身解数，以期对蒋介石也是对国家有所助益。然而，胡适在临终前，对蒋介石发出的却是“大失望，大失望”的悲叹。

当时的胡适也曾回赠给蒋介石《淮南王书》，他希望蒋介石吸收该书《主术训》一篇的主要思想，做一个“无智”“无能”“无为”的领袖。

“无智”就是吸收众人的智慧，“无能”就是要汇集众人的能力，“无为”也并非无所作为，而是需按客观规律办事，充分发挥众人的主观能动性。胡适认为“无智”“无能”“无为”之“六字诀窍”是“最明智”也是“最为有效”的政治哲学，因为这样做，就能“无智”却能“御众治”，“无能”“无为”而能“乘众势”。

而蒋介石心中想的又是什么呢？从他所著的《历行丛书》可以找到答案。该丛书的第四册中，他将孙中山的“知难行易”学说要点概括为“要人绝对地服从领袖”。

可知，蒋介石的心思是“独裁”，是“专治”，而胡适给他开出的药方却是“为政者要信仰专家，信仰众人，接受他们诤言”的“民主”。可以说，从他们初次见面那时开始，胡适的“悲叹”已成定局。

由此，想起了另一个人——司马迁。

李陵兵败投降，汉武帝怒冲冲地召集大臣们来议定对李陵的处置问题。司马迁认为李陵为人耿直而朴实，打起仗来威武神勇。这次虽说败陷，其功亦足以彰显于天下。他的投降，或许是在等待机会来报效汉室。其实，司马迁更深层的心思，是要让汉武帝安心，不要为这件事弄坏了身子。

然而，汉武帝的心思又是什么呢？

在他的心中，李陵的投敌是不可宽恕的，因为李陵背负着原罪。这个原罪还得从李陵的祖父李广说起。

汉武帝刘彻的父亲汉景帝时期，曾发生过著名的吴楚等七国之乱。李广时任骁骑都尉，奉命跟随太尉周亚夫出兵平乱。为了嘉奖李广在梁国保卫战中的英勇表现，梁王刘武授予李广“将军”的军衔。李广作战勇敢，政治上却幼稚，他以为只要是刘家的封赏，就该接受。这下可犯了皇子刘彻的大忌，因为那时汉景帝曾有传位给梁王的意图。从那时起，汉武帝就将李家划入了梁王一条线。

汉武帝即位后，李家就屡遭厄运。李广本人在公元119年因战事不利，作为统帅的卫青却一股脑儿地将责任推卸给他，他愤而拔刀自刎。此后，李陵的叔叔李敢又因击伤了卫青而被霍去病射死。

李陵对汉武帝的心思也并不进行了解，他只是以为，李家战功赫赫，却屡受外戚的挤对和欺侮。他的心中也就一直憋着一口气，他急于立大功，以重振家风。而汉武帝压根就不让李家再起，在这次与匈奴的战役中，汉武帝认为这是让李家从世上消失的最好机会。

他下手了：首先，汉武帝故意安排李陵给外戚又和他有过节的李广利当手下。如此做，他是希望李陵负气挑单独干，李陵果然就入了他的圈套。他又说不会给李陵配备骑兵，无奈之下李陵也只好答应了。汉武帝这么做无疑是要将李陵的五千步兵拱手送给单于屠戮。此是以“激将”之法让李陵意气用事从而陷入绝境。

其次，汉武帝事先许诺由路博德作援军，可是在“诱敌深入”后，在一举歼灭敌军的大好机会到来时，却不知何故并不见路博德的踪影。对如此玩忽职守贻误军机之人，汉武帝只是说了一句：“此是老将生奸诈。”到底是谁“生奸诈”？明眼人恐怕一看便知。此便是以“不援”企图让李陵不得生还。

再次，李陵在匈奴，汉武帝对外称派人去接应李陵回国，而派去的人实际上只会是置李陵于死地。因为所派的三名大将中，李广利和路博德是李陵的死敌，另外还有一位，就是依附李广利的公孙敖。

果然，公孙敖回师后就对汉武帝说，我军曾抓获一名匈奴兵，该俘虏说，李陵在匈奴已成为单于最得力的左膀右臂，他教给单于兵法，准备大举进攻我朝。所以接李陵回国根本是不可能的。此便是落井下石，让人对李陵进行“陷害”。

此时，一切似乎已水到渠成，汉武帝下令将李陵一家灭门。此也是最后一步，即对李陵“断后”，让他无家可归，逼他只能死在异国他乡。汉武帝最初的想法彻底实现。

当司马迁为李陵“说话”时，他当然还没看到后两步，可他的“彼观其意，且于得其当而报于汉”的推论大体是对的。尽管汉武帝对李家如此斩尽杀绝，可直到李陵死，虽说机会很多，他也没做出对汉家江山有多大损害的事情。此也许正是汉武帝看出了李陵对汉室的“一往情深”而敢于下绝手的原因之所在。

如果说胡适是已看出了蒋介石的心思而对他还抱有幻想的话，那么，司马迁的惨遭宫刑则是并不知道汉武帝的心思而撞在了他的枪口上。

于独裁者，你的好心不会讨得到好报。故而，对其心思没摸清前最好不要开口，否则，你那点文人的心思多半只能作其祭品，甚或还搭上了自己的身家性命。

禁令是开启

上帝关闭了一扇门，必定为你打开另一扇窗。禁令是一把钥匙，就是这样一种道理。

浙江省富阳市庄家村里的人已经有好多年不下地种庄稼了，因为那儿到处是竹子，那儿的人就砍了山上的嫩竹来做宣纸，村上的一百多户都这样，日子过得倒也殷实。可是有一天上面来人了，下了一纸禁令：不准村里人再上山砍竹子，理由是要维护生态平衡。

不准砍竹子，村里的造纸作坊没有原料就得关门，而有些人就会没有生活来源了。因为一代又一代人造纸，庄稼活儿的技术已经失传了。村里有一个叫庄仕泉的脑子特别活络，他说：我正懒得造纸了呢！原来他的一个表兄在外地做卷帘门生意，已是腰缠万贯，几次三番邀请他和哥哥一起去做，这不，他和哥哥就可去了。

可哥哥庄富泉并不这么想：我们有门路去做卷帘门生意，那村子里一百多户作坊的人怎么办？再说，村上祖传下来的造宣纸这门绝活不就丢了。

如何让造宣纸技艺不致中断在他们手里，庄富泉想，普通的纸不也用草造吗，宣纸为什么就不能用草造呢？他想的是，上面禁止了砍伐竹林，可那里还有广阔的草林啊！然而，他试了一种又一种草，可就是生产不出宣纸。

一天，下了一场雨，雨一停，心急的他立刻就出去寻找能制作宣纸的草。跑了一座又一座山，人有些累了，他想抽完一支烟再接着去找。刚拿出一支烟，“滴答”，树上一滴水滴了下来，不偏不倚滴落在他手中的烟上，那水很快就在烟纸上洇开了，这烟纸吸水迅速、均匀，一点儿也不比宣纸差。他高兴得一击掌：这可有办法了！

第二天，他就跑到专门为卷烟厂供应烟纸的浙江华丰造纸厂去一探究竟。华丰的人告诉他，那用的是龙须草。回去后他开始夜以继日地试制起来。几个月过去了，堪与竹质宣纸媲美的龙须草宣纸终于造出来了。人们都说，这宣纸韧而能润、光而不滑、洁白稠密、纹理纯净、搓折无损、润墨性强，可谓上等的宣纸。

正在他踌躇满志、要大干一场时，可上面又来人了，对他说，他的这一个造纸厂也得关闭。他愣住了，难道不砍竹子也不行？当来人向他说明了缘由后，他觉得也是这个理。因为用龙须草制作宣纸，需要用更多的烧碱，造成对环境极大的污染。目前尚只是小规模，如果规模扩大，对环境的危害就更大了。许多人都劝他放弃算了，可他认为用龙须草制作宣纸，原料成本低，纸的质量好，有着广阔的前景。

这时，有许多工人纷纷要离去。原来，传统的手工造宣纸不仅是一个力气活，而且也是使环境恶劣的活，冬天因为纸槽会结冰，工人的手会皲裂出一个个大血口子；夏天晒纸工房内的温度高达80℃—100℃，滚滚热浪让人难耐。而用龙须草造纸环境会更恶劣。

这时有一件事触动了他，他接到过邮政局的一笔订单，要他用宣纸制作一批信封，因为自己没有切割机，他只好求助于人，结果规格弄错了，造成不小的损失。他想，自己吃亏在于没有机器。这事倒让他眼前一亮：何以不能用机器代替手工制作宣纸呢？如此，既可以大量减少烧碱的运用消除环境污染，也可将工人从恶劣的生产环境中解脱出来。他为自己的想法感到高兴。可他很快又犯起愁来：哪里去找懂得造宣纸机器的人呢？再说，国内压根就没有用机器造宣纸的先例，即便是日本、韩国这样技术领先的国家，也不能用机器造出完全合格的宣纸。

弟弟庄仕泉觉得哥哥这一个坎真是难以迈过去了，对他说，我做卷帘门生意已赚了上百万元，给一些钱你做本钱，不要再在造宣纸上折腾了。可他摇了摇头，说："我一定要用机器造出优质的宣纸。"

从未学过机械的他硬是啃起了厚厚的机械专业书籍。在掌握了一定的机械知识后，他买来了普通的造纸机器，他要进行改造了。不久后，他改造的宣纸机就投入使用了。纸是造出来了，但这种纸让试用的书画家们直摇头，只因为机器生产出来的宣纸带有一种线形纹路，影响了书画效果。

他对照过去手工制作的程序在流水线上一个一个环节找原因，看哪一道工序生产出来的东西与用手工制作出来的不一样，他就对哪一台机器进行改进，就这样他终于将每一环节的机器改造得俯首帖耳。最后，他还将先前的干压改为湿压，机制宣纸也就远远好过了手工制作的纸。

53岁的他成了国内第一家掌握机械制造宣纸技术的专业人员，他的机制宣纸不仅质优，而且价格低廉，海内外的订单纷至沓来。庄富泉这个名字也因此被列入第一批国家级非物质文化遗产项目226名代表性传承人名单。

禁止，对于一些墨守成规、不思变通的人来说，那只是一条死路或者歧途；而对于一个敢于创新、开拓进取的人来说，那反倒是一种更大的希望，因为，它禁掉的是落后与逼仄，开启的是一条宽敞的大道，让你的人生尽情驰骋……

·节俭理念催生“竹键盘”

绿色环保，回收无污染，防静电……

不要以为这说的是一次性碗筷、购物袋等，它是在说一种具有“革命”，或者说有着划时代意义的新款电脑键盘、鼠标、机箱等。说起这儿，当然要说到一个人。

1973年，他出身于江西铜鼓县一个农民家庭，从小就跟着擅长竹品制作的父亲学到过一些手艺。在他从江西宜春师范专科学校毕业，只做了短暂一段时间的小学老师后，便辞职到福建、重庆等地去打工。2005年2月，他辗转进入深圳一家竹地板厂，从普工做到技工。

一个周末，也同样是在深圳打工的一位大学同学来与他谈心，于是二人在厂食堂里边喝酒边聊。这位同学在一家公司做开发设计员，设计电脑键盘、鼠标及音箱等。同学的情绪很低落，因为公司老板总嫌他设计的东西不够新颖。

这时，刚好有人拉着一车竹子打他们面前经过，他眼前不禁一亮：对啊，为什么就不能用竹子做同学所说的键盘、鼠标呢？这样，同学也就不会再因缺乏创新而存在压力了。因为这下创意可大了！同学却以为这东西新鲜是新鲜，毕竟没有人做过。也就未置可否。

为了促成同学下决心，于是他向同学讲起了一件事。

他喜爱上网，刚来深圳时就买了一台二手电脑，每天泡在网上。本来他是为了节约，可这台电脑就是不让他省心。往往他上网正在兴头上时，电脑却突然坏了。他要将这破玩意儿卖了再去买一台好一点儿的，可根本就没人要。那就卖给废品回收站吧。没想到即便作为废品人家也不要，收废品的人说这本来就是一些污染物品了，弄回去了自己还真不知道该怎样处理。他因想节约却反而花了几百元的冤枉钱，而且连想扳回一点儿本的愿望也落了空。

他对同学说："要是能开发出竹键盘、竹鼠标，至少用旧了当废品卖不会再没有人要吧！这可是地地道道前景广阔的绿色环保产品哟。"同学还是沉吟不语。

事情也就这样过去了。可有一天，一件事让他萌生了自己来做这些东西的念头。那是2005年7月，一次他要生火做一样事情却找不到柴火。看他着急的样子，有人说，你到厂里垃圾库，那里有的是烧柴。

到了那里，他竟然呆住了！只见公司正请了一些人，将做地板没有用处的竹篼以及剩下的小块零星的竹板等往外运，他们是要将这些东西运到一个地方去焚烧掉。他一下子就想到，这可是做电脑键盘、鼠标等上好的材料啊！

全国有多少竹地板厂？这些被烧掉的竹篼、零星竹板又可做多少键盘、鼠标？他决定自己来研制这样的产品了。说做就做。可一段时间后他便考虑到，若只是这样单枪匹马地干，不仅自己的技术有限，资金也是一个大问题。他要与人合伙干。他来到一家又一家竹地板厂，当他说明了自己的想法后，人家直摇头。

可他不泄气，不放弃。几天后，他终于遇上了一个知音。那天，他对一家竹地板厂的老板说：“您看，这竹键盘、竹鼠标所需要的都只是一些边角废料，只要把厂里生产竹地板余下来的废物利用起来，就会大大增加厂里的附加值。”

这位老板为每月都要花钱请人将边角废料拉出去焚烧正伤透了脑筋，于是对他的这一创意大加赞赏。听他说自己正遇到技术瓶颈后，老板反倒鼓励他说：“世界上没有解决不了的困难，我相信并全力支持你！”

老板让他在公司成立了由他牵头的研发小组。实验场地，机械设备任他挑选，还为他配备了几名技术骨干，并决定第一步研发竹键盘。

他带领着小组人员反复实验，而且为了让竹键盘与传统的塑料键盘具有同等的坚硬度和稳固性，他还对试制出来的竹键盘做了一次又一次摔打试验，进行了一次又一次改进提高。他又通过他的同学联系了一家生产键盘电路板的电子厂，与厂家达成协议，为他们专供与竹键盘相匹配的电路板。

经过三年艰苦攻关，一种绿色环保，外观新颖独特，色泽柔和温馨，冬暖夏凉且手感好，按键时声音小，还能对手指头起到保健作用，又能延长电子部件使用寿命的竹键盘终于研制成功了。2007 年 11 月 28 日，这种竹键盘获得国家专利。目前，公司产品已拥有 11 项专利。

他就是江西铜鼓江桥竹木业公司的总经理冯绪泉。

为了让竹键盘更具独特个性，眼下，冯绪泉还在竹键盘上雕刻上了玫瑰花、卡通人物等画和“天天向上”“一键钟情”等文字。2009 年初，公司又开发出了竹鼠标、竹U盘，还有虽说没有太多技术含量却能为竹键盘、竹鼠标增加协调度的竹电脑主机及显示器的外壳。目前这些绿色环保电脑部件仅外销就供不应求，年产品市场销售额在 5 亿元以上。

冯绪泉的最初动机只是想节俭，可沿着这条路子走下去，却走出了一片广阔的天地。节俭孕育着绿色，而绿色呈现给人的却是一种蓬勃生机和巨大的商机。

将“铁锹”卖给淘金者

不唯“淘金”主业，打制“铁锹”副业

1956年11月3日出生的埃克·巴蒂斯塔是巴西的首富，荣登福布斯排行榜第七位，为列入50名影响全球金融的人士里唯一的巴西人。

1980年，巴蒂斯塔打算在智利境内海拔4000米的沙漠上开采金矿。这可是一项成本很大的项目，因为它需要从150公里以外拉去饮用水，从200公里之外运去能源、工具及食品。当时他的朋友中几乎没人赞成他做这样一件事，可他并没有听取他们的意见。

这个金矿耗时一年多总算建成了，然而在投入开采没多久，政府竟将他的开采权收回了。这对一般人来说也许亏得一塌糊涂，可他不仅没亏，这次投资带来的反倒是源源不断的财富。

原来，在建这座金矿之前，已有数年开采金矿经历的他，明白矿藏开发的背后原本就存在着巨大的变数，无论是政策的变化，还是竞争对手的争夺，都可以让开采者血本无归。但眼光独到的他，发现这次建金矿虽说成本很大，可也是一种难得的机遇。

因为无论是谁要开采这里的矿藏，都必须建立后勤、运输、补给渠道。他想，自己为何不能做大运输项目，为其他开采者提供服务，其他采矿者就可节省一大笔建设运输系统的开支,这可是双赢的好事啊!他按照这一思路运作,他的采矿虽然被迫终止了,可运输项目却一直为其他矿主服务,这给他带来了滚滚而来的财富。

巴蒂斯塔说这叫作“把‘铁锹’卖给淘金者”。这一模式的要义就是,一个人在“淘金”时,不只是专注于淘金本身,还开展一些与淘金有关的业务,形成“一主一副”或“一主多副”。而这些副业也是其他“淘金”者所需要购买的。这样的模式尤其在做那些有风险的主业时,往往会出奇制胜,收到意想不到的效果。可不,在此后的生涯中,巴蒂斯塔就是凭着这一运作模式,屡屡创造出奇迹。

1993年,巴蒂斯塔在俄罗斯最东部的堪察加半岛收购了两家矿业公司。在他投资了3000万美元之后,同样的一幕也上演了——因国内有人反对,俄罗斯官方将这两家矿厂收回。由于他和在智利开采金矿一样,兴办了后勤补给公司等,依然获利数千万美元。

“铁锹”闪闪发亮,上市疯狂掘金

此后,巴蒂斯塔在投资时,他特别看重那些有多把“铁锹”的项目。如2007年6月,巴蒂斯塔成立了一家名为OGX的从事石油和天然气勘探与开采的公司。既是为了方便勘探开采,当然更重要的是规避风险,他不仅建了油田,而且在建起石油运输公司的同时,还租用了一艘甘油船专门收集地震数据,设立了三维油田可视化监测中心。这许多把“铁锹”,使得他赢得了一次又一次机遇。

2007年11月,就在OGX公司成立不到半年,巴西国家石油公司宣布在巴西东南海岸桑托斯盆地的图皮发现了含油地层,其潜在储量约80亿桶原油,此在巴西储量是最大的。由于OGX拥有雄厚的石油开采实力及完备的配套项目,巴蒂斯塔一举竞得21块连续油田上的勘探开采权。这些油田多数位于浅水区,开采成本低至每桶8美元,比起其他油田一桶35美元低了3/4还多。

还更有奇迹在后头,OGX公司仅在成立一年之后,便成功上市,募得资金42亿美元,成为巴西历史上新上市募集资金最多的公司。

在此之前的2006年,巴蒂斯塔以“开采某一资源的同时,建立广泛的关联业务网络”,即“将‘铁锹’卖给淘金者”这一模式,让铁矿石公司成功上市,融资7亿美元。

巴蒂斯塔由此在巴西声名鹊起,但他并不满足于此,他要“将‘铁锹’卖给淘金者”这一方式发挥得淋漓尽致。巴蒂斯塔将拥有的MMX铁矿公司的物流公司分离出来,并于2008年成功上市。目前这家物流公司正在巴西开发两个港口项目,其市值超过11亿美元。

他还有一个项目——OSX造船厂。该厂将为OGX石油公司建造48个海上石油开采平台,整个造价将达到300亿美元。由于OSX不久前也成功上市,来自巴西以致世界的诸多投资者纷纷认购其股份,如韩国现代重工集团就宣布收购其股份的10%。

他还有一个更震撼人心的项目——阿苏港。港口规模将是美洲第一,全球第三。建成后,这条连接中国与拉美的“宽带网”会发挥出巨大效应:其载重量可达到40万吨的超大运输船,通过该港口把铁矿石源源不断地运往中国。

同时,与阿苏港相毗邻的会是一个90万平方公里的港口工业区。人们说,届时这片立起一座座钢铁厂、水泥厂及造船厂等现代化企业的工业区,将是巴蒂斯塔的“迪斯尼乐园”。

近年来,巴蒂斯塔还积极与中国发展关系。2009年11月30日,巴蒂斯塔与武汉钢铁公司达成协议,武钢出资4亿美元认购MMX公司新增发的1.017亿股股份,成为其第二大股东,并获得约6亿吨铁矿石资源权益。双方已经完成股权交割。巴蒂斯塔说,这是一宗“具有历史意义的交易，将在巴西与中国之间开通一条新的高速公路”。

既做巴西首富，也做慈善第一

巴蒂斯塔积极投身于慈善事业，他说：“我不只是想在巴西当最富有的人，我也想成为最慷慨的人。”在做慈善事业上，也同样使用工业项目的模式，获得同样的成绩。如他既注重对贫困者捐助，而且大量做公益事业。他利用这一模式，主要是促进社会发展及文化多样化和环境平衡。

自2006年以来，巴蒂斯塔捐款总额已经高达约2.53亿雷亚尔。在2011年，他捐赠了9100万雷亚尔。社会项目包括林索·马拉尼昂国家公园，费尔南多·迪·诺罗尼亚海洋公园和潘塔纳尔马托格罗索湿地国家公园的支持，巴西八个国家电影制作的赞助，以及捐款完成里约热内卢儿童医院的建设。他还为里约热内卢奥委会提供资金支持，并帮助该城市赢得了2016年奥运会的举办权。

“将‘铁锹’卖给淘金者”这一模式，让人们对他公司的前景极为看好。目前，他公司的圣保罗股市上涨了78.6%，只在几个海上板块发现了石油，但尚未产油的OGX公司股价都上涨了190%，没有港口的LLX物流公司股票上涨了466%，雷亚尔的MMX公司股票上涨了315%。他的五家上市公司坐拥300亿美元资产，仅2010年，巴蒂斯塔的财富从75亿美元暴涨到270亿美元，增加了195亿美元，增幅达2.6倍，超过了卡洛斯·斯利姆·埃卢的185亿美元、比尔·盖茨的130亿美元和巴菲特的100亿美元。

商场如战场，无论做什么都会存在着风险。如果能审时度势，如巴蒂斯塔那样，“把‘铁锹’卖给淘金者”，也就会立于不败之地，成为全球最好的吸金手和慈善家。

不能注册的串串店也名扬四海

当一座建筑物上写着“厕所串串”时，切不可把它当作“方便”的地方。当你知道“串串”是一种麻辣汤时，你会恍然：原来它是一家饮食店。

不错，这是成都的一家餐馆。在成都，人们把那些爱别出心裁，总弄出一些花样的小伙子叫“耍娃”，有一位叫刘凡的后生就是这样一个“耍娃”。他当过歌手，做过摆地摊的“摆客”。尤爱交朋结友，朋友在一起免不了撮一顿，到了他坐庄时，他往往会自个儿动手烧几个菜。“耍娃”就是有一套，他做出的菜总会让朋友直呼“过瘾”。有朋友说，凭你这一手，一定能占到一个“坑位”哟！他一听，如学佛者开了悟：我何以不去玩上一票呢！

他最拿手的是“串串”，2009的一天，他的小生意开张了。朋友得到他发布的消息后，纷纷向他这儿奔，可就是找不到地方，只由于他的店子既小且偏僻，也没有一个名字。这时他会在电话中大呼小叫的：“就是路口那里，公共厕所那里，找到没？旁边旁边，厕所串串！”

本来只以玩票的心态玩玩的他，没想到这一玩就玩大了。由于他的串串做得有特色，比如说，麻辣汤虽说好吃，可吃多了难免上火。同时也有着“吃货”之称的他早就从一位师傅处得知：只要在汤料中加一些能降火的中草药就成了。味道既好，且不上火，他的生意可“火”了。几个月后，他的串串店不得不搬到成都龙华北路，因为在那里他找到了一个比厕所旁的店子要大了四五倍的店面。

这时，有人建议说，新店新气象，不可再同过去一样无名字了。虽说你叫刘凡，可开的串串店一出手就“不凡”，这个店干脆叫“不凡串串”吧！他却似早有准备，当朋友七嘴八舌说个不停时，他说：“真诚谢谢你们，请你们帮我把这个挂上吧！”朋友们一看，先是一愣，随之又全都乐了，原来招牌上写着：“厕所串串”。有人本来想说：你这是卖吃的，还是卖拉的？可一想，此前他总说“旁边旁边，厕所串串”，大家不照样趋之若鹜吗？朋友们不仅把要说的话咽到肚子里去了，反倒佩服他“思路不凡，有胆有识”。

他就是有一套。一天，他让朋友为他做了一个广告牌。有人问他：“这个牌子挂还是不挂呢？我找人再为你做一个吧！”他却说：“挂，怎么不挂呢？”

原来，他把“厕所串串”的招牌响当当地挂了出去后，让人们好奇的同时，招徕了许多顾客。可也有一件事，令他不堪其扰。客人来了后，总会问：老板，你的店为什么叫“厕所串串”？他的最高纪录是一天回答了108次。于是，他让朋友做了一个《“厕所串串”的由来》的广告牌子。可在书写说明文字时，却把“就是路口那里，公共厕所那里”中的两个“那”字都写成了“哪”。

本来是书写者“那”“哪”不分，但脑子活络的他很快从中又发现了商机。顾客到了店里后，他就给人们出一道题：这个广告牌子有错别字，凡是能找出来的，可免费得到一瓶豆奶。一瓶豆奶也许算不了什么，这样的创意却烘托了气氛，在读读找找中，店子中不时响起欢声笑语，本来就很不错的串串让人吃起来味道更是美了几分。

说起店子中的趣味，还有这样一些事总会让人津津乐道。他有一道招牌菜叫作“十秒即食秘制牛肉”，即涮肉的时间不能少，也不能多，十秒钟所出的才是王道味道。

一天，有位顾客从宜宾来，他是向着店里的牛肉而来的。可紧赶慢赶，到店时还是临近打烊，牛肉已经告罄。这时，刘凡来到一位成都市区的顾客的桌子前，笑吟吟地说：“你的牛肉借给这位远道来的客人吧，‘有客自远方来，不亦乐乎’？我想好客的你一定是乐意的。”“是啊，是啊！”市区的客人说。一个点子几句话，让店子里笑声一片。

以德行为基础的笑声就是人气，很快他的店子更为火爆起来，出现了排长龙等座的情况。有人前来表示愿意加盟为他开分店，他却婉言相拒。他想的是，分店多了，有些店面要是使用粗劣的底料和菜品，就会坏了他的招牌。

你不答应加盟，难道不能让你“被加盟”吗？于是，成都大街小巷上的山寨版厕所串串一下子出现了四百多家。他想：该维权了。到工商局去注册，工作人员却说：“厕所”二字不符合商标法的相关规定。

他想了想，也不恼，因为他立即发现了“不能注册”也是商机。于是“仅此一家绝无分店厕所串串”多达十二个字的成都第一长的招牌问世了。同时他又挂出了一个广告牌：不能注册的串串店。

他不仅不开分店，每天营业的时间也不超过晚上10点钟，他说：早上进的菜品到晚上10点就不再新鲜了，人们到他这儿来图的就是一个新鲜啊！他的这一“新鲜理念”令他的厕所串串店面一再扩大。有人在他的微博上调侃说：厕所串串，“臭名远扬”，名扬四海！

“新鲜”永远是一个抢眼的词汇，取一个新鲜的店名，做出一些鲜味的菜肴，采用一些新鲜的招式，即便是以“玩票”的心态，也照样能玩出大名堂。

自助游网站三年赢利数千万

2004年，由于全国旅游景点的开发方兴未艾，于是他创办了专做景区规划和设计咨询的“上海奇创旅游景观设计有限公司”。从此，他以一双敏锐的眼睛注视着业界的“山山水水”。

2006年，一次，他与一位朋友聊天，这位作为某景区负责人的朋友抱怨说：旅行社虽说为景区提供了大量客源，但团队游所需要的全是标准化套餐，比如三星级的旅馆和统一的饮食。这样，就有问题凸现了出来：

一方面景区原本花费不少力气特地为游客配备的餐饮、休闲娱乐设施大多用不上；另一方面，随着自助游——即旅游散客越来越多，这样一些人在购票、食宿等上面却遇到了很大的困难。

从朋友的抱怨中，他发现其中蕴含着的巨大商机。而且他又做了进一步了解，发现当时国内最大的在线旅游网站携程网针对的也只是商旅人群。于是他决定创立一个网站，专门服务于以游玩为主的散客群体。在经过大量的前期准备后，于2008年初，一个叫“驴妈妈”的旅游网站正式创立。

他就是洪清华。

如何经营“驴妈妈”网站，洪清华从自助游的“自助”二字受到启发——自己创业伊始，基础很薄弱，必须自力更生，即“自助”。如何自助？通过这几年的摸索，洪清华体会最深的是：倾力帮助别人就是最快捷最有效的自助。

在最初的景区门票在线分销中，他们只能拿到9折，即折扣最少的门票。这也就意味着“驴妈妈”网站那个时候在业务上并没有多少竞争力。他要开始按照自己的“既定方针”办了，倘若要帮助自助游的游客，就得先帮助景区。景区最需要一些什么样的帮助呢？经过一番调查，周庄进入了他的视野。

原来，在调查中，洪清华发现，周庄这个水乡古镇并不缺少客源，但旅游设施上却存在着一种结构性的缺陷。这种缺陷是旅游业在发展中造成的。具体说，随着人们生活水平的不断提高，周庄这些年来出现了度假客越来越多于观光客的趋势，也就在客观上向周庄提出了于旅游设施结构上必须有所调整的要求。

几天后，一份周庄景区规划咨询方案免费送到了该景区负责人的手中。其内容包括：如何减少低档次的商品消费点，发展特色住宿系统及夜间休闲娱乐设施等，比如创建文化客栈这种对游客更具有吸引力的住宿模式；再就是将以何种形式把这些设计尽快布局出来。这个方案受到了周庄的青睐。

这种对周庄颇有成效的帮助，加大了“驴妈妈”在景区的分量，他们从周庄那儿开始能拿到6至8折甚或3至5折的门票了。这种充分发挥自己做过景观设计的优势，为景区赠送营销咨询业务的策略，使得以低价门票与“驴妈妈”合作的景区迅速增加，一时间就达到数十家之多。

随着工作不断向前推进，洪清华总能找到帮助景区的点子。一次，在搜集信息中，有一位散客说，真糟糕，自己拿着门票去游览，却被景区告知有部分游乐设施正进行着维修，致使他玩得很不尽兴。洪清华意识到，这是因为有些景区自己的网站流量有限而不被人重视，发布的一些信息特别是新近发布的信息往往会被人忽视。

由此，“驴妈妈”又开发了软件“e景通”，免费将各景区的后台与“驴妈妈”网站对接。对接之后，“e景通”可以直接把信息推送到“驴妈妈”网站指定的页面上。如此一来，需要了解景区最新情况，调整行程安排的“驴友”，也就能及时看到相关的动态信息。

“驴妈妈”帮助景区和散客的新产品可谓应时而出。其点子的触发主要是根据反馈来的信息。为了尽可能掌握更多的反馈信息，洪清华对员工做出规定，哪怕是客人在电话与网站中提及的与订票和景区体验没有丝毫关系的信息，也一律要收集保存下来。

如他们收集到了散客们“自己没车，但觉得坐火车换汽车也太麻烦”的反馈信息，“驴妈妈”推出了“巴士自由行”，如从上海去天目湖温泉这类短途旅游，可以选择乘坐由“驴妈妈”统一租用的直达巴士。

还有，他们针对游客们“觉得晚上没有地方去”的抱怨，上线了包括民俗风情表演在内的共有几百种夜间项目；鉴于不少游客“当地是否有一些非星级的宾馆可以入住，是否有一些能够吃到当地特色菜的餐馆”的询问，“驴妈妈”又陆续上线了特色酒店、度假村，以供散客们在购买景区门票时，自由选择或搭配……

助人者自助，到2010年底，有两千六百多家景区成为“驴妈妈”的供应商，超过5200种门票在“驴妈妈”网站上进行分销。2010年，日均出票一万张左右。2011年，日均销出的门票已达到一万五千张左右。不到3年，通过赚取全额门票10%到20%的差价，“驴妈妈”已赢利数千万元。

洪清华的中期目标是：做成一个自助游平台——游客从搜索咨询，到选择景区门票、特色酒店、巴士、娱乐项目等产品，再到分享经验，甚至找到与自己一样看好自驾或徒步出行游玩的，即有着相同喜好的游客等，都得到帮助。

手机记账“和气生财”

那些日子，赵晓伟小两口常常闹意见弄得很不和气的，其直接原因就是有关钱的问题。

作为工薪阶层却又刚刚结婚的他们当然是不会很富有的。月初计划好的用度，不到20天就所剩无几了。于是两人总免不了为此事争吵斗嘴，你说我没将开支管理好，我说你不知节约乱花钱。可究竟谁多花了钱，两人谁也拿不出能说服人的数据。原来，本来商量好应该由妻子来记账的，可因妻子工作太忙，开支太琐碎，账总也记不全。

计划开支节约开支无小事，记账就成了大问题。看看左邻右舍，也差不多都是为了同样的问题闹纠纷。记账关乎“安定团结”，不能等闲视之。可究竟如何解决呢？

一天，赵晓伟与妻子打电话又说起了当月开支的事。挂了电话，他的眼睛不禁一亮，为什么就不能用手机来记账呢？手机差不多已普及，用手机记账可以克服用纸质账本记账的原始落后，以及用电脑记账携带不方便等各种弊端。

那是2009年初，赵晓伟把自己开发手机记账理财应用的想法，与两位朋友说了。朋友们一听，觉得这个主意实在是太好了。一番合计后，三个技术男马上辞掉工作，创建了杭州财米科技有限公司。经过近4个月的夜以继日、废寝忘食的开发、测试，取名为“挖财”的手机记账理财应用版终于面世了。

人们在使用挖财后，反馈来的好消息频频而来。有这样一个故事：有一对开饰品店的夫妇，在采用手机记账两个月后，他们的销售额和利润开始成倍增长。原来，他们不光是将销售出去的每一件饰品都用手机记下来。更主要的是每天都可以对数据进行整理分析，而且特别方便。这样，也就摸清了哪一类的饰品最为畅销，在下一次进货时就多进这一类产品。销售加快了，资金周转速度提高了，商品积压少了，利润也就更丰厚了。

还有这样一件事情：有一对夫妇记账，到了月底，发现有些钱不知去向。因为他们从手机上综合出来的数据与他们家实际开支总额相差甚远。他们抱着试一试的想法，向财米公司技术人员请教，是否有其他途径能找到他们没记上的相关数据。在得知夫妇俩爱在网上购物时，技术人员赶紧告诉他们，挖财产品具备将淘宝等消费网站的买卖数据直接导入手机上的功能。这样一次失误，使得他们得知向网站要自己消费数据的窍门，也就让他们在后来的记账中，省下了不少时间。

随着技术的不断成熟，挖财产品功能更新周期越来越快，时下，每个月基本有一到二次更新。挖财网已可以提供手机端和网站两种服务平台。用户既可以在网站端在线录入数据和管理，也可以在手机端以离线方式管理数据，而且手机端的数据与网站服务器端的数据可以进行交互和备份。

挖财产品已升级成为一个为用户提供理财服务的移动互联平台，除了前面所说的具有着很方便的财务数据统计分析等功能外，还能进行财务数据查询，甚至还可以提醒用户信用卡的还款期限，提示用户的超支行为。

对于刚刚创业的他们来说，尽管人力有限，但挖财由于设置有专门的客服，也就可以通过论坛、e-mail、在线QQ、官方微博等多种渠道，提供尽可能的快速客服服务。如此一来，也就为用户节省了更多的时间。

挖财还能为政府决策提供相关服务。如居民收入、物价上涨指数，其基础数据的获得，过去采取的是调查对象记账、抽样调查等方法。由于个人用笔和本子记账不准确，抽样调查的随机性大，有以偏概全的情况，这样就难免会出现居民收入“被增加”，物价指数“被下降”的情况。随着他们开发出的手机记账理财功能越来越健全，相关部门采集的数据也就越来越准确了，促进社会越来越和谐。

正因为手机记账有如此多的好处，短短一年多，挖财积累的用户数量就超过400万，他们推出的最新版本Android(安卓)，是谷歌Android官方市场上首个下载量过5万的中文个人财务类应用件。眼下，挖财已涵盖了包括苹果、黑莓、塞班、Java、WM等各种平台的手机。

当有人问起挖财何以能取得如此快的发展速度和良好效果时，赵晓伟的回答是：我们之所以将手机记账取名为“挖财”，既有挖掘社会财富的意义，也表明了我们挖财人“让记账人更富有”的理念。

和气、和睦、和谐，从来都是生财的根本之道。而让消费者更富有，势必会促进家庭和睦、社会和谐，由此，创业者自己自然也就能生财，也就会更富有。

·让人生之书成为世界经典

前不久，他以令人瞩目的业绩与财富，作为商界的成功经典案例被英国的一些商学院引入课堂。他成功的秘诀又是什么呢？按英国商学院一些教授的话说，如果人生是一部书，只要能将自己的目标定为经典，那你也就有可能成为一部经典。

有人说他是一个爱折腾的人，其实他是一个不断向经典人生进发的人。本来，作为一家出版社的普通员工，攀上了北京求实文化传播有限公司总经理的位置就已经称得上经典了。然而他并不满足，他要从国内“折腾”到国外去，努力让自己人生这部书成为世界经典。

在多年图书市场的摸爬滚打中，他发现了一个很不正常的现象，那就是国内引进国外版权图书动辄成百上千种，而中国图书向海外输出的却少之又少。为什么自己不能在国外开一家图书出版社，让中国的经典文化走向世界呢？要是这样，在对国家、对世界做出一份贡献时，自己的人生之书或许也就真的成了一部世界经典。

当好友得知他的这一想法后，劝他不要异想天开，国内多少大型国营图书出版社皆视开拓海外市场为畏途，你这只书海中小小的船儿怎么就能到达你想去的彼岸。他那爱“折腾”的性格决定要让自己的生命之舟在人生之书的海洋中遨游一番。在经过一番认真思考及前期准备工作后，他决定将图书出版社开在英国。

摆在他面前的首先是翻译问题，如果让中国人翻译，西方人读起来总会有“隔了一层”的感觉；而找外国专家，那只能是烧钱。因为1000字的翻译费用需要120英镑左右，若一部30万字的书，仅此项费用就得36000英镑，情况好的话可以印1000册，摊在每本书的翻译费就是36英镑，可市场上这样一本书的定价只是20英镑——且还不说印刷费用和销售成本。

然而，没过几天他就找到了解决的途径，这就是先找英国的“中国通”来翻译，每1000字只需要30英镑左右，再以一部书1000英镑左右的价格请剑桥大学的著名专家学者对译稿加以润色、审核就可以了。这样的翻译，既走了低成本路线，又不失为被西方主流阶层所接受的经典文字。

第一关被攻克，接下来就是销售渠道了。在英国，正规书店并不直接从出版公司进书，都是通过发行商代理，代理商先是小批量试销，看情况再做决定是否大批量进货。在此方面他同样走的是节约下的经典路线。当他在得知兰登是英国最好的发行商公司后，他也就把眼睛紧紧盯上了兰登。

那天，在他找到兰登的老板，说有图书想让老板代理时，这位老板简直不相信自己的耳朵，老板不无鄙夷地说，你们中国人在欧洲卖鞋子、卖打火机，做这些小买卖还凑合，没见过一个人在国外开出版社能成功的。

听了老板的话，他却不亢不卑地说，我今天给您带来的是《投资中国》，我们出版社已做过实地及大量问卷调查，80%的英国人对中国的图书感兴趣，其中，有45%的人想了解中国的投资环境和经济情况，有

32%的人喜欢中国传统文化，23%的人需要有关中国的专业书籍……这一切说明中国题材的英文书籍在英国有着很大的市场空间。

翔实的数据，加上他高屋建瓴的见解与设想，让老板听后，不得不对他刮目相看。就这样，又一道关隘被攻破了。

不久，他又向一高峰攀去。那是2009年，伦敦举行书展，伦敦书展的影响力是仅次于德国法兰克福书展的国际书展，当他将《思考中国》《赢在中国》连同《投资中国》3部图书送到书展组织人的手中时，看着那精美的装帧，精湛的印刷，更有那经典的内容，直让组织人久久不愿放手。

这3套书在3天的书展上，订量高达一万多册。由此他的图书就顺畅地进入了包括美国、英国等欧美国家，以及新加坡、印度、印度尼西亚等亚洲国家在内的主流发行渠道与图书市场。

2011年10月，代表世界图书最高水平的法兰克福书展即将举行，他的想法是不仅要参展，还要进入代表世界主流文化的8号英美馆。以往，能进8号馆的，都是响当当的世界老牌出版社，他这个成立只三年多的出版社能进去吗？

可他自有决心和办法，他先是不断地向书展主办方发邮件，给他们发去世界一些国家对中国图书所渴望的相关数据，他这3年在英国以及两次伦敦图书展会上有目共睹的业绩。最后，他又与主办方的领导见面，将老子、孔子、太极、中医、财富、投资等计56种英文版图书让领导们一一过目，同以往一样，见到了他的样书后，一个个赞不绝口。他终于进了8号馆，站在了国际图书市场的最高峰……

他就是1970年11月出生在海盐、新经典出版社总经理、被称为“民营书商海外第一人”的黄永军。仅三年多的时间，他的身价已超过亿元。

外国朋友对他的评价是：“在黄永军身上，我们第一次看到，中国人送来的不只是服装鞋帽、中餐，而是我们渴望已久的，可以通过自己的语言读懂的中国文化。”

黄永军的体会是：“一定要走出去，海外市场比你想象得要大得多！只要你拿出经典的产品，你的产品就一定能得到市场的认可，你一定能赚到很多的钱。”

黄永军让人生这部书成为世界经典，显示了中国文化在世界的魅力，也彰显了爱“折腾”、永远进取的巨大魅力……

快乐心门打开成功之门

人们说，十年磨一剑。可他在新浪历经十年的打拼后，换来的却是踽踽走出新浪公司的大门。2008 年 2 月，当离开新浪后，他便对自己这十年的人生历程进行了反思。

那一年，只有中专文凭的他来到新浪公司。没过一年，他就从一个普通的程序员晋升为制作总监。随之，公司又将进军搜索引擎的重任交给了他。2007 年 5 月，他将自己开发出的搜索引擎——爱问提交给了公司，他想这一下可以松一口气了。可没想到，不到半年，因爱问不能超越百度，经公司高层领导研究，决定放弃此引擎。

公司决策的正确性是不容怀疑的，错，只能在自己，那就是自己太注重结果了。三千六百多个日日夜夜，除了自己常常加班加点连轴转、身体多次报警外，自己对下属还动不动吹胡子瞪眼睛，甚或拍桌大骂……

反思是为了更好地寻找新的出路，眼下虽说离开了新浪公司，但他相信自己已熟练掌握了IT行业的各种技术，他并不怀疑自己能有东山再起的一天，只是从此要拥有一个良好的心态，即要注重过程的开心和快乐。

想到这儿，他仿佛看到天庭中有一位快乐之神将手臂一展，那灿烂的快乐的阳光便铺满了天际。他的心透亮了。对，自己要创办北京开心人信息技术中心。2008年3月，技术中心挂牌了，而且创立的网站以“开心”命名。

不久，他就以快乐的心态制作出了几个小游戏，如好友买卖、争车位、种菜等。每次当自己玩起来着实是乐不可支时，他也就开始跟朋友打电话了：“我做了一个东西，你们来玩玩看！”是的，当每一个游戏制作出来时，他不仅自己能得到一份快乐，而且还更是将这份快乐尽早让朋友们来分享。

让自己开心快乐，更让别人开心快乐，这种创意着实不错，可要真正把它变成一种让人长久快乐开心的现实，也并非一件容易之事。他的办法是，将中国传统的元素与现代的东西糅合在一起。

所谓传统，就是注重民情民俗。比如在好友买卖中，他特别注重纳入春联、爆竹、年画等元素。又比如经营农场“种菜”，不光是自己种自己“吃”，还要通过种菜积蓄资金购买新房子。所谓现代，其核心就是“与时俱进”，不让人们陷入致命的“审美疲劳”中。由是，他建立了一个信息反馈页面，并抽调了几名员工，对最新的流行话题进行监看，然后每天从上万条的用户反馈信息中予以爬梳筛选，找出一些有用的东西为网站所用。

2011年春节来临时，他推出了一个名叫“超级大亨”的组件，其中有“买卖年货”一项，在这一传统的大筐子中他放进了许多现代的东西，即在那些买卖的虚拟商品中，除了有这些年最为火爆的春节联欢晚会外，还包括如直航包机、太空旅行等。又如，在科幻巨片《2012》刚刚上映不久，开心网的虚拟商品中就有了“诺亚方舟船票”。可以说，就是这些传统元素与现代的东西相结合，使得开心网的魅力永现。

大凡一家网站要想顺利运转并得到长足发展，必须要有广告收入作为资金支撑，开心网也不会例外。但传统的广告毕竟是一种令人生厌的东西，为了一时的利益在网站中大量放置广告，这与开心网让人开心的宗旨相违背。他的想法是宁可不要那些巨额收入也不能让开心网的用户不开心。可不是，随着开心网的声名鹊起，先有奥美广告公司的电话打进来，他们开出高价要求在开心网上做广告。接着便有一家又一家广告公司提着现金坐在办公室不肯走。而他却总是一一婉拒。

如何让广告不影响用户的快乐，在经过长达半年之久的探索后，于2008年12月，网上才有了新君威汽车第一个广告。那是一种叫作“植入式”的广告。其广告模式就是，广告主必须事先将自己的广告创意提供给开心网站，网站要做新的组件了，就将广告创意天衣无缝地结合到游戏组件中。也就是说，广告只是组件的一个有机组成部分。譬如，新君威汽车在抢车位的游戏中，它是玩家可以选择的第一款车。还有一些小物件，比如摩托罗拉手机、兰蔻化妆品什么的，全都被作为朋友间相互赠送的虚拟的小礼品。

这个“开心网”的创办人名叫程炳皓。程炳皓就是这样从快乐出发，使得别人快乐，最后又让自己获取更大的快乐。他的人生也由此获得了巨大成功。

仅仅新君威的一项广告，开心网站的日收入就是五万余元。从创办至今，短短的两年多时间，开心网的用户人数从三百多名猛增到七千五百多万名。2009年6月16日，新华社与开心网站达成协议，让社里的电视正式进驻开心网，首开了开心网站单位用户的先河。接着，上海文广、壹基金等机构也在开心网纷纷设置主页。眼下，入驻开心网的机构用户已达一百三十多家，这些机构及用户为开心网增添了巨大的快乐之源与活力之源。

一个人快乐的心门打开了，成功之门也就向他敞开了。正如程炳皓所说："开心网不是做游戏的，也不是凭两个游戏的组件成功的，让开心网成功的是开心精神。看'开心'这两个字，它不就是在向你说：'想开心吗？想快乐吗？那就打开你的心！'"

程炳皓的成功向人揭示出了一种道理：一个人的成功，与其说靠人的苦苦拼搏，靠奇技异术，毋宁说是"心的成功"。因为一个人心的成功，其拥有多少财富，多少声誉，并不是第一位的，那是一颗最为超逸洒脱的心在人们面前鲜活地跳动……

读懂一句诗成为亿万富翁

这其实是一个很传统也很新潮的励志故事，传统的是方式，新潮的是路径。

他是四川都江堰人，19岁那年考上四川师范学院。上学不久，他最想的就是买一台电脑，二手的也行啊！此当然是一种奢望，连来校时的报名费都是东借西挪才勉强凑齐的。

不久他有了挣钱的办法，一天，他去一个在书店工作的亲戚家，想买一本便宜的英语辞书。亲戚说，有一种《英语字典》，只三折出售。听完后他心中不禁一动：要是买了这样的《字典》拿到学校去卖，一定能赚钱。那书标价98元，他以30元钱买进，卖75元。他先在川师卖，销路果然不错。他觉得这是一个生财之道，就申请做了代理，接连跑了几所高校，他居然赚了3万元。

他就是舒义。

此时的舒义早已买了电脑，他想学习互联网的有关知识，机会终于来临了。那天，他在网上偶然看到一个名叫Edwyn在中国创业的美国人。舒义看了Edwyn的博客后，写了邮件："我想做互联网，能不能跟你试一下？"Edwyn是一个挺开朗的人，随之就给他回了帖，说："行啊！”由此，舒义正式进入互联网行业。

这可让他站到了人生的一定高度，他先做了“四川大学生网”，主要帮大学生找兼职、交友等方面的信息。经营模式是发行会员卡，一张卡卖20元，舒义以每张卡16元的价格发给代理商。一年下来，他又赚了好几万元。

舒义成了大学生创业典型，有记者采访他：“你是怎么想起来要进入互联网这个行当的呢？”他说：“是李白的一句诗啊！”记者好奇，“是一句什么样的诗呢？”舒义说，“李白在《梦游天姥吟留别》中不是有‘脚着谢公屐，身登青云梯’吗？‘谢公屐’是做什么的？那是用来登山的。它有两根齿，上山就去掉前面的齿，下山就去掉后面的齿，如此一来，走起山路来如履平地，既轻松也走得快。当然，发明‘谢公屐’是为了上山，只有向高处攀登，才能进入‘半壁见海日，空中闻天鸡’的境界。”记者明白，原来他一直就是要占据人生的制高点啊！

上山难免有风险，2004年风行博客，舒义做了“blogku”的博客网站，他成了国内最早做博客的创业者。然而，这一次他却没有成功，到2006年舒义已亏空2万元。他要去掉“谢公屐”后面的齿暂时下山了，“做媒体比较难，那就还是回去做互联网广告代理吧”！于是，舒义代理了成都的吃喝玩乐网，这就是最初的力美广告公司，一年下来盈利了几万元。

机会站在高处又向他伸手了，腾讯要在成都开办地方网站大成网，找广告代理人。“我算是行业的小精英了。就是现在美国的VC投钱给我们，也还不是非常懂。但你在这个行业里面先行一步，你就比别人有更多的机遇。这也许是‘谢公屐’的力量吧！”他和腾讯签订了一百多万元的任务，最后他以一千多万元卖出，他分成500万元，收获了人生最大的第一桶金。

在作了短暂的停留休整后,舒义又开始向新的高度出发了。2009年媒体开始聚焦安卓手机,还有 iPhone 手机。舒义的眼睛就又盯住了这最前沿的风景线,而摩根斯坦利的一份关于知识革命周期的报道再次照亮了他脚下的路。

报告认为 1990 年到 2000 年是个人电脑时代,2000 年到 2010 年是互联网时代,2010 年到 2020 年是移动互联网时代。当年底,舒义就向移动互联网最高端之地的北京进发了。

他最大的感受是:《金融时报》在线阅读做 9 年才发展了 100 万用户,但 iPad 只花了几个月时间就获取了 100 万的用户,而且 95%是新用户。从产出价值来看,传统媒体只是在给新媒体打工。

可不是,2011 年,舒义的力美广告公司收入 3 亿元人民币,目前他的公司估值 1 亿美元。而成都一家做传统媒体的公司已创建 10 年了,现在一年的广告收入才 3000 万元。

舒义所就读的川师, 并非一流大学, 他却凭着独到的眼光成了时代的佼佼者。

"脚着谢公屐", 舒义所读出的这句诗的含义就是: 人生要向高处去,为此必须跳出思维定势,垫高自己的薄弱处,化劣势为优势。这样,就可以相对轻松地向高处进发, 从而站在人生的最高峰, 看到生命中最为美丽的风景……

·心中有“温度”人生有广度

出生广东省汕头市潮阳区海门渔村的格玉丽同当地大多数女孩子一样，念了初中就外出打工了。2002年，18岁的她到深圳龙岗的一家酒店做了一名打杂工。

2003年3月的一天，格玉丽在工作时，大堂的电视正播着天气预报，说第二天有一股寒潮将袭来，深圳的温度会降至5℃左右。而就是这样一种温度，让她的人生有了一个新的起点。

原来，前几天酒店进了几百公斤苏眉鱼，出生渔村的她知道苏眉鱼是一种暖水性的鱼，而这几天气温本来就比较低，她发现苏眉鱼已经感到很不舒服，明天又大降温，鱼缸中价格昂贵的苏眉鱼不做安置会不会冻死呢？

想到这，她就要去找经理。有同伴却劝她说，你只是一个洗碗扫地的。言下之意，是说她不要多管闲事。可她还是赶紧放下手中的扫把去找了经理，说出了自己的担心。经理对苏眉鱼的保养一无所知，但他认为她能提出问题是一件好事情，经理马上找了负责海鲜管理的员工。那位员工也不熟悉苏眉鱼的保养，格玉丽又对经理说：“你是不是可以问一问别的酒店。”

经理听从了她的建议，向同是经营酒店的几位朋友打了电话，格玉丽的担心很快就得到了证实。经理随即安排人员将喂养苏眉鱼的鱼缸搬进一个保暖条件好的小房间，并新买了两个电暖器为房间加温。他们酒店的苏眉鱼安然无恙，而另外一家因疏忽了这个问题，所有的苏眉一夜之间冻死了一大半。由于她为酒店挽回了近十万元的损失，经理不仅给了她一笔奖金，且为她每月增加了300元的工资，还让她参与海鲜的保养工作。

这次对温度的关注让她看到人生的广阔前景。打那后，她购买了大量关于海鲜习性、养殖、保养方面的书籍，一有闲暇就认真钻研起来。同时，她还通过电视、网络等学习海鲜保养知识，并在实践中对学到知识进行运用和验证。仅仅一年多后，她的海鲜保养技能就处于该餐馆的中等水平，经理也就让她做了一名正式的海鲜保养工，月薪从过去的1100元增加到2000元。

可格玉丽并不止步，她的视野不仅仅只停留在海鲜的保养上，而且还开始关注海鲜的烹饪、口感和饮食文化。她工作的酒店只是一个中档酒店，她认为在一定程度上限制了她的发展。机会很快光顾了她，2006年9月，广州一家位于珠江岸边的四星级酒店开业，急寻有丰富经验的海鲜保养员。2006年10月，格玉丽以较高的理论水平和娴熟的操作技能成为这家酒店的海鲜保养员，酒店给她开出了3500元的月薪。

这家酒店经营着海鱼、蟹、虾、扇贝、螺、生蚝等海鲜，其中不乏鲍鱼、苏眉鱼、老鼠斑、东星斑等高档品种，也有许多像美国皇帝蟹、加勒比海帝王蟹、澳大利亚龙虾、南非象牙蚌之类的洋海鲜。这让她不禁大开眼界，也更激发了她的学习兴趣，她的海鲜保养知识也就不断向高深精准发展。

就拿蟹类来说，美国皇帝蟹和加勒比海的帝王蟹就大不一样，美国皇帝蟹产于大西洋，生存的最佳温度是10℃，最佳盐度是30度；而帝王蟹最佳温度是7℃，最佳盐度是28度。别小看了这两三度的差异，如果保养不周，就会影响到它们的生猛程度。“生猛海鲜”，生猛就是海鲜的魂，海鲜生猛做出来的菜肴才有色、有香、有味、有形，否则其销价就会大打折扣。

技能越来越精湛，她就越来越想给自己的人生和事业“加温”。2007年10月，惠州一家三星级海鲜酒店开业，该酒店通过关系辗转找到了她，听了对方的来意后，她立即应允。也许有人会问，她眼下工作的酒店是四星级，为何要到三星级去呢？因为她在这个酒店只是6名员工之一，这一去她可就要做领导了。

到了惠州，4名员工在她的带领下，管理着150平方米的室内海鲜池和九十多平方米的鱼缸。这是一种更高的要求与考验，她要熟悉四百多个海鲜品种的生活习性及保养，平均每天要保养和售出的海鲜品种就在200个以上。当然，她的月薪也达到六千多元。

勤于学习加勇于实践，她的水平得到全面提升，一手绝活更是让酒店人员称赞有加。一天早上，她指着一只美国皇帝蟹对经理说：“这只蟹赶紧把它卖了，因为它最多只能活上一天了。”经理将信将疑。可过了中午，那只皇帝蟹一点儿也不生猛，没有一丝儿“皇帝气象”了。经理这才相信了她的话，在晚餐时以8折的价格卖了出去，让损失控制在了最小的范围内。

就是凭着练就的一眼能看出一只龙虾、一条苏眉鱼、一只某类的蟹能有几天的生猛时间，酒店就得以及时做出是打八折酬宾，打三折甩卖，还是继续以原价等待下去的决策，总能让酒店的利润最大化。

随着她的声名远播，许多酒店都想以高价将她挖了去。然而，就算她答应了,也只能满足一家的愿望。有酒店由此想出了一招,让她在休息时间去为他们的员工讲课和指导。是的,她的道路更为宽广了,2011年2月,她同时为惠阳海鲜酒家、龙门温泉度假村、罗浮山海鲜大酒店等7家大酒店担任海鲜保养指导。

不到10年,她从一名酒店打杂工一跃而成了远近闻名的海鲜保养师,月入数万元。最近她的想法是,开一个海鲜保养培训学校,为社会上培养出一批海鲜保养人员,从而让自己的人生进入发展的快车道。

心灵要有"温度",它是告诉人们,只要不忘关注并非你责任内却有益于人的"温度",说不定就只那么一次,能让你之人生事业的温度直线上升,从而拓展了你之生命的深度和广度……

人生就是要“得寸进尺”

1943年6月出生的赵成文，他被称为中国当代神探。当人们问他成功的秘诀时，他说，哪有什么秘诀，要说有，人生就是要“得寸进尺”。

那天，有一个嫌犯已承认沈阳市皇姑区一所大学的商店发生的盗窃案系他所为。可赵成文还是要同公安分局的技术人员去现场勘察。当他在窗台上发现了足迹之后，以不容置疑的口气说：“快把那个人给放了。”因为他已确定此盗窃案不是一个人所为，嫌犯一共是3人，都是12岁到15岁的孩子。半个月后，这个案子告破，他说得一点儿也不差。他何以就如此料事如神？只因他有一把神奇的尺子。

赵成文所说的“得寸进尺”就是由这把尺子而来。

那还是他从一名教师成为警察不久，在一次案件侦查中，他在地上发现了几个脚印，他顺着脚印走，可脚印从泥地中到水泥地上就不见踪影了，这让他非常懊恼。后来他产生了一种想法，要是嫌犯即便只留下一个脚印，也能知道其年龄以及身高该有多好！

当他把这一想法说出来时，有人说，有人早就这样想了，只是要大量进行实测，也就是说要有不同的人留下脚印让他研究鉴别。于是，很快他开始着手这项工作。

这可是一种极其艰苦而又细致的工作，软硬不同的泥土地其脚印会有深有浅；还有水泥地上的脚印，纷繁莫测，让人如同进入了迷宫；那跳跃后落地的脚印更是一个难以攻克的堡垒。可他毫不畏缩。

在从大量脚印中找出一定的规律之后，他也就有了做一把尺子的想法：有了这把尺子，对任何脚印，只要一量，尺子就能把身高、体重、年龄等特征计算出来了。他的想法太美妙了！

通过夜以继日的攻关，他还真的制成了这样一把计算尺，还设计出一套计算公式。可当他兴高采烈地将尺子演示给同行们看时，人们都纷纷叹气：太复杂了，连公式都看不懂，更不要说计算了。但他一点儿也不灰心。

1980年，公安部第一民警干校急需选调业务骨干力量充实教师队伍，他由公安部直接下调令，让他跨进了公安院校的大门。又经过一段时日的苦战，他的计算尺终于大功告成。

原来在学校，他的做计算尺的想法得到了足迹专家吴旭芒教授的大力支持，吴教授还把自己多年来收集的足迹样本，全部提供给了赵成文。这样，从儿童到百岁老人的足迹样本，他几乎全部掌握了。

不久，他攻克了平均值和年龄、身高跳跃式的变化等数据方面的难关。又经过一次又一次改进，一种计算简便的足迹测算尺终于得以问世。沈阳市皇姑区那所大学的商店发生的盗窃案就是足迹测算尺诞生后的第一次成功运用。此也是他生命中的第一次"得寸进尺"。

有了这把尺子，他不仅量出了现实中不为人察的蛛丝马迹，而且还量出了数千年前的历史风云。

1988年，在复查全国特大文物走私案"将军俑被盗案"现场的时候，他以敏锐的目光及这把尺子，发现了2000年前人类的麻草鞋印，从而测算出那位烧制兵马俑工匠艺人身高为1.82米左右，同时复原了工匠当时足踏的那双麻草鞋。而在半坡遗址进行考古的时候,他更是发现了七千多年前人的手印,计算出那是一个 13 岁的制陶男孩儿指纹。这些发现,填补了我国历史研究中的许多空白。

赵成文从来就没有满足的时候,是的,他总是要“得寸进尺”。由于当初在哈尔滨师范大学所读的是美术专业,这就为他向摹拟绘画方面拓展创造了条件。

开始是用手工画。那天,目击者比画着说出了嫌犯的五官特征,他只草草几笔,一个人的面部就画出来了。他的这一手直让人拍手称奇,因为目击者说他画出的人几乎与嫌犯没什么差别。

2011 年 1 月 2 日,国内媒体刊登了一条消息:中国刑警学院宣布,由赵成文研制的“警星 CCK 人像摹拟组合系统”软件,已成功升级为 IV 型。此又是刑侦领域一次让人震惊的新成就。

不说 IV,赵成文以前研制出的 CCK-1、CCK-2、CCK-3 型人像模拟系统软件,不仅能根据目击者对嫌疑人五官的描述画出正面像和侧面像,他还能将摄像头摄下的模糊图像还原成本来面目。这套系统更让人惊叹之处,就是能让颅骨“复活”。在白骨案、碎尸案或毁容案中,系统可以根据被害人的颅骨或尸体残骸复原出被害人生前相貌。如今,这套系统软件已协助侦破全国重特大案件三百余起。

赵成文且百丈竿头,更进一尺。

2002 年初,赵成文受邀到江西讲学。1 月 11 日他和助手孙双龙偶然经过江西省博物馆,得见那里正进行着“明王妃真容现世——江西明代王墓奇珍异宝展”。当他看到这位朱元璋重孙明靖王的第四位夫人吴氏的颅骨基本完好无损时,不禁生出利用CCK-3 将明王妃复原出来的想法。

通过大量前期准备,又在电脑前紧张工作几十个小时后,于 2002

年1月22日，明王妃第一张60岁左右的照片被复原出来，后经相貌学专家分析，这张图片相似度达到95%以上。

随之，他又为明王妃复原了二三十岁左右的两张照片。这两张青年时期的“玉照”，尽显明王妃美丽容貌：圆脸，细长的眉毛和眼睛，小巧的嘴，眉宇间透着一股聪慧之气。这3张复原照片放大后，被摆放到了江西省博物馆的展厅里，从此前去观赏的人络绎不绝。

他一发而不可收。2002年3月，湖南省博物馆请他对两千两百多年前的长沙马王堆女尸辛追进行相貌复原。4月19日，四幅画像复原成功，18岁的豆蔻年华、30岁的成熟风韵、50岁的一脸沧桑……直让世人震惊了。

还有明代小说家吴承恩、新疆楼兰美少女、香妃、十八王朝法老图特卡蒙……一个又一个作古千年的名人皆成了赵成文复原的对象。如今，他已完成了16位中外古人的复原工作，其中14位古人以完美的形态出现在“千年回眸”中外古人肖像邮票上。

他的这一套软件能够摹拟画出99亿张“脸”，由此，他还完成了亿万年前的远古生灵东方女神、中华龙鸟、中华古果的复原工作，向人展现出了远古鸟语花香等一幅幅奇妙图景……

人生就是要“得寸进尺”，这是一种永不停步的进取精神，一个人有了这种精神，就不难站在世界之巅……

他开了一家只赚不亏的公司

商家往往会说，打长远里看，没有只赚不赔本的生意，少赔多赚就是赢家。有一个人，就打破了这样的思维定势，十多年来，他做了数百单生意，不说有哪一单生意出现过赔钱的情况，而且每一单生意都能创造出令人“难以置信的利润”。

他就是美国人杰克·尼克尔。

2000年，尼克尔创立了Threadless(无线)公司，进军T恤市场。其实，他投身T恤业时，已有众多的服装制造商瞄准了T恤这块蛋糕，皆要分得一杯羹，利润微薄甚或有许多商家亏损时。尼克尔之所以要逆势而上，因为他已有了一种反其道而行的思路，即传统的做法是产品生产出来后，投放市场待消费者认可，他却是在消费者认可后，再去生产。有这样的好事吗？答案是肯定的。

尼克尔的思路是，创立一种“三赢”的全新的商业模式：设计者的创意得到发挥，消费者有更多的选择，公司只生产赢利的产品。而达到三赢，设计者是关键，然而他的公司没有聘用一个产品设计师，却有众多的顶尖设计师踊跃地当他的编外设计师。他又有何法宝呢？他的法宝就是引进竞争机制。

一次，有记者问一位名叫伊文斯的设计师："你认为这样做值得吗？"因为伊文斯作为优胜者，刚刚从Threadless公司领到2500美元的现金和价值，500美元的礼品券。伊文斯回答道："怎么不值得？太值得了！虽说他们给的报酬并不是很多，但自己的成果能被社会认可，印着我的名字的T恤被成千上万的人穿在身上，这是对我的最大的激励，让我得到一种最大的满足。"

这些年来，伊文斯几乎参加了Threadless公司在其官方网站上举办的每一次设计竞赛。伊文斯说，这种竞赛绝对是公平的。其过程是这样的：会员将自己设计的T恤图案上传展示，并让浏览者按5分制打分。根据评分，Threadless公司会挑出十件左右得分最高的作品，作为这一次公司外包生产的图案，每个图案制作1000件，然而能不能批量生产，就看是否能收到足够多的订单，因为网站上每一个设计作品下方都安有订购按钮。

伊文斯还说，特别是Threadless公司还为设计者提供了极大的方便。譬如他们为设计者提供了诸如HTML代码之类的便利工具，以便设计师们制作出非常专业的T恤广告，以说服浏览者为自己投票。这样做，当然也是在为Threadless公司做免费宣传，但这种"三赢"模式，几乎每一个设计者都乐意参与其中。

客流量就是潜在的购买力，Threadless公司就特别注意网络社区的壮大发展。不说他们每周都会收到1500份参赛作品，这本身就是一种客流量——设计者们在网站写博客，讨论设计问题，跟忠实的拥趸交流。而且公司还积极鼓励让用户成为回头客。为此，他们专门设计了一系列奖励措施。例如用户每上传一张本人穿着Threadless T恤的照片，可得到1.5美元的购买信用；如果推荐朋友购买一件他们的T恤，推荐者可得到3美元的购买信用。如今，Threadless社区的用户已逾

500万，仅2010年的访问量就比上年增长50%。

Threadless公司的利润也就得以成倍增长。由于他们是一个典型的众包模式运作的公司，自己没有厂房机器设备等，也不需要广告和市场推广的费用，花5美元做一件T恤，然后以15—25美元的价格出售，每件T恤的利润都会高出成本的几倍。由此，Threadless公司被誉为“T恤之王”，被评为美国“最具创新力”的小公司。

Threadless公司在取得成功后，并不止步的他们正寻求更大的发展。目前，他们已开办了一家生产有线衫、大手提袋、床单枕套等产品的新公司。此外，他们还联合戴尔公司共同设计艺术笔记本电脑外壳，已有11个设计作品产生，并被戴尔称作是“最合乎戴尔顾客口味的艺术”。眼下，他们还正考虑进军日用品市场。

Threadless公司只赚不亏，其奥妙就在于让消费者走上前台，公司只生产消费者喜欢的产品，真正让消费者成为上帝。一个始终将消费者的喜欢放在第一位的人，他被消费者喜欢，让自己只赢不亏、赚得盆满钵满也是必然。

第五辑

绽放的风

和煦的风漾开了前世的情思，相思树星星绽放，芬芳飘逸。这一刻，不惜千里迢迢赶来，也许路途遭遇到风雨，风雨又岂能阻止相爱的脚步！相爱了，就要奔赴，就要点亮自己，不让所爱之人伸出的幸福憧憬的双手在寂寞的夜空中失落。爱不是晴天丽日的游丝，爱是绽放的风，是风中挺立的俊俏而坚实的花和果。

人生有时需要一些“自费”

1994年，她17岁，夏日的一天，她收到了中国音乐学院的录取通知书，可上面特别注明：自费生，不能是北京户口。

这一下让她的自尊心受到极大打击。妈妈周丽萍说：“自费又怎么了？古人不是说，‘草木之无声，风挠之鸣；水之无声，风荡之鸣’。自费也许是激荡你，让你能发出不同凡响的风呢……”妈妈的一番话，让她不再伤心，她要以坚强的心态迎接人生这场寒风。

她就是谭晶。原来妈妈还告诉她，妈妈的人生其实处处也有寒风。14岁那年，周丽萍从农村老家骑自行车走了几十里的山路，来到县城侯马报考文工团，人家说她出身不好不让她报考。当主考老师中午下班出门时，坐在门口的周丽萍揉了一下哭得红红的眼睛，说：“您听我唱唱再决定，行吗？”一曲唱罢，识才且又爱才的主考老师决定收下她。

周丽萍也曾是自费生，那是谭晶7岁时，听说中国音乐学院招收自费进修生，尽管那时侯马文工团已解散，她已做了三年多公共汽车售票员，可她还是花了当时堪称天文数字的1万元进修了2年，带回花了1900元购买的钢琴以及有关钢琴、乐理、声乐的书籍。而所有的钱都是谭晶的爸爸谭新明在文工团解散后转身进入建筑行业辛苦挣来的。

自谭晶懂事后，周丽萍与谭晶念叨最多的就是："你是我的影子，我会没有遗憾的！"可以说谭晶是在"延续妈妈的梦"这一重荷中成长起来的。

两三岁谭晶就开始练钢琴学唱歌，尽管她很懂事，可玩耍也是孩子的天性，看到别的孩子在院子里玩耍时她往往只有羡慕的份儿。付出当然也是有收获的，上学后的谭晶成了学校各种演出中的"台柱子"。

谭晶第一次在校外正式登台是她9岁那年。那时周丽萍已经是当地有名的歌手，谭晶和妈妈一起参加了市里举办的晚会。晚会上母女合作了《妈妈教我一支歌》和《洪湖水，浪打浪》。谭晶14岁时，有许多合唱团邀请妈妈做领唱，在妈妈分身乏术时，身高已1.64米的谭晶就会替妈妈上阵。

看着不断进步的女儿，妈妈又说起了自己的心愿："我只是在中国音乐学院进修了2年，你的大学一定要念中国音乐学院。"谭晶念高中时，却迷上了小说，附近书摊上的各种小说，琼瑶、金庸的，她全都租来看，说是要提高自己的素养。妈妈却怕她耽误了学业，在高二时，索性就带她去参加艺校的考试。

妈妈是想让她一步一步来，也由于当时她的音质有所欠缺，那一天妈妈带她到了临汾艺术学校。谭晶一唱完，老师们震惊了："唱这么好，考艺校做什么？"在老师们的建议下，母女俩坐上了去太原的火车，报考山西大学音乐系。

一路过关斩将，谭晶最终闯进三试，获得专业考试第二名。因为不是应届，她的文化课考得不是很理想，但最终，谭晶还是被惜才爱才的山西大学音乐系破格录取了。

入学后，尽管她只有16岁，可非常珍惜大学生活，学习特别勤奋。大一暑假回家，妈妈听见她唱歌，一曲唱完，妈妈好不惊喜："你的声音怎么就突然出来了？”周丽萍的顾虑全然打消，她和丈夫商量，然后做出一个大胆的决定：退学，带女儿去北京考中国音乐学院，圆自己曾经的梦。

然而，尽管谭晶收到了中国音乐学院的入学通知书，却是一名自费生，别人一学年的学费只有900元，她却得5900元。

是妈妈的一番话，让她擦干眼泪，她坚定地说：“我知道世界没有对我公平，但我一定会证明自己！”

在中国音乐学院的日子里，她除了学习好专业民族唱法，她还学习通俗唱法。大三那年，她要证明自己了，她偷偷报名参加了“七星杯中外歌手大奖赛”，凭借当时一首流行的《一个真实的故事》，一举获得第一名，当她将7000美金拿到手后，马上去一家银行，将其兑换成五万多人民币。她感到欣慰，同时眼泪哗哗地流下：家里这几年为她付出的学费她一次就全部挣回来了。

毕业后，谭晶考入总政歌舞团。

2008年8月，谭晶参加了中国首届青歌赛，在中央电视台演播大厅里，她演唱了一首《大地》，由于她将民族、通俗、美声跨界唱法发挥得淋漓尽致，一举获得了金奖。

谭晶还成为继宋祖英之后第二位放歌维也纳金色大厅的中国歌手，她更是第一位在伦敦皇家阿尔伯特音乐厅举办个人演唱会的中国歌手。

回首这些年走过的路，谭晶觉得自己的成功应该归功于忠实，“我要感谢大学时自费生的经历，正是有了这段挫折，我才会不断证实自己，才没有淹没在民歌的声音里。”

人生是一场“自费”，自费，付出虽多，但它同时也能让你得到最厚重的收获。

潜沉40年，让梦想发酵

他的梦想就是一壶酒。

他出生的湖北恩施州利川市凉雾乡李子村，千百年来都是土家族聚居之地，村子里的人爱酿酒喝酒，氤氲出了特有的酒文化。不过，当年他并没有想到弘扬这酒文化，1977年全国恢复高考的第一年他也想一考跳龙门。分数出来了，他超过录取线51分。可由于祖父曾为外国传教士酿过酒，政审没能过关，最终与大学擦肩而过。

最初，他也挺抱怨祖父的。但转念一想，利川又有几人能被外国传教士看中呢？如果自己有梦，祖传的酿酒技术不就可以帮助自己实现人生的梦想嘛！

1981年，23岁的他酿出了人生中的第一坛酒。当时他的52度白酒每斤只能卖到几角钱，他却发现，同度数的茅台酒却能卖到二十多元。一天，他突发奇想，中国的白酒不就数茅台酒好吗？我一定要酿出比茅台更好的酒。

他知道，好酒因为有佳泉，他决心要寻找到比茅台酒更好的水源。从此他起早贪黑跋涉在崇山峻岭中，足迹很快踏遍恩施的山山水水和重庆各地，可并没有寻找到满意的水源。

一天，他来到了利川市一处大山腰，在飘满刺梨花香的山道上走着。突然，他感到背后一阵发寒，扭头一看，一匹狼正盯着他，绿幽幽的眼睛里透出阴森森的寒光。他不禁打了一个冷战，可马上又一阵惊喜，因为他发现那是一匹白尾巴狼。

原来当地人曾告诉过他，这一带有白尾巴狼。可早在儿时，祖父就曾对他说过，有白尾巴狼出没的地方大凡有好水。他是“明知山有狼，偏向山中行”啊！幸亏他带了一把短刀，狼见到他手中的刀发出的光芒比自己眼睛中的光更要寒冷，也就悻悻然扭头走了。这时他出了一身冷汗瘫软在地……

甘由苦中来，他终于找到了硬度只有20mg/L左右甜滋滋的品质特别优良的水。

有了好水，酒的品质直线上升，有人说他的酒已堪比茅台酒。1984年5月，他带了自己的酒专程到了贵州茅台酒厂，他要试一试自己的酒与茅台酒到底还有多大差距。茅台酒厂的品酒大师们一见他的酒便赞不绝口，不过，一名姓周的品酒师告诉他：“酒的价值不仅取决于口感味道，更与其蕴藏及历史文化息息相关。恩施的人文山水并不比贵州差，你应该在这方面做一些努力。”

这个道理他是懂得的，只不过由于底子薄资金缺乏，他就是下不了决心来藏酒。这是取到的“真经”，他决心将它念好。他们那儿自然条件的确优渥，整个恩施风景秀丽，其山水素以雄、奇、幽、秀闻名于世，能藏酒的“洞天福地”比比皆是。

从此，他酿的酒不再出售，所有的酒都一一窖藏起来。为了藏酒，他将家中所有能卖的东西都卖了，能借的亲友全借了个遍。这一下可苦了他的家人，全家人就挤在一个十多平方米的土房内，一家人不说常年见不着肉腥，经常还得靠采集野菜、野果度日。

日子尽管过得很艰难，但一心要酿酒却没有粮食可酿酒的日子更让他忧心如焚。一次，他采摘了很多刺梨，全家人几天都没有吃完。那天，他眼前突然一亮，这刺梨漫山遍野都是，为什么不可以用它来酿酒呢？

当晚，他寻找出祖传的有关酿酒的“秘籍”，果然就找到了一本有关以野果子酿酒的“手抄本”，上面记载，刺梨的营养不错，尤其药用价值极高，其叶、花、果均可入药更可酿酒。

经过几个月的摸索，他的刺梨酒终于在1994年腊月成功酿了出来。他依然不出售，只是窖藏。此后，他又相继开发出了猕猴桃酒、李子酒、火棘酒、玄参酒等十多个新的品种，他的酒也就越藏越多。

他叫陈宗恒。

2000年，陈宗恒只酿酒不卖酒的“痴劲儿”被传到利川市政府，在经过一番认真考察后，利川市政府将他列为重点帮扶对象，陈宗恒很顺利贷到10万元。他以这些钱承包了400亩土地种植高粱，以酿造更多高档的高粱酒。当年，他就收获高粱四十余万斤，生产规模又上了一个台阶。

2002年9月，利川市招商引资引来了一个中国台湾老板，在招商部门人员的介绍下，这位老板慕名到了陈宗恒所在的花梨岭酒厂。客人从台湾远道而来，好客的陈宗恒赶紧拿出一坛陈年老酒招待客人。

刚一开封，奇异的酒香扑鼻而来。浅尝一口，酒在口中就像雾一样发散了，而那醇厚绵长的美味经久不去。“好酒！好酒！”中国台湾客人赞不绝口，“多少钱1斤？”他要带回一些让家人与朋友们品尝。陈宗恒心中没底，客人又说：“一斤1000元怎么样？”陈宗恒愣住了！见他没说话，中国台湾客人赶紧说：“2000元，行吧？”陈宗恒说：“你是远道来的珍贵客人，就给个吉利数：一斤1888元。”客人高高兴兴地带走了20斤。从那以后，前来以“惊爆价”买酒的人络绎不绝。

2003年初，陈宗恒将酒取名为“花梨岭”牌并注册。

2007年8月，“花梨岭”牌的刺梨酒作为“湖北省十大森林保健酒”选送到北京，获得“中国林业产品博览会”金奖，并被钓鱼台国宾馆下了订单，开出的价格比茅台酒还要高。实现了他当初酿出比茅台酒还要好的酒的梦想。

陈宗恒在“洞天福地”中藏有白酒六百多吨，其价值至少也有十多亿元。

一个人的梦是可以发酵的，陈宗恒以40年的坚守，创造出了中国酿酒史上的又一个奇迹，让他的声名香飘世界……

爱是引领

爱是牵挂，牵挂是一种距离，而距离是一种引领。

因稻种培育需要，1984年6月成立了湖南杂交水稻研究中心，袁隆平被任命为研究中心主任。有人说，这下袁主任进了“大机关”，可以过上一份相对安稳、夫唱妇随的日子了。

说这话是有来由的，因为从20世纪60年代末起，为了加速试验水稻种子的繁殖，袁隆平转战湘滇，奔走粤桂，很少有机会与亲人团聚，其中有七个春节是在“千里共婵娟”中度过的。

当然这话中还含有一层意思：当时袁隆平已获得国家特等发明奖、联合国知识产权发明奖、联合国教科文组织科学奖、英国皇家让克奖等。而且还是全国政协常委、全国人大代表、湖南省政协副主席。他也是近六十岁的人了，不该再栉风沐雨四处奔波了。

可是，大大出乎人们的意料，两年过去了，袁隆平的家依然在遥远而偏僻的湘西安江镇，对于袁隆平来说，长沙只不过是他的一个新工作地点。省委书记说：“老袁，你把家搬过来吧！老伴对你也好有一个照应。”袁隆平说：“省委书记说的是。”三年过去了，袁隆平在长沙还是过着他的单身生活。省长又发话了：“老袁，我讲过多次了，你怎么还不搬呢？”袁隆平点点头说：“好，我搬，我搬。”可一年又过去了，他依然没搬。

难道说他和妻子的关系很一般吗？你如果这样说，就完全错了。因为在安江，早已流传着这样的故事：

妻子邓哲每次用热水器洗澡，袁隆平都会在外面每隔一会儿叫着妻子的名字。一次，妻子烦了：“你就知道叫，有什么好叫的？连洗一个热水澡也不得消停！”袁隆平却说：“你答应了，我也就放心了。”原来他曾看到过用热水器洗澡有人出了事故的报道。

夏日晚上，忙碌了一天的袁隆平会与妻子一起去河里游泳，以洗去一身的风尘和疲劳。一天晚上，妻子已出门了，他却仍在屋子里磨磨蹭蹭，妻子说：“你在做什么？”他说：“你看见剪刀了吗？”妻子好生纳闷：“游泳带着剪刀做什么？”他说：“这几天有人在河里下了捕鱼的网，要是我们万一被网缠住了，有了这把剪子，危险不就没有了？”

他对妻子的爱如涓流滋润着人的心灵。

见袁隆平总也不搬，1989年，省委书记、省长懒得再和他磨嘴皮子了，索性拨了一笔专款，在长沙东郊，也就是研究中心的一端，为袁隆平修了一栋能接待外宾的小别墅。可房子修好已半年，他与爱人依然过着牛郎织女似的生活。

这时有记者采访他，要揭示出他总也不搬家的谜底。对于记者的问话，他屈起指头一一道来：

一曰“老马恋槽”。1953年他从西南农学院毕业后就一直在安江工作，举世闻名的杂交水稻就是从这里起步的，这里是他难以割舍与忘怀的一片热土；二曰“夫妻恩爱需要‘空间’”。分离虽然拉大了地理距离，却缩小了心理距离；三曰“坚守阵地”。湖南杂交水稻研究中心成为了他的第一战场，安江农场依然是他的第二战场。杂交水稻任重道远，还有很长很长的路要走。

这一秘密终于被揭开：袁隆平原来是想“脚踏两只船”，工作单位在长沙，家安在安江，由于对妻子浓浓的思念之情，他不得不常常往安江跑，这样也就能到安江农场，多做一些第一线的工作。自己多走了路，却能缩短攀登科学高峰的时间，缩短杂交水稻研究的路。

2011年9月，袁隆平的“百亩片”试验田亩产首次突破900公斤，而且亩产1000公斤的目标也指日可待。

“曾有人问我这一生希望有多少资产，我答：一个棚子，下面一头小猪，足矣。对方不明就里，我就用手比画着说，这是个‘家’字么！”袁隆平说。正因为此，袁隆平还荣登“2010年中国心灵富豪榜”首富榜。

爱是牵引，而“小家”牵引着“大家”。从长沙到怀化安江的数百里路是“心灵富豪”袁隆平与妻子心中系着的一根绳，只由于有了这根爱之绳家之绳的牵引，也就让他在杂交水稻的事业上创造出了一个又一个奇迹。

爱情的滋味

爱情的滋味是什么？那就是包容。爱着的两人不仅要相互包容，包容对方的过往与现在，而且还要包容彼此的亲人。

那天，他接到了她的电话："下午有时间吗？一起去逛逛吧！""好啊！"放下电话，他乐滋滋的，觉得这简直就是天上掉下来的大大的幸福。

从一个商场走出来，她指着街边的豆汁摊说："到喝下午茶的时候了，我们一人来一碗。"他噘起嘴唇，想说点什么，可两碗冒着热气的豆汁已摆在了他们面前。

看见他一副苦不堪言的样子——他简直是捏着鼻子将豆汁往嗓子眼里灌。她拿起事先准备好的DV，对着他一阵猛拍。他更窘了，脸上却拼命挤出几丝笑容："咳，敢情你是狗仔队呀！""难道这一下你就受不了吗？这可是我日常生活的一部分。"是的，她是一名艺人，原来她是要让他也尝尝自己一些生活的滋味。

2008年初，他们相识于一次派对上。那天，戴着一副眼镜、举止斯文、谈吐儒雅的他引起了她的注意。因为她平时也挺爱看书的，对有学问的人有着一种自然的亲近感和钦佩感。他是清华大学的高才生，又刚从牛津大学学成归来。当时，她对他的过往不是很了解，可她却早已是他心中的偶像，特别是一曲《宰相刘罗锅》的主题歌《故事就是故事》，让他从那时开始就总在关注着她的“故事”。

经过一段时日的交往，她对他更有了好感。可她对男女情事已经有些望而生畏，因为她在刚进歌坛时，曾和一个著名歌手拍拖，但这段感情在几年后无疾而终，况且这段时间她的事业正处于低谷。她让他尴尬，是想让他知难而退，但至少也让他领略领略自己生活的一些滋味。

他终于把豆汁喝完了，抹了一下嘴巴，对着镜头认真地说：“从相识到现在，你在我心中已不是明星，而更像是邻家小妹妹，我喜欢这种感觉。无论多难，我都要和你在一起，不管面对什么情况，我都不会放弃！”他的表白，让她不知道该是高兴还是懊恼：看来这个男人已经黏上自己，恐怕在心中得给他留出一个位置了。

当年，是她的一次感悟，在生活中给这豆汁留下了一处位置。她从小一路走来，的确是尝尽酸甜苦辣千般味。在她很小的时候，一次她和母亲来到街上一家餐饮店，看见有孩子在喝鲜牛奶，她也要，可母亲只让她喝价格要低廉得多的豆汁。

原来那时，父母已经离异，仅靠没有多大收入的母亲抚养着她，在生活上当然不能和别的孩子相比。她顿然想到：人的际遇各有不同，个个是应该品味不同生活滋味的。

慢慢的，她竟迷恋上豆汁的滋味了。而且，只有豆汁没有牛奶的日子倒成了一种特殊的记忆，因为这种味道或许没有牛奶的甜腻，甚或还有着一种淡淡的苦涩，可其中却蕴含着母亲细心周到松严相济的温暖。

这样的日子急速而缓慢地流淌着，就流淌到了2008年4月。这时，她已经28年没见过父亲了。那天，她对他说，我一直很想见到父亲，在心中设计了一万种见到父亲的情景，可令人想不到的是，最终却遇到了一万零一种。原来，在这年4月的一天，父亲一纸诉状将她告上了法庭。

她絮絮叨叨地说着，在她的眼神与语气中，他明显感觉到了她心中的矛盾，他试探着说："无论你父亲当初是怎么做的，可毕竟是你的父亲，这是一个改变不了的事实。孝顺是中国的传统美德，你在对待你妈妈上表现得挺好的，老人家总说你是孝女，并由衷地为你骄傲。我想，如果你也能以对待你妈妈的态度对待你的父亲，那就更值得赞赏钦佩。而且也会让你妈妈感到欣慰。你说是吗？"她一下子扑到他的怀里，就是这番肺腑之言，让她坚定了自己的想法：父母离婚一定有它的原因与道理，眼下父亲既然遇到困难，自己应该力所能及地帮父亲一把。

打那之后，两人的感情很快升温，因为她看到了他那一颗善良的心，那比海洋还要宽广的胸怀。

那天，他问她："明天是元宵节，你想怎么陪妈妈度过？"她挠了挠头，显得有些尴尬。原来前两天，她与妈妈闹了一点儿小矛盾。他说："元宵节是团团圆圆和和美美的日子，我们一起给妈妈包汤圆吧！"说着，他像变戏法一样捧出一袋汤圆馅儿。

第二天，他们都停下了手头的工作，要为母亲包汤圆。她心中想着："妈妈的身体不太好，不能吃太甜的东西……"他似乎早就知道了她的想法，说："我这里有一包糖分较低的汤圆馅，专为老人做一些。"

看着母亲喜滋滋地吃着热乎乎的汤圆，她望着他，含情脉脉，心里更加认定，他就是可以和自己白头偕老的那个人。

由于得到爱情的滋养，她的事业步出低谷再度进入佳境，2009年3月，她录制的唱片专辑《爱情锦囊妙计》，10首歌曲中饱含着10种爱的表情与爱的精神财富。新的专辑一上市，就受到了歌迷们的追捧。

2010 年 7 月 10 日，两人走上了婚姻的红地毯。一对新人开创了演艺界的新河——他们将婚礼中所得的礼金全部赠与扶贫基金会。

她就是戴娆，他就是张国夫。

做一个能包容的人，那本身就是一种人间大爱一种美德，当然也就能拥有一份甜甜美美的爱情和一份好的事业。

在你的转身处等你

“新晴万景供游戏，一枝珍重倚春看”，他说，我就珍重你这一枝。他叫朱雷。

那一年夏天，朱雷与一个娇小玲珑的女孩相见，喜爱说笑话爱开玩笑的他说：“这是谁家的妹妹啊？”她随即说道：“你又是谁家的哥哥呢？”见他皮肤白白的，眼睛黑黑的，嘴角总向上扬着，帅气而开朗，她想，自己要是有这么一个哥哥也着实不错。这年，她十三岁。

不久，他们又相聚了，几个小伙伴在一起谈开了理想，她说：“我长大了去卖冰棍。”另外两个朋友说她的简直不是理想，因为他们都希望自己长大了能成为科学家、作家。她有些不好意思了，朱雷看着她涨红的脸，说：“我也是，我长大了也卖冰棍！”他就是想帮她解围，不让她那么窘，他还不忘加了一句：“你做什么我就做什么。”这可让她有一股暖流在心底升起，那一刻在她心里就认定了这个哥哥。

花阴转眼挪，日光弹指过，时间很快过去五年，十八岁的她考上了北京广播学院外语系国际新闻专业，朱雷也考取了这所学校的电视系。也许他是要践行当年的“你做什么我就做什么”的诺言，他所报考的也是国际新闻，只是在录取时学校对他的专业进行了调整。

他们堪称青梅竹马，专业不同并不妨碍他们手拉着手去上公共课、去图书馆、去食堂……

那是一个“转头又是清秋近，晚风晰晰凉犹嫩”的日子，他们踏着月光，去参加了一个舞会。她转盼如波眼，娉婷似柳腰，优美的舞姿让她成了整个舞会的亮点。却不知为何，她的心情却如一地被踩碎了的月光，纷扰凌乱了起来，她冲着他发火。要是在平时，他会说上几句笑话，哄她开心。可那天他居然没有这样做，也许他想到了自己总为她打饭，打开水，甚至她吃过饭的碗也拿了来帮她洗。结果是宠得她会冲着他发无名之火，他忽然觉得，难道这就是爱情？如果爱情总需要这么低声下气去维护，这将是一件挺痛苦的事。

他想她是会向自己认错的。尽管她一回到家就后悔了，但她认为自己是女孩子，男孩子就该让着自己。女孩子的自尊没能让她做出任何表示。

难道多年来的相爱就只由一些细琐得再不能细琐的原因而春去冬来，就由繁花似锦的日子进入寒冷肃杀之中。她不敢相信这是真的，但二人就再没有过聚首的时候。一天，独自在寝室发呆的她突然想到一句诗：“山深溪转泉声碎，夜永风摇烛影孤”，内心的孤独如同泉水声漫了上来，瞬间就碎了一地。一支蜡烛孤独地在风中摇曳着，那滴落的就是自己的泪水啊，不，她的心中在滴血！

那些日子，活不下去的想法总在缠绕着她。好在爸爸妈妈常常开导她，就在他们的大学生活即将结束的那年冬天，爸爸鼓励她参加北京奥申委组织的一次英语大赛，她竟然获得了第一名。从此，她就学会了用抓紧分分秒秒学习排遣心中的痛苦。

1993年，毕业后的她直接到了中央电视台《艺苑风景线》栏目担任了主持人，朱雷也进了北京电视台做了一名节目的编导。二人虽说在各自的轨道上奔行着没有交集,但谁都清楚对方的一举一动。她是多么想朱雷能给自己打来一个电话,或是捎来只言片语也行。可朱雷从毕业前的那个冬天开始,已经将自己的感情冰封了起来。

虽然事业风生水起,可失恋的痛依然楚楚地萦绕在她的心中。“恨韶光,转盼天涯”,为了逃避这一段感情,她远赴大洋彼岸,到美国留学。在美国她遇到了一个金发碧眼的男人,她想以一段新的情感冲淡过去的痛苦,不久她嫁给了这个美国男子。一年后,她携丈夫回国,加盟凤凰卫视。是的,她就是陈鲁豫。

依然单身的朱雷暗暗为她祝福,希望她找到了自己的幸福。但只不过五年,她就与美国丈夫分了手。这时候,朱雷不知道为什么,急于要见上她一面。也许他对她仍然存有残梦,不,应该说,他对她的梦从来就没有丝毫改变过。退一万步说,纵是残梦又何妨?宛转柔情都似水,飘摇残梦总如花。在时隔九年之后,即2002年一个夏日的午后,朱雷终于忍不住拨通了那个在他手心里早就攥出了水的电话号码……

当电话铃声响起的那一刻,她心跳不已,她不能肯定,这些年不愿改变自己的电话号码,是不是就在期盼这一刻的到来。

他们约好半小时后,在一家酒店的大堂见面。她来了,一双皮拖鞋,一条短裙,还是一头清汤挂面式的头发。依然是过去那个小女生清秀秀充满灵气地向他走来,他惊异:时间改变的只是时间自己,而站在他面前的这个人和这份扑面而来的情,全都是以前的。“雷雷!”她挥动着纤纤胳膊和他打招呼,这举动、这声音,竟然不与时空有一丝一毫的相隔。

2002年最后的一天,她和他在香港的红棉道婚姻注册中心登记了。就在登记的当天,他们举行了一个最为简单的婚礼,新郎官,新娘子,两个在边上见礼的朋友,再就是那位负责登记及证婚的长者,一共就五个人。他们将家安在了生于斯长于斯念书于斯的北京。

结婚以来，在凤凰卫视主持《鲁豫有约》、事业春风得意的她，每个月都会有两三次背着一个大包，拉着一个箱子，北京和香港两地跑，她就是要多待在那格外温馨、甜蜜的家，安享一个女人的真正归宿和依赖。

且不要说，“万事转头空，未转身时皆是梦”，许多时候转身时的一切才是真。在你转身处等你，是一个男人对爱的一片痴心，是让爱得到皈依，让两个真爱的人拥有一份白头偕老的期许和守望！——谁又能说这样的爱不令人刻骨铭心呢！

爱情没有惊讶

2003年6月,他去福建参加一次歌唱比赛,因为“非典”的暴发,一回到辽宁的老家,就被隔离了。得知这一消息后,她连忙来到他的身边。

隔离半个月,她一直守在他身边。那天,他深情地看着她,说:“如果说我爱上你了,你会吃惊吗?”她微笑着说:“为什么要惊讶呢?你还有什么话要对我说吗?”“我不知道自己应不应该对你说这些,我觉得我们的距离太远太远。”说着,他的眼圈竟有些湿润了。她拉着他的手说:“你真傻,我不就在你身边吗?”

爱没有惊讶,然而爱又往往是从惊讶开始的。

那还是在两年前的秋天,在大连艺术学院音乐系念一年级的她在室友的邀请下,来到室友的老家辽宁庄河市蓉花山镇。她和室友一起穿梭在出售各种土特产的市场上,突然,她被一阵歌声吸引住了,“是谁的歌声啊?这么动听!”她以为是有人在放磁带呢!抬头循着歌声望去,让她好不惊讶:一个小伙子在一个豆腐摊前正引吭高歌着。

她来到小伙子面前,说:“你的歌唱得真好,你叫什么名字?”“他叫姜波,我们都叫他‘豆腐哥’呢。”旁边一个中年人赶紧笑着替他回答。她也笑了,对姜波说:“我叫胡馨月,认识了你真高兴!”

两个生活轨迹完全不同的人，就这样有了交集。胡馨月回到学校后，样子憨憨的，穿着朴素的姜波的身影总会浮现在她眼前。寒假时，胡馨月没回家，却径直来到了蓉花山镇。再次相遇，姜波也似老朋友一般，非常开心地和她聊着。他告诉胡馨月，这辈子最大的愿望，就是能站在舞台上放声歌唱。她连想也没想，说，我一定帮助你实现你的梦。

2003年初，在得知福建要举行一个推举新人的歌唱比赛后，她连忙打电话告诉了姜波。一次参赛，一场“非典”，将两颗心紧紧连在了一起。

胡馨月大学毕业后，由于成绩优秀，被留校任教，这让同学们羡慕不已。然而一天，她给姜波打了电话，说：“我辞职了。”电话那头，姜波惊讶得电话差点掉到地上：“你快跟你们领导说，看还能不能留下！”她调侃着说：“估计来不及喽，你恐怕要养我一辈子了！”

胡馨月想的是，尽管在大学任教，工作稳定，但凭自己的工资和姜波卖豆腐的收入，要在大连买房子，没有十年八年恐怕不行，这样姜波也就进不了城。与其两地分居，不如自己向姜波靠拢。几经要求，学校同意了她的辞职要求。

2004年底，在说服父母后，胡馨月和姜波领取了结婚证，在农村老家举行了简单又甜蜜的婚礼。结婚时，她并没有通知大学时的姐妹们，因为她知道大家对她的做法肯定无法理解，弄得不好会伤了姜波的自尊心。后来，一些同学还是知道她已成了“豆腐西施”，几位同窗好友相约后，辗转找到了胡馨月的家。

朋友们去的那天，姜波去了镇上，胡馨月一个人在家泡豆子。看到皮肤不再白皙，穿着不再时尚的胡馨月，恨铁不成钢的姐妹们说，即便你认定了姜波是一支蓝筹股，也可以带着他在城里发展啊！难道非要像这样做一个村妇不可？她说，你们要相信我，姜波的嗓音条件这么好，他会一鸣惊人的。好友们见她“执迷不悟”，只好说，我们尊重你的选择，你丈夫娶到你真幸福啊！

梦想很美，可现实却如磨，而且这扇磨再沉重也得每天推动着它旋转起来。婚后的日子，每天天不亮他们就起床，磨豆子煮豆浆，然后踩着三轮车到镇上去卖。

卖完豆腐回到家，胡馨月至少要指导姜波三小时的专业声乐训练。教完了，胡馨月去做家务事去了，姜波则努力让生活的磨咬合着自己的希望，那磨在飞速旋转，姜波充满激情的歌声也会伴着嗡嗡的磨声飞扬着……

一个用心地教，一个扎实地学和练，姜波的音乐才华被极大激发出来。2007年11月7日，他第五次参加《星光大道》的海选，并得到认可。这来之不易的机会让姜波欣喜不已。不料，在从镇上回家的路上，他被一辆小车撞翻，当场昏死过去。医生告诉她，姜波腹腔大出血，要她做好心理准备。

她不相信即将要实现梦想的丈夫就会这样离她和两岁的女儿而去，她相信这是上帝开的一个玩笑。她在丈夫耳边一遍遍深情呼唤着：“姜波，你快醒醒！我和女儿都在等着你回家呢，你快醒醒！”姜波果然被她唤醒了。

2011年底，身体完全康复的姜波第六次报名参加《星光大道》的海选，这次，他又一次得到央视让他进京录制节目的电话。这次顺利成行，姜波惊艳的歌声让他很快受到人们的追捧。

此后不久他又收到“非常6+1”节目组的邀请，姜波扎实的唱功，还有两人感人肺腑的爱情，使得他们成为这次节目中的最大亮点。

如今，姜波各种演出和电视节目的邀约不断，当初胡馨月“姜波的才华一定会大放光彩”的断言终于成为现实。

爱情没有惊讶，只要对生活充满热情，旋转起你命运的磨，你也一定能让自己的青春飞扬起来，收获到甜美爱情和丰硕的事业。

做一个“长眼睫毛”的女人

人们都说，“长眼睫毛”的女人漂亮。其实，那更是一种“明白事理”。

有一阵子，丈夫被炒出了“绯闻”。一天，在电视剧《不在犯罪现场》的发布会上，有人问她：“你在这部戏中演了一个第三者，要是生活中，万一你老公有了情人怎么办？”她紧握秀拳，圆瞪秀眼，“狠狠”地说：“与人斗，其乐无穷。”现场顿时掌声雷动。

见收到了预期效果——自己对老公是“很高看”的。接着又说：“首先是我相信他，可是有人要生生往上闯，就跟勇闯夺命岛似的，你说我能有什么办法。其实，我也想明白了，反正我们这边是男的，吃亏的不是我们。”现场又是一阵哄笑声。

她这是要借记者的口，告诉那些“心存不轨”的女人，她的老公心里就只有自己，你们就是制造一些有名无实的“绯闻”，吃亏的不过是你们。

他们就是徐帆、冯小刚夫妇。

这可不是她要“唬”住别人的，徐帆与冯小刚的关系之“铁”是有目共睹的。冯小刚动不动就向葛优、刘震云等人夸赞老婆“上得厅堂，下得厨房”。徐帆也常常对这些“哥们儿”说：“我属羊，他属狗，这辈子我被他看死了,谁让他是一只牧羊犬呢!"说着,满脸的幸福藏也藏不住,"有了牧羊犬看护的羊,走路吃草都踏实。其实我也很怀念以前那旧时代,那时候的女子嫁人后,都随丈夫的姓,一听就知道她是谁家的媳妇。"

当有人问起他们的夫妻相处之道是什么呢?这个国家一级演员、国家特殊津贴获得者,荣获第23届电视剧飞天奖最佳女演员奖的徐帆,搬出了她的"私家理论":奉劝女人们千万不要把眼睛睁得太大,眼睫毛是做什么用的,你把眼睫毛剪了,清不清楚?清楚极了!可一分钟进来一粒沙子,再一分钟进来一只虫子,你受得了吗?

她就是要做一位"长睫毛"女子。还在刚认识冯小刚时,她就不太计较他的一些话语。那是一个冬天,冯小刚在姜文执导的《阳光灿烂的日子》里饰演一个角色,徐帆则在北京人艺排练《阮玲玉》。一天中午,徐帆刚刚走出排练大厅,就接到了冯小刚的一个传呼,她赶紧给他回了过去。

原来,在景山后街拍戏的冯小刚说他有些冷,想吃一些热乎东西。徐帆把买好的饭菜用毛巾包了,骑了自行车匆匆赶到景山后街。可冯小刚看了那饭菜:一个软炸虾、一个烧二冬、一个香菇油菜、一盒米饭,还有一小瓶北京二锅头,却立马拉下了脸:"就这呀,有什么吃头?""我记得你说过你不吃肉……"徐帆连忙解释说。"那也不能这么素啊!"冯小刚又说了一句。

自己费了那么大的心思,而且还饿着,换来的却是埋怨,徐帆的眼泪直在眼眶里打转。可她又一想,他这种直来直去的性子还真对自己的胃口。这次摸清了他的口味,下次不就好办了?

就是这种不计较,让她在做菜上下功夫,直让她做菜的手艺在圈里出了名,葛优、刘震云等一大帮朋友隔三岔五地就去她家蹭吃蹭喝。

做一位“长睫毛”的女子，看男人处处也都是“宝”了。比如，我们都知道冯小刚的外貌着实不敢恭维。连冯小刚也曾自嘲地说：“徐帆这朵漂亮的鲜花最终还是插在了我这堆牛粪上。”有一天，徐帆做节目，有一位观众说，我觉得你比电视上还要漂亮，但冯小刚却长得太丑。徐帆说：“对对对，总不能说他好看吧，但他很酷。”现场观众笑倒一片。其实，私下里，徐帆就为冯小刚取了一个外号：“酷又亮”。

这样的女子哪个做丈夫的还会不把她放在心上？记得曾经有一个记者问她：“担心有一天你会抓不住对方的心吗？”她却哈哈一笑说：“抓住他的心，那不就是要了他的命吗？为什么两个人在一起不能快快乐乐地过，非得要了人家的小命呢？”

做一个“长眼睫毛”的女人，是一种大度，大度的女人在男人心中就是一尊女神，她说“不必抓住对方的心”，其实她相信自己早已走进了丈夫的心中——这是一种大度下的幽默，幽默下的自信。

人们说，“长眼睫毛”的女人美丽。是的，那是一种大度美，自信美。

只缘善良和诚信

有些事似乎就像一种宿命,或者说是一种预告,一本名字叫作《又来了,爱情》的小说,让她果然"又来了,爱情"。她叫翟慧,湖南衡阳人,这是一场跨国之恋,恋着她的人是英国一位名叫瑞克森的帅小伙。

瑞克森是伯明翰大学的高才生,毕业后,他在伯明翰维迪斯测控有限公司担任工程师。2008年12月的一天,在去看望父母时,他看到租住在父母家的中国留学生女孩林菲的书桌上,有一本名叫《又来了,爱情》的书,这是英国作家多丽丝·莱辛小说的中文译本。他喜出望外,因为已学习3年中文的他很想读一些这样的书。他向林菲开口,林菲很爽快地将书借给了他。

这本小说实在是太好太感人了,读完后,瑞克森觉得意犹未尽。就在他的眼睛瞟向最后一页留白处时,有一行字跳入他的眼帘:最甜美的歌是诉说最悲伤的哀思的。

他知道这是雪莱的诗句。翻过一页,在封底的内页他又看到了几行字:

书看完了……人生好沉重,痛苦的我该放弃这一切吗?下面还有一排阿拉伯数字,他知道那是QQ号。

时年27岁的瑞克森顿时被从这婉丽娟秀的中文书法中所透出的才气打动了，同时一股浓郁的哀伤也紧紧攫住了他的心。

“这写字的人又遇到了什么不开心的事呢？”他想。瑞克森立即上网，他很快就与写字的人联系上了，是一名女子，名字叫翟慧。然而，翟慧与这位远隔重洋异国他乡的陌生男子又能说些什么呢！

时间既快又慢地过了两个多月。3月初的一天，在这两个多月没上网的翟慧登陆了QQ，她竟然看到了好多条留言，那全是瑞克森的。其中有一条引起了她的注意，留言是这样的：“翟慧，病好了吗？希望你早日康复！”这是怎样一回事呢？自己从来没向他透露过身体有病的半点信息呀！

后来她总算弄明白，原来这两个多月里，她回到老家照顾生病的母亲，是丈夫刘涛套出她的QQ密码，假冒自己与瑞克森聊天，也就有了瑞克森这样的留言。

刘涛怎么能这样呢！其实，正是她与刘涛不幸的婚姻，才让她生出了悲观厌世的想法。

翟慧读大学念的是湖南商学院，毕业后她先后在衡阳市几家企业打工。2007年，27岁的她与刘涛认识并结婚。不幸的是婚后因意外她一连流了两次产，刘涛便对她白眼相向。更为糟糕的，2008年5月，她又患了声门上型喉癌，她只好到上海瑞金医院接受手术治疗。花了四万多元，病情总算好转了，但癌变组织侵袭到声带，她不能讲话了。更令她痛心的是，这段时间刘涛对她的病情很少过问。

因为她特别喜欢看书，治病期间，为了能让书为她分解一些忧愁，一位朋友便从上海普陀区甘泉路正举办着“图书漂流”的爱心超市给她拿来两本小说，其中有一本就是《又来了，爱情》。她看完这本书后便情不自禁地写上了那些话，接着将书归还原处让它继续“漂流”，而这本书刚好又被回国休完暑假的林菲带到了英国。

2009年6月的一天,瑞克森突然来到湖南与翟慧见了面。

原来,2009年3月发生的一件事,让他萌生了要与她见上一面的想法。机会终于来了,瑞克森所在的公司要派3名工作人员到中国考察,瑞克森立即申请,懂得中文的他如愿以偿。

当瑞克森出现在翟慧的面前时,既让她惊喜万分,也让她手足无措。她要将自己的所有情况告诉他,她很快拿出了笔,写道:“我不能说话,因为得过喉癌……”瑞克森发现她的颈部果真有手术后的疤痕。他们又“谈”了很多,在瑞克森看来,这次见面让他们相互有了更深的了解。

这年的12月18日,瑞克森又一次来到中国,这次他却是专程来接翟慧去英国治病的。见到瑞克森后,翟慧哽咽了,她写道:“我不能接受你如此厚重的馈赠,不想给你增加负担。”这时,瑞克森突然从包中拿出一张大纸,当他急切地展开时,那上面竟全是用汉字写的“翟慧”二字。

原来,自从上次与她见面后,瑞克森已觉得自己离不开她了,他一定要为她治好病。一回到英国,他就拿着她的病历资料去各家医院咨询。几经打听,他终于得知伯明翰大学附属医院有着一项领先世界的生物凝胶注射修复声带构造技术。他想,翟慧的病一时一刻也不能等待了。

在瑞克森一片真情的感召下,2009年12月23日,翟慧与瑞克森一道飞往英国。2010年1月8日,翟慧的手术获得成功。春节前,她与瑞克森依依不舍地告别。

回国后,她便开始了每天长达十多个小时的艰苦练习。5个月后,失声两年的她终于能发出较为清晰的声音了。2010年6月6日,翟慧拨通了瑞克森的电话,激动地说:“嗨,瑞克森,我终于可以亲口和你说话了。谢谢你,我爱你!”这一声迟到却饱含着深情的“我爱你”,让瑞克森泪流满面,他说:“亲爱的,我时刻都在思念着你,等着你亲口说出这样的话!”

有人对瑞克森的做法很不理解,因为他是一个年薪10万英镑的金领,而且尚没结过婚,他为什么要爱上一个已结过婚、身体有病,又比自己大一岁的中国女子呢?面对人们的疑问,他向人们讲了一件事。

翟慧2009年初,她在照料自己的母亲的日子里,刘涛套出了她的QQ密码,在与瑞克森聊天、得知他可以为翟慧提供帮助时,便谎称翟慧得了心脏病。瑞克森也就随之汇来了6000英镑。

翟慧弄清这一情况后,她马上找到已几天没归家的刘涛,愤怒地在纸上写道:“想不到你这么无耻!那个外国人手中有证据,你不怕他来中国报案吗?你赶紧退钱,还算有救!”刘涛害怕了,他交给翟慧4万元。更让人感动的是,在她治病后身无分文的情况下,硬是向朋友借了2万元,于2009年3月的一天她把6万元汇给了瑞克森。就在这件事后,刘涛与她办了离婚手续。

人们至此明白:是她的忠诚和善良感动了瑞克森,让她“又来了,爱情”。

2011年3月,瑞克森又一次飞到中国。通过他的努力,伯明翰维迪斯测控有限公司在上海设立办事处,由瑞克森主管。两个相爱的人终于可以常聚在一起了。

其实世上并没有什么宿命,如果硬要说有的话,那么每个人的宿命当是忠诚和善良。是忠诚和善良成就了“图书漂流”,又是“图书漂流”使得他们结下了跨国奇缘。只有忠诚与善良,才能让人间谱写出一部部动人的佳话……

一个男人的担当

那是仲春时节，刮了一夜的大风，那天一大早他起床后看到阳台上一株木棉当头的枝条被风折断了，他拿了剪刀将长长的斜面剪去，然后又用一块涂了防治病虫害的塑料布包上。做完这些，他这才长长舒了一口气。

他的家庭那时也正如同这木棉一样，经历着一场变故，可他认为，即便是被折断了感情，也不能让它呈现一种伤痛的裸露，要尽可能向人展示它那美丽的一面。他说，我是男人，这或许也算是一个男人的担当了吧！

他是一名影视演员，在剧中塑造了那么多大义凛然的男子汉形象，也许正因为如此，让他最懂得人的铮铮铁骨其实是以柔肠温情来滋养的，故而在生活中，他也就特别看重家庭亲情。

他与妻子孙昌宁经过几年恋爱才走上婚姻的红地毯，是有着相当的感情基础的，婚后的那段日子宛如春日中绽放的花朵，美满而幸福。他更是要让那小日子过得红红火火。休息时，他不是做上一桌香甜可口的饭菜，就是将房子整理得井井有条、清清爽爽。然后，他和妻子一道，带着孩子，拎了水果点心，去看望两边的老人……他要的就是这种家的氛围，一家人融融洽洽的感觉。

然而，造化常常弄人，作为外交部文化参赞的妻子似乎注定了就要和他银汉相隔。没过上几年热饭热菜热炕头的日子，妻子就远去国外任职。妻子一年只有述职时才能回国一个星期左右，这短暂的时光，无论他们怎样掐着拽着不放，可一眨眼，妻子启程的时间又到了。

那么就以空中的电波让人聊以慰解心头的那份落寞吧！可是，由于妻子太忙，再加上时差，一年中他打去三十多个电话，只有七八次才能听到妻子的声音。在望眼欲穿中，妻子一年也只打回十多个电话。

对于需要家就同郁郁苍苍绿洲的他来说，如此简直就是将自己置于了一片情感的荒漠，这样的时光，一年两年也许能勉强忍受，可他不知这样的日子哪年哪月才是尽头！

妻子的事业不能放弃，他也尚不具备出国陪伴在妻子的身边的条件，那么就放弃这段感情吧。妻子觉得也只能进行这样一种无奈的选择了。就在两人心平气和地谈论着离婚的事时，岳父却不意中风导致左半身偏瘫。

也许有人说，既然两人情感的枝条已被无情的时空之风折断，无论发生什么事还是尽快分手为好。可他经过一番慎重考虑后，对妻子说的话是，两人从此分居，暂不办理离婚手续。他想的是，什么时候老人的身体可以接受他们离婚这个事实了，什么时候再去拿离婚证。是啊，他要将这断了的枝条细心地整理，让它尽可能受到阳光的呵护，让其在温煦的氛围中结痂，长出新枝。

在岳父病情稳定后，他就把岳父岳母两位老人一同接到家中。中风病人很少能痊愈的，可他一心要让老人快点好起来，那时他的收入还不高，他却买了最有利于老人作康复运动的医疗器械，那是一种可调控温度、带振动按摩功能、软硬适中的水床。

他还买了第二样东西，就是从德国进口的带四点式安全带的电动轮椅。每次，把老爷子抱到轮椅上坐好，系上安全带后，岳母只需要手扶着轮椅靠背上的把手，用大拇指按住前行按钮，轮椅就能以3公里的稳定时速慢慢前行。如果老人想“独自”行走一会儿，这时无线遥控器就派上用场了，在半径100米的范围内，通过手柄遥控器，可以前进后退转弯停止。

老太太只管照料老爷子，至于家务琐事全由他包下了，老太太常常表露出受之有愧的神情。这时，他会安慰老太太：“这些做饭收拾房子的事本来就是我喜欢做的，再说，您老也不轻松。”他的一片孝心，让岳父也保持了一种良好的精神状态，直到8年后，岳父才在对女婿无比感激、对家人无限的眷念中离世。

是的，他就是王学圻。

岳父离世的第二天，王学圻在十三陵盘龙台购置了一处合墓，在他的坚持下，墓碑上的落款处刻上了：孝婿王学圻。

待岳父的后事风风光光圆圆满满办完好，老太太对他说：“如今老爷子去了，你也可以安心地过自己的生活了。”她还说，就算她将来归老时王学圻已经不再是她的女婿了，但她在心里也会永远把他当作半个儿子。

老爷子的孝期满后，王学圻与孙昌宁花了10分钟，9元钱办下了一纸离婚证书。这时，他们的儿子王大庆在英国念完大学后，回国已在一家广告公司做到了创意总监的位置。

有人免不了说王学圻真是犯傻，为了一段名存实亡的婚姻蹉跎了这么些年。可他认为自己的坚持是值得的：如果没有这8年的坚持，不说岳父很难安享到这8年快乐的时光，而且孙昌宁的事业也不会像这样不受到影响，儿子也不一定能这样学业有成、工作顺畅。当然，还有岳母说不定就不承认他是自己的半个儿子了。

婚姻的枝条也许会折断，可亲情的阳光永远不会坠落，一个为了亲情敢于担当的男人，他也就会为世界挥洒出一抹灿烂的光辉，让人觉得即使再寒冷的日子也有温暖存在……

奇气磊落撑苍穹

一个执着深爱的人，心地光明磊落，其映射出来的必然是一股奇瑰之气。

她叫唐贺，又名“晓莹”，出生于1898年，祖籍广西灌阳。有人说，唐贺奇崛瑰美宛然山岳河流：高崖充罗幕，清川披华丹。之所以瑰美绮丽，人们都说唐贺是受到了家庭的熏陶：她的祖父唐景崧是同治四年的进士，中法战争时，任吏部主事的唐景崧慷慨请缨。因功擢升，后任台湾巡抚，在中法战争中屡建功勋，是令人景仰的爱国将士。也许如人们所说：家风淳厚，福祚绵延。但也更在于她能勤奋修习。

唐贺自小就特别爱读书，在天津念书期间，她的文化课成绩非常优秀，还喜爱音乐、美术等。暑假时，别的女孩子往往上街逛商店去了，她却待在家中，用旧报纸练习书法，因而书法成就曾得到散原老人陈三立等多位大家的赏识。绘画也有相当造诣，在北洋女师学习期间，唐贺的钢笔画曾被收录于《也同欢乐也同愁》一书中。

她且文武双全，当时，女子体育教育已开始流行，唐贺凭着过硬的体育能力争取到公费学习的名额，于1917年初，前往上海基督教女子青年会设立的体育师范学校就读。两年后以优异成绩毕业，回到天津母校担任体育部主任。后来，她又到南京金陵女子大学深造，就读体育专业本科。毕业后，任职于北京女高师，曾是许广平的老师。

“险语突兀泣鬼神，奇气磊落撑苍穹”，奇崛之气不仅撑起了唐篔璀璨的学业，而且撑起了她的一片熠熠生辉的爱之天空。在北京，有人说唐篔是漂在京城的“剩女”，因为那时她已是二十九岁的“大龄女子”了。也许应了这样一句话：爱情不是寻找来的，是等来的，“撑”来的。

那是一个周末，见窗外花事凌乱，一种诗情在她心中漫泛上来，于是找出祖父的两副条幅：“苍昊沈沈忽霁颜，春光依旧媚湖山。补天万禾忙如许，莲荡楼台镇日闲。”另一副是：“盈箱缣素偶然开，任手涂鸦负麝煤。一管书生无用笔，旧曾投去又收回。”她曾许多次看过它们，见到诗幅就仿佛感受到了祖父当年的英豪之气。这一天，她将它们挂在居室的厅堂之上。

一次，清华有几位同事于闲谈中，有一位偶尔提到曾在一位女教师家中，看到墙壁上悬挂的诗幅末尾署名“南注生”。这位同事不知“南注生”是什么人。其中有一位教授吃惊地说：“此人必灌阳唐公景嵩之孙女也。”南注生是唐景嵩的别号，其写的“请缨日记”，这位教授早已读过，于是有了不久后的登门拜访女教师的冒昧之举。不错，这位教授是陈寅恪，女教师就是唐篔。

陈寅恪祖籍福建上杭，1890生于湖南长沙。祖父陈宝箴为清末湖南巡抚，系著名维新派骨干；父亲陈三立是晚清著名诗人。其时，陈寅恪从德国柏林大学毕业回国，以学识渊博，通晓数十种语言文字而受聘于清华国学研究院。年已三十七，仍没将婚姻放在心上。他去观摩“南注生”的诗幅时，与唐篔相识并一见钟情。第二年，即1928年，两人在上海结婚。因奇崛瑰丽而在时光中“撑”着，就这样撑出了两人的旷世奇缘。

婚后，二人你侬我侬，恩恩爱爱。可这段奇缘似乎注定了让唐篔更费力地撑持着。婚后，很快迎来他们爱的结晶，但就在大女儿出生时，以前患有心膜炎的她，被诱发为心脏病，在呼吸感到异常困难时，她想到了母亲，母亲是在生她时难产而逝去的。可她就要硬撑着：不能让他没有了妻子，甚或没有了孩子。唐篔的这种因对丈夫的爱而坚强、而撑持，终于让死神松手。

随着第二个孩子、第三个孩子的出生，家务越来越繁重，家庭事业难两全，瑰丽高雅的她把自己变成一个撑起一片家庭天空的旧式主妇，全力支持丈夫的展翅翱翔。这段时间，陈寅恪任清华大学历史、中文、哲学三系教授兼中央研究院理事、历史语言研究所第一组组长，故宫博物院理事等职。她以丈夫的成功为荣，为孩子们的成长而欣喜。她以为他们这个家的天空就是晴好，一碧如洗，风和日暖了。可以放下自己高高举着的手，不必再吃力地撑着了。

然而，1937年，日寇发动全面侵华战争，夫妻两人拖儿带女，仓皇逃亡。此时，大女儿九岁，最小的才四个月。一路辗转，从北京到长沙、梧州，到香港。这时学界在昆明成立西南联合大学，丈夫去任教，她因长途颠簸心脏病复发，再也无法行走，只能带着三个幼小的儿女在香港暂住。

1940年暑假，陈寅恪到香港探亲，并等待机会赴英国，应牛津大学之聘。然而，欧洲战事导致地中海断航，他只好暂住九龙，在香港大学任客座教授。1941年12月，日军发起太平洋战争，香港沦陷。日本人以“日币四十万元强付寅恪办东方文化学院”，俯首事敌岂是陈寅恪的性格！他只好带着全家仓促逃离香港，先后任教于广西大学、成都燕京大学。

为了打理好家，唐篔不得不精打细算，丈夫身体不好，为了给他补充营养，她曾买过一只山羊，每日挤一碗奶让丈夫喝下。生活常常捉襟见肘，她却将家庭的里里外外，打理得井井有条。这一切丈夫看在眼里，疼在心里，他不止一次地对儿女们说："你母亲是这个家的主心骨，没有她，就没有这个家。"丈夫的话让她心中如同抹了蜜一样，一切累和苦全都烟消云散。

可这时病魔像沉重的乌云向丈夫袭来，由于战争环境中的颠沛流离、劳作辛苦，使得陈寅恪患上眼疾且日益恶化。到1945年8月，他因视网膜脱落导致双目失明。9月，陈寅恪应英国皇家学会约请赴英治疗，英一流的眼科专家对他的眼疾实施两次透热疗法，但未能有明显效果，视力仅仅达到从明亮处视物，能见到模糊轮廓。

复明无希望，陈寅恪有一种生不如死的痛苦。"百年夫妇百年恩，纵沧海、石填难数"，唐筼以女性全部的体贴安抚丈夫身心的创痛，除了细心照料丈夫，她还为他查阅资料，诵读报纸、信件，并承揽了家中所有来往书信的回复，能诗善文，上佳书法，让她比丈夫做得一点儿也不差。

本以为一路艰辛地走来，晚年可以笑看夕阳，不料那场声势浩大的运动又将一切都碾压得几乎成为齑粉。一浪高过一浪"触及灵魂"的"斗争"大潮，一次次地侵凌着夫妇俩的身心。作为"反动学术权威"的陈寅恪被迫不停地写检讨，写交代材料。卧病在床的他，连喝一瓶牛奶都要申请。

此时，有多少人要唐筼和丈夫划清界限，她却坚定地和他在一起，身兼护工、秘书，帮双目已失明、一条腿伤残的丈夫写永远也写不完的"材料"。她为他累得头发花白，伛偻着腰，还要遭受造反派的拳打脚踢。

一直以来，唐筼常年受心脏病的困扰，如在香港时她心脏病复发，竟至病危。从桂林往成都途中又染痢疾，一个多月后才痊愈，唐筼的身体变得一天比一天更糟。陈寅恪说，我一直想先她一步离去，看来这个愿望成了泡影。悲痛之余，他以颤抖的双手，摸索着为她写了挽联："涕泣对牛衣，卌载都成肠断史；废残难豹隐，九泉稍待眼枯人。"真挚的情感跃然纸上，几乎每人见了这副挽联，都禁不住潸然泪下。

没想到，唐筼就如同这一辈子一样，坚强地撑着，不肯离去。1969年10月7日，被誉为"三百年乃得一见的史学大师"的陈寅恪凄凉离世。此时的唐筼已卧病在床，她没有流一滴眼泪，很平静地处理了丈夫的后世。四十五天后，即同年11月21日，唐筼也走了。这年，他七十九岁，她七十一岁。

有人说唐筼死于心脏病；也有人说她大半生靠药物维系生命，停药十余日，生命就能轻松结束。也许是丈夫去后，她认为再也不需要撑了，撑着实在太累太累！总之，唐筼是追随陈寅恪去了，这对才德兼备的唐筼来说是生死相随、生命相依。

唐筼被誉为"中国好女人"，陈寅恪是精通西学的"中国文化的托命人"，是"近三百年来一人而已"的大先生。"须臾静扫众峰出，仰见突兀撑青空"，陈寅恪撑起了一片学术的天，唐筼为丈夫学术的天空撑起了一片明丽的家的天，也撑起了世间一片最撼动人心最美爱情的天空……

· 内心深处有个家

有诗说:“白云生处有人家”“藤萝深处有人家”,这样的家或许飘逸、清悠,但未必就是幸福的。一个幸福快乐的家,一定是安在内心深处的。

一次,他的小说在国内获得大奖后,一个年轻漂亮的女子来到他们家,对他说:“你和你妻子的学识水平、文化层次不对等,根本就是两个世界的人,你应该勇敢追求属于你自己的幸福。”女子是来向他示爱的,他说:“你说得不错,我很勇敢,已追求到自己的幸福。”

看他一脸的甜蜜与真诚,根本不像是在说笑,那女子正纳闷之间,他又说:“爱情和学识、地位无关,而是与内心深处的灵魂有关。我早已认定,和我朝夕相处的糟糠之妻,就是与我相伴一生的人。”

见年轻女子颓然而去,偶然在屋外听到这番话的杜勤兰进得屋来,靠在丈夫身上轻声抽泣,莫言抬起手轻轻抚去妻子眼角的泪水……

几十年来夫妇俩相濡以沫,总进行着灵魂与灵魂的对视。一个人要进入他人的视线很容易,要走进其心灵却很难很难,那需要以情感的垒土一次次在他人心灵之台上叠加和累积。

莫言当年欲当一名作家的想法极为朴实极其简单,饿怕了的他听说当作家不仅可以不再挨饿，且生活质量“极高”：每顿都可吃到饺子。倘若做了作家挣到吃饺子的钱，还得有人来做啊，比他大了两岁的杜勤兰虽称不上光润玉颜，转盼流精，但她特别能吃苦耐劳，纯朴利落，他相信她就是一位贤妻良母，能将面粉、韭菜、猪肉或羊肉等食材，包成香甜可口饺子的人。

当时，他们都在镇上的棉油加工厂做合同工，他清楚对方也喜欢他，想到贫寒的家境，莫言只得将这份爱慕之心深埋藏在心底。1976年冬，二十一岁的莫言应征入伍，他这才觉得有资格向心上人表白了。

那是一个大雪天，天地一片皓白，他约她踏雪观景谈心，途中，他向她表明了爱的心迹。听了他的话后，她心中如同生起了一盆火，暖融融的，这火又似乎照红了她的脸，她说：“那你赶紧托媒人到我家提亲啊！”这时，有谁家的炊烟飘了过来，在一堆一垛的雪间缭绕着……两人顿然觉得，那充满烟火味的雪堆雪垛，不正是在预示着未来他们家有吃不完的白面饺子嘛！

就是这样怀着对美满家的憧憬，他离开了家，成为驻扎在山东龙口的一名新兵。可这一去就是两年多，未曾能回一趟家。刚到部队，忙训练，还要学文化，当然一刻也忘不了当作家的梦，时常埋头创作。

“征鸿排尽相思字，音信落谁家”，她一次又一次盼着他有信寄来，可很少有鸿雁是停落在她家的。“红烛背，绣帘垂，梦长君不知”，多少个夜晚，在夜风摇曳的烛光中，她情切切思念着远方的心上人。

一天，一只鸿雁停落在了他的书桌上，是的，那是她写给他的信，不，是画出的信。两年多来他之所以很少给她写信，除了忙，还有一个很重要的原因是她只念过两年书，由于日子艰涩，很少有时间看书，所认识的几个字基本都遗落在了时光中。然而深深的爱就能出深深的智慧：写不了字难道还不会画画？

他拆开信，纸上画的是一个胖胖的男人，穿着厚厚的棉袄，正大口大口吃着馒头。他明白，这是在嘱咐他一定要穿暖、吃饱，长得白白胖胖的。看罢，他的眼眶不禁湿润了。他也很快给她画了一幅回信：一个胖胖的男人和一个女人围着土炕吃饺子，窗外是一串串鞭炮。

她收到信，高兴得泪花闪烁，她明白，他是在说：春节时他回家吃她做的饺子。流光过隙，她似乎还觉得慢，她是盼望着春节快点到来啊！

然而，过年时他并没有回家。直到这年的7月，他才向部队请假回到家乡高密。得到喜讯后，她连忙去车站接他。在见到她的那一刻，他哽咽着向她念了自己刚刚写的一首打滑诗："当兵两年还故乡，车站广场听茂腔。此曲唯在高密有，使我潸然泪两行。"他一踏上家乡的土地，那熟悉的茂腔让他禁不住涕泗横流。她知道，这是他对故土的热爱与眷念，也是对她爱的执着和坚贞。

可不是，他这次回乡是要和她成婚的。几天后，即1979年7月10日是两人大喜的日子，她坐在他骑着的自行车后面往新房去，路上他说，本来是要在春节时回家和你举行婚礼的，只因我手中的钱还不够，买不了"三大件"。这次他买回的"三大件"有自行车、缝纫机，但没买手表。他说，我在部队，不能够天天陪你说话，买了收音机让你解闷。

他的心可真细啊！她心中又平添几分温暖。他说，等我攒够了钱再给你补上手表。她连忙说，在部队，钱本来就不多，你还要买书，手表就不要买了，我不能让你太苦了自己。他们这个小家一建立，就安在了各自内心深处。

1981年，他们家双喜临门，在经过一次又一次退稿后，莫言创作的短篇小说《春夜雨菲菲》终于得以发表。更让一家人喜得合不拢嘴的是女儿管笑笑出世。

双喜之外还有一喜，杜勤兰不久前成为棉油厂的一名正式职工。

在女儿出生后，她却辞职了，他愧疚不安地对妻子说：“你熬了这么多年才成为正式职工，但为了这个家你又把它放弃，真是委屈你了！”为了不让丈夫有心结，她幽默地说：“有啥委屈的，我回家务农是支持你当兵，说不定年底政府就授予我拥军模范称号，给我戴上一朵大红花，我高兴还来不及呢！”

打这以后，她把一家十几口人的衣食住行，以及十多亩地都打理得井井有条，家中没有什么事需要莫言操心，他也就把整个身心放在工作、学习和写作上。只念过小学的他，一边自学初中、高中课程；一边以独到的眼光挖掘生活中普通事件的闪光点，充满激情地创作，以致常常到深夜。

他并不像她信中所画的那样，好好照料自己，而总是敷衍了事。正如他所说，创作是一个力气活，体力消耗大。到了半夜，肚子会饿得“咕咕”叫，他要么忍着，要么拿几根大葱煮水喝。时间长了，他患上了严重的胃溃疡。

此时，杜勤兰通过自学已能流畅地写信了，知道丈夫得了胃病后，她连忙写信告诫说：不能这样糟蹋自己的胃，它还是好多美味饺子的归宿呢！

同时她还请教老中医，她要到山上去采集治疗胃病的草药。她把采回来的草药熬成药汤，然后把汤汁和高粱面做成煎饼，托人带给丈夫。从此后，他写作到半夜，喝一口开水，吃一口充满草药香气的煎饼，让他身心俱暖，不禁文思泉涌。

由于有了爱意浓浓的家，不仅严重的胃病痊愈，而且那中药汁煎饼化作了红彤彤、布满山冈原野的“红高粱”。是的，那是他1986年创作出的中篇小说《红高粱》，小说经张艺谋拍摄成同名电影后，他就如同一片硕壮的红高粱，深深扎根在了山东高密，不，全世界广袤丰腴的土地上。

从此他一发而不可收，先后又创作出《生死疲劳》《丰乳肥臀》《四十一炮》《天堂蒜薹之歌》《蛙》等传世之作。2012年，他以小说《蛙》成为中国第一个摘取诺贝尔文学奖桂冠的作家。

2012年12月11日，他携妻子到瑞典参加颁奖仪式，他从瑞典国王卡尔十六世·古斯塔夫手中接过诺贝尔证书、奖章和奖金支票，随后来到妻子面前，深深鞠了一躬说："我最大的成功，不是写出多少名篇，而是有一个幸福的家庭。"

第二天晚上，杜勤兰特意在当地华人家又为丈夫包了一顿饺子。在瑞典，莫言参加各种盛大的宴会，吃的无不是山珍海味，可他说："这是我在瑞典吃得最好的一次，感觉像回到了家中，因为我始终认为妻子包的饺子是世界上最美的美味。"

内心深处有个家，它既坚固而又是会行走的，无论到了哪里，它都能给你心灵予以最温暖的呵护；它既朴实而又豪华，就像夜空中的星星，举头可见却烁烁生华。

· 男人女人

把自己的女人当成女王,他就是国王;把自己的女人当成侍女,他也就是仆人。

每天最好洗两次澡,女人洗澡的次数应该比男人更多,因为女人的气味更迷人。

像男人把女人分成两类,漂亮的和不漂亮的一样,女人把男人也分成两类,有钱的和没钱的。

如果你讨了好老婆,你会过得幸福;如果你讨了坏老婆,你会和我一样变成企业家。

只用色情的眼光看女人,近于无耻。但身为男人,看女人的眼光就不可能完全不含色情。我想不出在滤尽色情的中性男人眼里女人该是什么样的。

愚蠢的男人以拳头为武器,脆弱的女人以眼泪为武器。而聪明的男人和女人,则多以笑脸没收武器。

男人像香蕉,放得越久越软;男人像假期,永远不悠长;男人像红酒,自称越老越醇,但多数中途变质;男人像鱼,永远是漏网的最好。

最使女人欣慰的是挫伤男人的自负,最使男人欣慰的是满足女人的自负。

男人应对女人的理论依据是:女人的心是复数,爱情是单数。

爱情是青年男女猜测的游戏:女人猜测男人的未来,男人猜测女人的过去。

女人订婚前,像燕子,爱怎么飞就怎么飞;订婚后,像鸽子,能飞,却不敢飞远;结婚后,像鸭子,想飞,却力不从心。

也爱熟睡的你

不要念叨我晚上睡得又不够，睡不着是我愿意，因为我想看到你丰富而美丽的睡相。这是我的特权，这是我的专利。

喜欢睡熟的你之表情突然生动起来。当你眼珠微微转动，嘴唇也开始轻轻翕动时，我猜想你一定是又在做梦。梦见了什么呢？看你嘴角的笑纹，一定是梦见儿子上学前班了，受到了学校的表彰；一定是梦见我的文章发表了，新书又出版了吧？我真希望你做梦，因为你说你的美梦总能成真！不能成真又怕什么？人生有梦也就有了期盼有了希望。

一次，蒙眬中我听到了磨牙声，我吓了一跳，以为是有老鼠。随着神志的逐渐清醒，我也找到了声音的源头——原来是你在磨牙。我发现文静的你，牙齿竟能发出如此“惊心动魄”的声响。不过淑女总归是淑女，咯吱咯吱煞是热闹，可嘴唇却纹丝不动。我之敬仰之情顿时如滔滔江水啊！我真算服你了！我太爱你了！连睡熟时都那么温柔那么丰富！

“过去，常常听一些上了年纪的大娘大婶说，如果听不到老公的鼾声就无法入睡，当时的第一感觉就是她们在矫情，是一种自欺欺人的无奈。现在才懂得，当你真正喜欢上一个人时，爱真的可以把难听的鼾声变成最美妙的催眠曲！”你说。你还说：“我每天能想到的最浪漫的事，就是一辈子听着你的鼾声入眠。”我一觉醒来，见你酣酣地睡着，我知道我昨晚一定是又打鼾了。我知道，你爱我，连我的缺点也就一同爱了。

结婚之初，你经常感冒。一次，我一觉醒来，只见你蜷缩于一米八大床的一隅。原来，我每晚在睡着之后，总很自私地把被子“抢夺”了过来，将自己裹个严实，占据大床中央与周公把酒闲侃。我知道你感冒的缘由后，下决心痛改前非。从此，哪怕我只有被单一角也不再“争抢”盖在你身上被子的半寸。可不一会儿，熟睡梦中的你也能拉过你自己身上的被单给我盖个严严实实。我有次出差回家，你说：“睡梦中不为你盖被子总睡不踏实。”看来，我这辈子难免在睡梦中将被子的多半裹过来，而后又给你盖上；你又不小心地将我身上的被子裹过去，而后你又给我盖上……“也许这就是婚姻，只要有爱，任何小事都能变成享受，变成催眠的香甜剂。”你说。

也爱熟睡的你，你睡着的时候更像一个美丽的天使。即便我们有时发生口角，发生小小的摩擦，可凝视熟睡的你，看着看着，内心深处的某些东西也会像冰山接受了太阳的恩泽一样渐渐融化……真爱看熟睡的你：橘红的路灯探进窗来，照在你的脸上，细小的绒毛像蓬勃着生命的小草，显示出一派秋天丰收的金黄；纤长细密的睫毛静静地覆盖下来，形成一个温柔的弧形，嘴角轻抿，微微上翘，显出几分俏皮，几分神韵……

也爱熟睡的你，你不仅睡着时更像美丽的天使，而且熟睡的你也不忘自豪地显示自己是一个慈祥的母亲，一个可爱的妻子，一位伟大的女性！

婚姻会“跑神”

有着血肉之躯的人皆是有情感的，人又都喜欢做梦。这情感与梦就常常会推动婚姻“跑神”。

一次，几位作家在一起谈起王蒙，张锲说：“王蒙之所以受人尊敬，是因为他从来没有过桃色新闻。”张贤亮听后立即反驳道：“作家都是浪漫的，怎么可能没有绯闻！”他笑了笑，“像我就有过不少绯闻啦，要是没有这一点，人怎么活下去呀！”

我想，张贤亮说自己有不少绯闻，就是说自己的婚姻也经常“跑神”。

并非每一个人都是柳下惠，能做到坐怀不乱。因而“跑神”并没有多大关系，重要的是你能不能克制自己，能不能只是跑跑神并不付诸行动。

有人笑问陈道明：“以你当年演《围城》时的那种风流倜傥，要想招点男男女女的事情，简直就是易如反掌，可似乎还真没听说什么关于你的绯闻和艳事，这到底是为什么？”

陈道明是这样回答的：“没有那些事，并不证明我就有多么多么高尚。只是我的精力、我的体力还有我的——意识形态，都不足以承受额外的负担。实话实说，仅此而已。”

这也许道出了他的一些心声，但他对婚姻的“从一而终”，并非“仅此而已”。凭着广博的知识，勤于思考且善于思考，在其二十多年的婚姻生活中，无不有着独特的体会和感受。他曾不止一次地对人说：“人活到一定时候就会服从一种惯性，这种惯性就是一种依赖性。尤其到了一定年龄，稳定的家庭存在，其实就代表了一种良性循环的惯性。当婚姻中两个人的感情变成一种惯性时，男人承担的更多的是责任。作为一个男人，对女人、家庭、孩子是有责任的，这也是一个男人的德行问题。要让婚姻处在一个良性循环中，它有一个周期，只是有人没处理好，更多地维持在恶性循环中。”

于是又想起了王蒙。一次，正有几个人在称道王蒙没有绯闻时，有一位作家坐不住了，她站起来说：“我要揭发王蒙，他也有过绯闻。有一次，我和他坐在小汽车内，他竟问我：‘是巩俐漂亮，还是章子怡漂亮？’”

可见，王蒙的婚姻也有“跑神”的时候。不过，尽管有人“揭发”，也“仅此而已”。

陈道明说：“我觉得做人的最高意境是节制，而不是释放，所以我享受这种节制，我觉得这是人生最大的享受。释放很容易，物质的释放、精神的释放都很容易，但难的是节制。”

我以为，陈道明的这段话恰好是对他以及王蒙这样一些人之人生态度及婚姻理念的最好诠释。难能可贵的“节制”让他们品格高尚，家庭幸福，事业有成。

作为生活在天地间的饮食男女，幽蓝的星空下，梦的羽毛，婚姻“跑神”的丝绪——那些夜的精灵，不及落地，便将那一腔的渴望和一瞬的闪念交付疾行的道德与责任的列车。

俨然一幅美丽的画面：天空群星浩瀚，紫光闪烁；人间洞箫齐鸣，桃花瓣瓣飞舞。你的梦，你婚姻中的“跑神”，雪花般融化在了人间道义的亘远之地……

给“地震波”一个空间

不被逼到走投无路，人们一般是不会铤而走险孤注一掷去危害他人的，只要尚有一处能栖身的空间，他们与这个世界就能和平相处。其实，自然界也莫不如此。

比如说地震，它从来都是令人恐惧生畏的自然现象，在科学技术落后的旧时代，地震就如同一位暴君，人类任凭它鱼肉宰割。如今，虽说科技一日千里地发展着，但对地震似乎也没有很好的办法。鉴于地震造成的巨大灾难大多是建筑物倒塌而导致的，由此人类不断提高建筑物的抗震等级。虽说加大建筑物的牢固度也能起到作用，但无疑增加了成本和费用。

有没有更好的办法呢？日前，法国马赛菲涅尔研究所的科学家们正在换一种思路，用比较少的成本、简单易行的办法，减少或消除地震对人类的危害。

我们知道，地球上板块与板块之间相互挤压碰撞，造成板块边沿及板块内部产生错动和破裂，于是地壳快速释放地震波这样一种巨大能量，其过程中造成地面震动，就是地震。当横波、纵波在地表混合后形成混合波即“面波”时，它们的破坏性最强。

法国马赛菲涅尔研究所科学家们想，地震波之所以能成为面波，只因为地震波形成之后，在地下找不到一个安生之处，它们也就横冲直撞到了地面，造成地面建筑物的成批倒塌，人员大量伤亡。鉴于此，他们提出了“给地震波一个空间”的想法。

其方法是在地面打井，即钻孔。不过，这种“孔洞”不是在地面随便打上一些就能行的。科学家们通过预测出地震波波长的范围，经过计算机模拟计算，最后得出结论，这些孔洞应该是直径0.3米，孔洞与孔洞之间距离1.73米；也由于面波只在地表传播，每个孔洞的最大深度只需5米。

在地面打孔洞是受到“隐身衣”的启发，人们之所以能看到物体，是因为物体阻挡了光波通过，被阻挡的光波反射到了人的眼睛里就会成像。物体能“隐身”，是人们为物体穿上某种衣服，即给物体表面涂上一种特殊材料，此时光波会绕物体而行，如同没被阻挡一般，人们也就看不见物体了。

在地面钻孔，孔洞就如同在“视觉隐形”时，给物体穿上的特殊的隐形衣，地震波的“眼睛”也就“看”不到地面的物体了，不再能对其形成破坏。不，此时的地震波并不需要“看”地面的物体，因为孔洞让它们在里面很舒适了。

法国科研团队选择了法国阿尔卑斯山的某一处山脚下，成功诱发人工地震。先后进行两次监测，孔洞产生的效果让80%以上的面波消失于无形。

不过，因土地的复杂性，以及天气状况等不确定因素，使得孔洞这样的“超材料”精度要求更高。有现代科学技术手段，超大功能计算机等，也就完全能够做到对钻孔位置精确布置，从而对地震波传播介质造成突变，改变其折射方向，折射后的地震波相互接触后产生共融现象,最终使本来可以造成天塌地陷的能量化为乌有。

目前,这种技术已开始运用于对海啸控制中了,有所不同的是,在海岸线上不是钻孔,而是将一根根圆木在海面排列起来,这就像是给大海的波涛建起了一幢幢房子,让汹涌澎湃的海波有了一处归宿,适得其所的冲击波也就与人类和平共处了。

给“地震波”一个空间,是换一种思维方式对待地震,既不是与之为敌,也不是害怕恐惧被动地逃避,而是将其当作客人,主动地为其准备一处歇脚的地方,让地震波与人类“共融”。如此,地震波也就会对我们“礼貌相待”。

世上任何事情,给他人一个空间,往往能达到以最小的代价获取最好的效果。

让心中拥有一片湖

邂逅一首好诗，如同在春之暮野，邂逅了一个曼妙女子，巧笑倩兮，美目盼兮。邂逅一处美好的湖泊呢？哦，请不必去邂逅，来让我们心中拥有一片湖吧！

在心中拥有一片湖，这片湖是俊雅而芬芳的。

湖水上，千舟竞发，百舸争流，船是生命的摇篮。而湖水是万物的琼浆玉液。水孕育一切，诗意化一切，一根稻穗，是一曲童年的歌谣；一叶水草，是一个少年的故事；一条鲜鲤，是舌尖上永远抹不去的记忆。湖水不倦地流淌，小漩涡似一朵朵水青色的小莲花，开在颇具禅意的湖面上，它们与从湖底泥中长出的芦苇、荇草等，左右环绕，前后映带。从而让我们懂得，雅致的生命原本是要相互映照和拱卫的。

丰子恺曾经说过：人的生活可以分为三层，一是物质生活，二是精神生活，三是灵魂生活。把自己全身心地融入大自然，如投身湖泊的质朴怀抱中，无疑是在尽情享受灵魂生活。

可不是，有人说，湖水的温柔平静，仿佛只为那些愿意为它静坐、发呆、思考的人所用的。“湖畔小憩好惬意，心可不必为形役。坐到物我两忘时，荷底清波滤根泥。”面对青绿的湖面，心中的许多纠结会自行化解，还我们一个被时间、被清风、被廓大清洗过的宁静洁净心绪。

湖水蕴含着强劲而含蓄的自然之力，用一轮新的涟漪，一种平静的呼吸，一种轻曼的回音，吸纳我们所有负面的东西，让我们的灵魂散发着悠远而绵长的芳香。

湖水不语，在你闻得甜味时它会给你送来香，在你掬起涟漪时它会给你送来风，令你感到湖光水色是如此悠长邈远，宛然一张硕大的网，捕捞着太阳之下你心湖之中的银鱼金虾，令你之心灵丰赡富有。

在心中拥有一片湖，这片湖是疏淡与浓郁的。

“归棹晚，湖光荡，一钩新月”，它会让我们的心灵如橙黄新月下一切酣睡了一般的宁静。宁静是疏淡的，是心灵之舟的港湾。一个人倾心于风轻云淡、波澜不惊的静谧，但也会向往风狂雨暴如注、湖水翻滚似墨的激情。不经行路坎坷颠簸，怎能面对风云变幻诡谲？激情是浓郁的，它让我们的人生舟楫时刻准备着，去汪洋恣肆中冲撞、奋进，让我们奔腾的脚步永不停歇，进取的心灵永不沉沦！

“铁马晓嘶营壁冷，楼船夜渡风涛急”，在心中拥有一片湖，令我们豪情满怀。金戈铁马，呼啸雄风，汹汹涌涌，莽莽苍苍，万千气象。面对着这大气、大美、大雅，正气、正宗、正道的综合与极致，我们不免生出敬畏之情，体悟出自我的微忽与渺小。在低回、自省、内忖中，合理定位出自己的人生坐标，按照适合自己的轨迹脚踏实地一往无前。

让心中有一片湖，你也许早已神游到了嘉兴南湖，看到湖面上的一条画舫，是历史选择了这样一条小船，从此，风生水起，河山萦带，五千年的中国古船终于有了新的罗盘，以一种共同的理念，连缀着赤子的血脉，来一同托起一个中国梦。

湖是多元且永恒的，它既沧桑严峻又天真无邪，既浩浩荡荡又从容不迫，既晶莹有致也错落有序。它让我们懂得宇宙是复杂多变的，倘若以蹇涩拘泥的眼光看世界,即便是万顷心湖也会干涸。

湖从遥远的亘古奔涌到五彩缤纷的现代,又不停脚步奔腾到更遥远的未来。生生不息,永无止境,此是生命的魅力之所在,也是湖泊的魅力之所在。

第六辑

静谧的心

时时刻刻，分分秒秒，大海一样蜿蜒而行。喧嚣的路上，无论走得多快，名利的是是非非依然缥缈，只有生命的悲辛明明灭灭。静下心来，心不再轰鸣，听见的是蠕动着的成团的鸟鸣声，心的曦光终于将在黑暗的大海上空盘旋的蛊惑驱赶。静下心来，就能抓住晨光的手，从无边欲望的大海上岸。

拒绝的眼神

有拒绝才会有接纳。

2005年，他导演《千手观音》，按说领舞邰丽华够优秀的了，可在排练中，他总认为她的面部表情不够理想。他要邰丽华展现给观众的是笑不露齿，有着菩萨般的恬雅与沉静。可邰丽华要么是张大着嘴巴笑，显得太热烈；要么板着脸，一副冷峻肃穆的样。为此，他没少找观音资料给她看。

慢慢地，邰丽华的笑也就能达到他的要求了。可他发现，那表情中还欠缺点什么。经琢磨，原来她的眼神太瓷实。他绞尽脑汁，调整了一遍又一遍，可总不中他的意。一次，于偶然间，她的眼神宛然绽开在薄雾中的水莲花，他惊喜不已：这就对了，就是它！

这时，他敏锐地观察到，她此刻的视线正好落在她前面的一个物体上。他赶紧量了那段距离：七米。他所要的眼神终于被他“发现”了。

这，就是如今演艺界著名的“七米外的眼神”。

有人说，与其说那是“七米外的眼神”，毋宁说是他“拒绝的眼神”，倒更妥帖更恰当。是的，是他的一次次拒绝换来了这“七米外的眼神”，而且更是这种拒绝使得他有了一次又一次撼人心魄令人瞩目的成功。

1986年,28岁的他拒绝了走“现代快餐”的捷径,而是“众里寻他千百度”,以辛弃疾词《青玉案·元夕》为“精神原本”,创作了舞蹈《元宵夜》。他也就为山西舞蹈界赢得了历史上第一块国家级奖牌——全国民间音乐舞蹈比赛一等奖,也使得他一展锋芒。

接着,他又拒绝了历代歌舞只表现收获、婚丧嫁娶、祭祀、战争等事件性场面的传统思路,主张着力表现一个个具体的活生生的人的“人本文明”。因而,他的作品《献给俺爹俺娘》,以及《黄河一方土》等,被人誉为“中国舞蹈史上的里程碑”。更有人说他是“捅破了中国舞蹈上这一层几千年窗户纸”的人。

2005年,他拒绝了部队有些人在创作上概念化、程式化、理想化的俗套,坚持“出现在舞台上的战士是一个个人,而不是一个符号”这样一种艺术理念。也就有了《英雄》《壮士》《一个士兵的日记》等这样一些抒写人性的宽阔与浑厚、充溢着真情实性的好作品;也就有了《军魂》《国魂》《为了正义与和平》等这样一些彰显浩然正气的廓大恢宏的舞蹈剧目的出现。

而2009年的舞蹈史诗《复兴之路》,更是将他这种拒绝推进到了一种全新的非同一般的境地。

在全剧33个节目的歌曲或配乐中,绝大多数都是新创作出来的。对于新歌的唯一标准就是“好听”,其他的一律不纳入他的视野。新歌够多了,也把人折腾得够呛了,到了结尾,人们想松弛一下,于是大多数人都倾向于用一首老歌。可他硬是让人又创作出了《致祖国》这样一首新歌。也就让全剧给人一种既真挚、深沉,又有一份圣洁的、暖暖的艺术享受。

这种拒绝还表现在服装设计上。用服装部主任宋立的话说,在服装上没有一样是用现成的。他的要求是,既要有时代感,又要具有历史的鲜明特色；既要有艺术性，又绝不能沾染时下商业演出的庸俗气息。也就是说，要特别扎实。

在记者采访他们时，记者还发现，宣传部、影视部、舞蹈部，几乎每一个部的人都多次提到了这样两句话：

“拒绝常见的歌舞晚会的品质。”

“拒绝肤浅的光怪陆离。”

是的，他曾将这两句话写在了屏板上，随之被所有的人牢记了下来，并自觉落实到每一个哪怕细枝末节的行动中。总之，从舞台的设计到文字的修饰、从声光的选择到科技的支撑，他绝不允许见到一丝一毫平庸的身影。

我们似乎已不难看出，这种“拒绝的眼神”就是拼搏，就是创新，就是精益求精。他有一段话对这种拒绝可谓是一种最好的诠释：“我每看到有一点儿别人的影子的东西，就痛苦得不行。我全部的痛苦和喜悦都是伴随在创作路上遇到的景象而产生的。”

他，就是张继钢。

这种“拒绝的眼神”让人一次又一次领略到了他所推出作品的那种“崭新崭新”的风貌，那种“闻所未闻，见所未见”的魅力，那种“正确、准确、独特”的品质……

拒绝，是为了更好地接纳。相信在以后的日子里，他能以严肃的拒绝，更好地接纳，为人类打造出一部又一部光芒四射的艺术精品。

关爱人生，就是一部部畅销书

2004年，她因为参加厂篮球赛时被人撞倒，不久后在医院检查出双肾有裂伤，而且左肾已经坏死。由于企业经营遇到困难，她还下岗了。可生性乐观坚强的她，认为世上糟糕的事也并非一无是处，自己下岗了，这样可以实现自己的一个心愿——为正读高三的女儿当陪读。

2002年女儿宋哲以全校第一名的成绩考上了湖南省重点株洲一中高中，女儿一直是她的骄傲。然而株洲一中在湘江西岸，他们的家却在江东，每次上学都得穿越大半座城市。她要为女儿在最关键的一年里争取一些时间。

2004年10月19日，她在医院动了左肾切除手术后，没有来得及多休养，于12月初，隐瞒着自己的病情，在做通女儿的思想工作后，于株洲一中附近租了一间9平方米的杂屋，开始了为女儿陪读的日子。就是这陪读给她的人生带来了一种契机。

2004年12月25日，午饭后女儿没脱鞋子就上床找东西，母亲刚责怪一句，女儿就还嘴了："不就是一张床吗？你不看我正急吗？想不到我在同学面前装笑脸，回家还要挨你的骂……这日子真没法过了！"听完女儿的话，她不禁大吃一惊：妈妈就只说了一句，这日子怎么就没法过了？

她开始省悟到，自己来陪读，不是简单提供热茶热饭和可口的菜肴就行了。十六七岁的孩子正处在叛逆期，加之学习压力大，心理难免出现问题。她凭着自己的经验开导女儿，可似乎没有一点儿用处。

这件事过去了五六天，女儿的心中依然憋着气。那一天，女儿刚进门，就问她：“你和爸爸打算将我的目标锁定在清华吗？”她回答：“是的，我与你爸希望你这样。”女儿脸上的阴云一下子聚得更多了：“妈，没想到这样残忍的话，居然能从你这做妈妈的口中说出来。你知道这给我多大压力吗？你们这不是逼我跳楼吗？”

几天后，2005年的第一次月考来临了，那天，女儿却给母亲打来电话：“妈，你给我向老师请假，这次月考我没准备好，我不想参加。”而且女儿这段时间一直流露出心中好烦，不想念书了，要回家的思想情绪。

她认为再这样下去会毁了女儿。反正自己有着大量的时间，她要钻研那些高深的理论，开始阅读《心理学》《教育学》等专著。阅读让她的心灵打开了一扇窗，心中一下子豁亮了许多。她还开始以记日记的方式，将自己陪读生活与教育女儿的感悟记录下来。她知道女儿内心烦躁，需要倾诉，她便以更多的时间做一个倾听者。这时她已能做一些关键性的有的放矢的点拨。女儿的心湖已稳定平静了许多，但似乎依然受不了侵扰。

2月24日，宋哲回到租屋，一进门就趴到床上，母亲以为女儿生了病。可喊，不答理，问话，不做声。母亲知道女儿的心湖又受到了冲击。她去学校向老师打听，这才弄清楚事情的原委。

2月下旬，重点高中开始向高校保送新生。女儿在班上原本是有希望的，可最后名单中却没有她。这事给女儿无疑是重重的一击，心湖起了巨大波澜。女儿从此也就开始自暴自弃，2月月考出现了历史新低。

那天,女儿回到租屋,母亲"睡着"了。桌子上放着一封信,只见妈妈在信中写道:"女儿,此刻我心中满溢着泪水。妈妈先向你道歉,没进入保送名单,你只能怪妈妈。学校开家长会时,通知我报你的材料。但那几天我的身体状况很差,竟给忘了。"当女儿见到妈妈写到自己是一个左肾被摘除、右肾差不多已坏死的近乎一个"无肾之人"时,不禁大惊,泪水顿时夺眶而出。

母亲在《心理学》等的指导下,于此关键的时刻告诉了自己身体状况的真相,不仅没让女儿萎靡不振,而且女儿宛然在一天之间就长大了。从此,班上的事,学校的事,女儿不再"懒得"跟妈妈说,凡重要一些的,都要和妈妈交流看法,还主动帮助妈妈做家务,外出时不忘给妈妈带点营养品。3月月考,女儿的成绩迅速回到原来的水平。女儿在4月的模拟考试中,过了600分。

这位母亲的名字叫刘强。

6月8日,当女儿高考结束时,刘强的陪读日记已写出十万多字。最后女儿以627分的高分被北京理工大学录取。在上学前的间隙,女儿无意间看了妈妈写的陪读日记,竟被妈妈的文字深深打动了。女儿对妈妈说:"您写的这些不光是写了我,且极具社会意义,为什么不拿去出版呢!"妈妈笑了,说,我开始只想写女儿,写着写着,慢慢感悟到,世界上有多少学生像女儿一样,心中焦虑,尤其需要家长的帮助走出人生中的惶惑。而又有多少做父母的为在校读书的子女焦心,可又找不到释放排解的途径。于是我也就放开眼界,让自己写的东西对社会有些益处。

女儿将母亲的作品推荐给北京理工大学出版社,北京理工大学出版社的编辑赵向民又将其转给有做此类书经验的哈尔滨出版社的好友关力。

2006年2月，刘强的《与孩子一起跨越高考——一位高考陪读母亲的忠告心语》，由哈尔滨出版社推出。此书一出，便成为畅销书。而刘强也被誉为“平民教育家”“慈母作家”，并入选“2006年度感动株洲十大人物”。

接着，刘强又写出了《就这样轻松走过高三》，此书2007年2月由北京理工大学出版。

她的著述更是给予女儿精神力量。2008年，宋哲研制出的具有罕见的创意和巨大的市场价值的“废旧电池回收器”，获得国家教委举办的“大学生机器制造大赛”第一名。2009年，女儿本科毕业以优异成绩直升读研。

这时刘强又开始新一轮的写作，她将全国数万家长及孩子给她的来电来信，按年级进行整理，撰写成《小学不简单》《初中很重要》《高中不头疼》三本书。这套洋洋洒洒50万言的丛书，近日已由科技出版社出版。

人生就是在撰写一部部书。一个人，哪怕你只有一个残缺的身体，但只要你能从关爱自己的家人开始，并能做到推己及人，你的人生就是一部部畅销书。就能给予别人一把打开心灵之门的钥匙，也为自己的人生打开了一片亮丽的天空……

不放过人生的每一“节点”

他是比尔·盖茨的一名更夫，工作地点是比尔·盖茨所住一处豪宅正前方的门卫室。

一次，比尔·盖茨豪宅主控室的仪表突然一起闪烁起来，技术人员们判断是出现了短路，而此时比尔·盖茨正有一项紧要工作被迫中断。到底是什么地方出了问题，如果一段一段地去查，那得花很长时间，显然要影响盖茨的工作。

正在技术人员们不知怎么办才好时，他说：“我们应该去主饭厅看看。”人家只是扫了他一眼，便不再理睬他了。可他坚持说：“你们一定要去看看！”这时，主管查尔斯不得不让技术人员们到了主饭厅。

他指着一处电缆集束说：“你们得在这里看看。”几名技术人员经过查验，果真就是这处电缆集束短路了。技术人员们不禁惊讶万分！想不到一个更夫却比他们这些专业人员更能发现问题，竟然能在密如蛛网的电缆上发现这个小小的却是极为关键的节点。

他叫陈方国，来自中国辽宁。

陈方国就是善于把握人生的“节点”。

2000年3月，当地劳务咨询公司为波兰一家建筑公司招募8名中国建筑工人，只有初中学历的28岁的陈方国成了其中的一员。他不甘心每天做繁重的砌墙工作，由于当地人同时讲德语和波兰语，他就利用业余时间学习这两种语言。很快他就可以与当地人进行简单的对话了，由此，项目经理去德国采购建筑材料时就一定会叫上他。此可以说是陈方国把握住的第一个人生“节点”。

2001年，陈方国在波兰的工作签证到期，在公司总裁马运鸿的介绍下，陈方国来到了美国的西雅图，在贝采尔公司总部材料库露天堆放场当了一名保管员。虽说他已来到美国，但毕竟是一项收入不太多的工作，他要有新的进取。

一天，陈方国路过贝采尔公司大楼前，发现一群公司高管在迎接一位客人，这让他眼前不禁一亮，因为这位客人是美国首富比尔·盖茨。原来他是该公司的重要客户。这时，陈方国又萌生了去世界首富比尔·盖茨的微软工作的想法。

他想见一见比尔·盖茨，但是，比尔·盖茨出进办公楼都是被人簇拥着，即便他守在办公楼前，也根本就没有接近的机会。最后，他想到了他出国时一直带在身边却没有机会吹奏的唢呐。

果然，擅长吹奏唢呐的他以一曲欢快的中国东北大秧歌引起了走出大楼的比尔·盖茨的注意，当比尔·盖茨听完后对他竖起了大拇指时，他不失时机地提出了要到微软工作的要求。第二天，陈方国就成了比尔·盖茨位于西雅图华盛顿湖边豪宅里的一名更夫，年薪由过去的1.32万美元增加到2.7万美元。

他的顶头上司查尔斯首先领着他参观了这座世界最先进的豪宅，这里处处是先进无比的电子设备，令他宛然进入了一个外星世界。他的工作职责是夜间值班，通过摄像系统监看前门部分的安全。工作虽说一般，可责任重大。

为了能胜任这项工作，他先是刻苦学习英语，每天只睡三五个小时，在很短的时间内他就熟练地掌握了基本的美式英语。之后，他又钻研起了电子技术，掌握豪宅内各种电子设备的使用方法；他还根据图纸实地察验各个电缆线路，并熟记于心。

因此那天出现了短路问题，只因他对线路每一处节点都了如指掌，在技术人员茫然无所知时，他很快就想到了主饭厅的电缆集束上面就是水箱，很有可能是水箱漏水致使电缆短路。经察验果然如此。

他再一次把握住了“节点”，让他的人生又进入了一个新的高度。查尔斯把陈方国发现这一问题写成了报告，送到了比尔·盖茨手中，他被提升为主控室5名更夫的负责人，年薪也增加到了3.5万美元。

又有新的节点被他遇上了。由于比尔·盖茨的这一豪宅是世界第一流的，因此到华盛顿湖旅游的人们自然也就将它当作了一个景点来参观。但是，比尔·盖茨并不喜欢被人打扰。

他要改变这一状况。在经过比尔·盖茨批准后，他花了一个星期的时间，用数码相机将豪宅内外拍摄了一个遍，然后制成光碟。比尔·盖茨看了光碟非常满意，将其命名为《华盛顿畔的房子》。

就是这样一件事，不仅避免了游客的非法拍照，而且还为他带来了一笔巨大的财富。加利福尼亚州著名的跨国旅游集团麦吉公司从这盘光碟里发现了商机，为了进一步开发西雅图华盛顿湖的旅游资源，该公司以200万美元的高价购买了这盘光碟的版权，除去比尔·盖茨豪宅的肖像权，光碟的制作者陈方国得到了35%的版税，也就是70万美元。

由于陈方国总能抓住“节点”，表现出色，在查尔斯退休之际，他还成了其继任者。年薪高达11万美元。

对于一个有所追求的人，不怕你的起点低，只要你能发现并把握住人生中的每一个节点，它也就成了你向上的阶梯，送你到人生风光无限的高峰……

喜欢出发

不要犹豫驻足，随时要喜欢出发。

喜欢出发就如同喜欢一种氛围，喜欢出发就如同喜欢一片明媚。喜欢出发就是喜欢夜空中吹起的号角，喜欢出发就是喜欢晓风中翻飞的旗帜，喜欢出发就是喜欢震落星斗的马蹄嘚嘚的鸣响，喜欢出发就是喜欢岁月的脚步又一次踏向初旭的辉光。

黄喙小鸟喜欢出发，在告别温暖舒适的巢窠，一次次飞进辽阔广邈的天穹的同时，也告别了幼稚与孱弱，迎来了声震九皋的豪迈与劲锐；下了水的航船喜欢出发，在告别悠然宁静的港湾，一次次驶向波涛汹涌的大海的同时，也告别了青苔绕身与朽烂，迎来了乘风破浪的昂扬与勃勃生机；秧苗上的花蕊喜欢出发，在告别了曾经的娇娆，结出饱满籽实的同时，也告别了轻佻与艳冶，迎来了沉甸甸、黄澄澄的厚重与朴实……喜欢出发就是喜欢迈过一个个生命的里程碑，迎来真善与壮美。

喜欢出发，虽然不一定能远离酷暑和炎热，尽管不一定能远离冷冽与严寒，但它能让我们走进充满诗意的境地。它可以让人们离开都市那众多的大厦、车流、霓虹灯……让你去触摸一座座青山、一条条小河;它让你走进四合院、木栅栏;它让你感受野玫瑰、木芍药……喜欢出发,它让你一次又一次由心灵自由生发出一种感恩天地、体恤万物、品味生活、爱恋世界的美好情感,让人进入与天地融为一体、物我两忘的绝妙境界。

只因喜欢出发,才有了“欲乘明月光,访君开素怀。天杯饮清露,展翅登蓬莱”浪漫飞扬的梦想;才有了“如今直上银河去,同到牵牛织女家”“欲上九天揽月,欲下五洋捉鳖”豪气磅礴的奇思。只因喜欢出发,哥伦布才离开了铅印的海图,发现了大洋的彼岸;只因喜欢出发,亚里士多德才跨跃柏拉图,在哲学、生物学、生理学等方面做出了巨大贡献,被马克思称之为古希腊“最博学的人物”;只因为喜欢出发,人类才拥有了飞机、火箭、宇宙飞船等实现飞天梦想的羽翼……喜欢出发,它让人拥有梦想并努力付之行动,让梦想逐步成为现实。

喜欢出发并非没有“凭栏极望思苍茫,南北关山雁几行”的思念;喜欢出发并非没有“青山朝别暮还风,嘶马出门思故乡”的牵挂。只因喜欢出发的人能懂得为了追求真善美这是不得不做出的牺牲啊!

喜欢出发,不仅仅是让人们把握住每一片光明及昂扬的潇洒注视着生命的雄奇与珍贵,不仅仅是让征途中的每一处风景都以无与伦比的崭新姿态挺立于你的面前。还因为喜欢出发实在是智慧谋略的一种高端,是对生灵良知的一种期盼,是对美好生活的一种憧憬,是对人类进步的一种追求,是对宇宙运行的一种礼赞……

·让人生之灯发出属于自己的光芒

也许是大了4岁的哥哥在弟弟的眼中太高大了,或许是哥哥一直以来的呵护让弟弟太珍惜了,反正姜武就是特别喜欢姜文这个哥哥,他与哥哥如同灯的火焰与灯罩总不相离。

哥哥姜文做了演员,他也一定要进演艺圈,一次又一次考试,姜武总算如愿以偿考取了北京电影学院。他在北京电影学院苦读时,姜文因一部《芙蓉镇》获奖无数,哥哥这个“灯罩”让那时的他生辉不少。

系里有什么演出活动,老师们会第一个想到他这个“姜文的弟弟”,他由此获得了比同学们更多的表演经验。哥哥也是他炫耀的资本,同学们想通过他得到姜文的签名时,他从来都是一一满足要求;学校举办什么活动,老师们想让姜文捧场,他也会想方设法把哥哥拉了来。此时,作为“姜文的弟弟”的他,只觉得有着不同一般的荣耀。

然而,世上无论什么,无不像火焰一般,它有让你映射出光亮的一面,也能给你投下阴影。大学刚毕业时,在中央实验话剧院工作的他在姜文的联系下,陆续饰演了几个角色,与一般人相比,刚出道的他演出那样的水平也许还算是不错的。可人们不免要议论纷纷:“姜武还是比他哥哥差远了,瞧他哥演得多好!”

那时，尚不太出色的他，对于这样一些话可以不介意，但接下来的事可让他着实受不了了。那次，姜文推荐弟弟进入电影《英雄劫》剧组，扮演一个重要角色。他想，一定要努力，不再让别人说三道四。于是，即便连吃饭、睡觉，他都不忘揣摩剧本，琢磨如何将角色刻画得更到位、更出色。果然，他塑造的人物有许多可圈可点之处。可人们却认为这并非他的本领，只是因了哥哥姜文的帮助和指点。

别人总拿他和哥哥说事，让他觉得无论怎样努力，哥哥这个“灯罩”都总令他黯然失色，让他感到憋闷。他甚至开始怀疑自己的能力：当初追随哥哥根本就是一个错误。

在姜武痛苦万分时，他的妻子宋妍也跟着着急上火，在经过一番认真思考后，宋妍告诉姜武，要摆脱这样一种困境，就是不再让人说自己是“姜文的弟弟”。为了找到突破口，宋妍特意找来姜文出演和导演的所有片子，仔细观摩。一段时日之后，妻子的一番话直让姜武心头敞亮。

宋妍说，姜文因外形硬朗，在屏幕上一直以霸气、强势的硬汉示人。你们兄弟长得像，导演总会让你演与哥哥类似的角色，正因为此，你必须得避开他的这种戏路。宋妍要让他做“小道格拉斯第二”。她说，小道格拉斯在成名之前，也老想和爸爸老道格拉斯一样，去饰演英雄，可一直不被人看好。后来他索性和父亲走截然相反的道路，专门饰演坏蛋、恶人，最后终于一举成名。

妻子的话，姜武觉得很有道理，他要另辟蹊径，走属于自己的一条路。为了激励自己，姜武特意在桌上放了这样一个座右铭：“叹息一千次，后悔一千次，不如努力奋斗一次。”

此时，恰逢电视剧《一场风花雪月的事》的导演赵宝刚在挑选角色，于是他主动请缨。而一场攻坚战就摆在了他的面前，角色需要他减肥

20公斤。这时一直鼓励他的妻子倒退却了:“要不就放弃吧,太困难了!”但姜武就是要攻克这一关隘,他坚持吃减肥餐,而且每天不是到健身房做器械锻炼,就是去游泳……一个月下来,他愣是成功减掉了18公斤。因急速减肥,导致他有些脱水,拍戏时几次差点晕倒。

该剧播出后,姜武饰演的小角色深入人心,令他这盏灯放出了自己的光芒,由此让他信心倍增。在庆功宴上,正在筹拍《洗澡》的张扬想邀他出演一个“傻儿子”的小角色。他认真看了剧本,答应出演。

这可又是一次重大挑战,不说演傻子需要全新的演技,他还得增肥20公斤。妻子心疼地说:“你这么又减又增的,身体受得了吗?”姜武说:“谁让我下了决心不再让人说我是‘姜文的弟弟’呢?”

此片更是让他光芒四射,他一举摘取了长春国际电影节“最佳男配角奖”和夏威夷国际电影节“最佳男演员奖”两顶桂冠。

不久,人们不仅不再称他是“姜文的弟弟”,而且还出现了戏剧性的一幕。那天,姜文走在街上,有人指着姜文说:“这不是姜武吗?怎么瘦了?”姜文那个高兴劲儿可就别说了。他说,这一下,我们家中同时有了两根顶梁柱了。

原来,继《一场风花雪月的事》《洗澡》之后,姜武再接再厉,更加关注小人物的悲欢离合,又相继出演了《家有九凤》《别了,温哥华》《空镜子》等富有浓郁生活气息的电视剧,塑造了一个又一个打动观众心灵的人物。

随着演技的提高,姜武的戏路也越来越宽,他出演的《我的唐朝兄弟》,满脸络腮胡,凶猛地挥舞着大刀,彻底颠覆了他以往内敛居家的形象,俨然有了哥哥的风范。

姜武拍戏时纵横捭阖,饰演各种角色都能得心应手,真正跻身于实力派演员的行列。2010年12月底,兄弟俩一同参与饰演角色的《让子弹飞》隆重上映。影片获得空前的成功，仅放映两个月，票房竟高达7.3亿元，一举夺得中国电影票房金牌。

不再让人说自己是“姜文的弟弟”，在演艺上是一种凤凰涅槃的再生。正如同姜武所言：“也许你的头顶也有一个挡住你光芒的灯罩，不要悲观，只要你不断努力，积蓄力量，就一定能让这盏灯发出属于自己耀眼的光芒。”

把“简历”做薄

寸有所厚，尺有所薄，有时候，薄反比厚好。

1992年，由武汉钢铁学院毕业，在河南舞阳钢铁厂工作十年后，许家印放弃了处级干部职位来到深圳。他穿梭于深圳各人才市场，但半个月后，他这个在武钢以善于管理著称的技术与管理复合型干部，却没有哪个单位接受。

一天，许家印和几个好友在一起，有一位免不了为他抱怨：深圳一些企业有眼无珠。另一位好友无意中看了他的简历，发现竟然有厚厚的三十多页，简历不简，于是这位朋友建议说：“你把它变得简单点再去试试。”随后，许家印把简历简化到只有两页。很快，有三家公司愿意聘任他。许家印选择了其中一家叫作中达的贸易公司。

这次找工作让许家印深有体会，“天道夷且简”，人生就是要简单朴实，薄薄两张纸比厚厚的一沓要管用得多。从此后，他就有意识地做薄自己的“简历”。

公司旗下有一家企业，需要值夜班，职员在值班时爱打瞌睡，这样极容易出现安全事故。企业对此制定了多达几十条的管理制度，可效果并不理想。对此，许家印提出了一个极富创意的细节考核办法：当值班人员身体打开的幅度超过150度时，就定性为上班睡觉。就此一条，再没发现有人上班打盹儿了。化繁为简让他受到老板的看重，短短几个月，许家印被晋升为公司的经理。

在中达的第三个年头，即1994年，许家印为他的人生更是矗立起了一扇扇明亮的窗。一天，老板找到许家印，说，通过这三年的工作，我看到了你独当一面的能力，公司打算派你到长春的分公司做老总。但许家印看好广州刚刚兴起的房地产业，他对老板说："我更愿意到广州'开疆扩土'。"接下来尽管他只做了简短的说明，但要言不烦，字字拨动老板的心弦，老板很快就同意他的建议。

这年的国庆节一过，许家印带上公司配给他的一辆标致车，司机、出纳、业务人员共四人，轻装简行来到广州，成立了一家鹏达的房地产公司。

当时，广州楼市普遍流行大户型，许家印开发了一个叫作"珠岛花园"的房地产项目。他不追大，不求洋，就要简单质朴。半年后，一幢幢"小户型、低价格"的楼房拔地而起，珠岛花园很快成了广州房地产市场的一匹黑马，还没发售就轰动市场，首期项目很快脱销。看着灯火通明虽说不豪华但能独领风骚的一扇扇窗户，许家印心中热乎乎亮堂堂的。

最终，总公司几乎没作投资，此项目为中达创造纯利润两亿多元。鉴于当时老板的思路不开阔，尽管许家印做出如此大的贡献，但每月工资只有三千多元，他和妻子、两个儿子，还有岳母、父亲、朋友，一共七人就挤在一室一厅、不足30平方米的房子里。"逼仄局促"的生活不得不让他再一次，也是最后一次出走。此后人生的起起伏伏、跌跌宕宕都跟一家名为"恒大"的公司牢牢系在一起。

简单朴实一如既往地贯穿于许家印的人生中。2009年，越做越红火的恒大上市，他以422亿元的身家，超过当天福布斯富豪榜公布的首富王传福，登上中国内地的首富宝座。

按照原计划，上市之后，恒大安排了一场新闻发布会。但是，在得知自己是首富后，所有大型公开庆典活动都被取消。许家印的解释是，上市是公司业务活动，宣传尚可，但成了首富去宣传便是炫富。由此，他再一次做薄了自己人生的“简历”。

“简兮简兮，方将万舞”，鼓声“咚咚”响亮而简单，舞师才会演出规模浩大的舞蹈。鼓声响而简，一定是所有鼓槌都敲在了点子上。恒大成立的足球俱乐部，无疑也是如此。

凡事能做在点子上，虽少犹多，虽薄犹厚，它往往能让你之人生拥有最为宽广的舞台，使得你在生命的绿茵场上一次次冲锋在前，从而摘取人生最华美的桂冠。

直抵灵魂的素描师

灵魂是生命的通道，是爱与善的载体。吉布森这些年来就一直做着直抵灵魂的事儿。

2010年，吉布森认识了海伦·科林。科林说：我永远忘不了死去的父母，可是，他们连张像样的照片都没能留下！

原来，“二战”期间，科林一家人被关进了奥斯维辛集中营。1943年，她的父亲被饿死了；第二年，她和母亲被分开。科林出狱的那天，她得到的第一个信息就是：母亲被杀害了。

听着科林的悲惨故事，吉布森和科林抱头痛哭。哭罢，吉布森说：“我可以为你父母画张像吗？”科林疑惑地看着吉布森：“这有可能吗？”

又有什么不可能的，吉布森可不是一般的人啦！出生美国得克萨斯州的吉布森曾先后在四所大学里学习过法语、西班牙语和心理学、美术、牙科、素描等课程。二十多岁时，为了生活她就在得克萨斯州圣安东尼奥市的大街上为游客画像，画过好几千幅呢！

吉布森对科林说：“你只要能回忆出你父母的相貌，就可以了。”“父母去世已经六十多年了，印象实在是太模糊了。”科林为难地说。在吉布森的循循善诱下，科林还真把父母的眼睛、鼻子、耳朵、下巴等描述了出来。两天后，当吉布森停下画笔的时候，让科林好不兴奋，她抱着吉布森，说："太像了，太完美了！"

在科林的介绍下，吉布森又认识了一批纳粹大屠杀的幸存者，她一一为他们被纳粹杀害的亲人画像。

吉布森不单单是给这些受伤的心灵以慰藉，她更是用手中的画笔，对那些给世界造成祸患、给人造成伤害和痛苦的不法分子以沉重打击。

开始时，警察局对吉布森并不看好，让她进入人们心灵的是她破了一个两岁女孩遇害案。那是二十多年前11月的一天，一位打鱼人打捞起了一个塑料箱子，让打鱼人惊骇的是，箱子里竟然是一个小女孩的尸体。

尸体已经腐烂，吉布森到了现场后，盯着那张面目全非的脸足足看了三分钟，一个小时后，一张栩栩如生的素描呈现在了人们眼前。这幅画像公布只五天，远在俄亥俄州一位老妪认出了这个孩子：是她两岁的孙女莉蕾。根据女孩的奶奶提供的线索，这个案子顺利告破。

原来莉蕾是被母亲和继父暴打致死，两人将尸体保留两个月后，装在塑料箱里，投在了得克萨斯州的加尔维斯顿湾。

这个案子轰动了全美，在人们对父母的恶行愤怒、对小孩的遭遇感到痛心时，吉布斯也就成了当之无愧的英雄。

其实，其他案件比这要难得多，那些案件都得根据被害人及目击者的描述画出嫌疑人的脸。而亲历和目睹罪行往往会给人留下严重的心理创伤，以至于对发生过程"失忆"。这时，吉布森就得充分用到所学的心理学，通过心理引导技巧，使得对方的记忆得以恢复。所以，她画完一张像只要一小时左右，可是沟通的时间往往得三四个小时甚或一天。

别的人仅用黑白两色，她却使用各种颜色的颜料，这让她可以画出数百种形态各异的眼睛、眉毛、鼻子或下巴。因此，吉布森每画出三张画就能抓到一个罪犯，比起别的素描师来，破案率要高出好多倍。在过去三十年里，她协助警方抓捕了一千两百多名罪犯。

出自她笔下的画像与罪犯本人惊人的相似，有些罪犯甚至因为看到她所画的画像后，自感走投无路，不得不投案自首。当有人问起吉布森何以能画出如此直抵人灵魂的画像时。她说，除了玉照曾两次登上《花花公子》的她，在二十一岁时遭遇歹徒性侵犯，几至于丧命外，还有一名年轻的舞蹈老师，当着自己的学生的面被歹徒强奸。这些也就坚定了她在有生之年与犯罪分子斗争到底的决心。

原来，是直抵灵魂的经历让她画出了那些直抵灵魂的肖像画。当一个人具有正义感时，特殊的经历不仅不能使其惧怕，却更是能激起其斗志和无畏的精神。

而一个人的正义感建立在爱心之上，正如吉布森所说："你打算坐飞机去欧洲旅游，可当你知道只花一个小时就能帮助一个母亲找回自己的孩子，难道你还执意要去旅行吗？"

有了爱心，努力去帮助别人，你的人生就会酣畅淋漓、绚丽多姿……

有爱不简陋

爱是最神奇的魔术师，即使再狭窄简陋，因为有了爱，在人们心中它也会是一个“大世界”。

2006年，名校毕业，能说一口流利英语的毛菊独自来到北京，很快就找到了一份收入很不错的工作。若不是去欧洲，她也许会将那份得心应手的工作一直做下去。

2010年，去欧洲的一位在剧团工作的朋友想推介中国的音乐和戏曲，让毛菊去做有关翻译及报幕的工作。剧团效益不错，毛菊的收入也相当可观，然而，她却要回国了。

原来，她有一位亲戚在北京打工，因没有时间照管孩子，孩子放学后，和同样没有人照管的一些孩子在一起，沾染了一些不良习气，不好好学习，还打架、偷东西。于是她决定回国做一些对孩子们有益的事。

经过一番思考，她决定让那些打工人家的孩子放了学后有一个去处，而她认为开一个图书室是最为理想的，既能将孩子们聚得住，也能对孩子们的思想境界和学习有所帮助。

接下来是选址，一番考察后，回到北京的她果断选择了草场地村，因为那儿居住着上千户外来务工的家庭。于是，她租了一间七平方米的房子，买书、买书架……

开始她以为用不了多少钱，没承想不到半年，她在北京和欧洲工作赚来的所有的积蓄就全都投进去了。她的这个图书馆免费开放后，便成了孩子们心中最神圣之地。以前孩子们口中多谈论的是谁的力气大，打架行；谁买了地摊上的奖票，得了什么奖……如今说的却是谁看了什么书，书中的哪个善良智慧的人物最吸引人。因此孩子们一旦放了学就呼呼地往毛菊阿姨的图书室跑。

毛菊让孩子们免费看书，他们也义务为毛菊阿姨做一些力所能及的事情。比如说，对四面靠墙壁书架上的书进行整理，有些孩子还轮流做图书借阅与归还的登记工作。其中有几个孩子做得特别认真仔细，她就奖励性地把几把备用钥匙交到这几个孩子手中。因此许多孩子和毛菊成了推心置腹的好朋友。

有个叫姬捷的小姑娘曾对毛菊说："真希望人贩子把我抓走，活着好无聊。"姬捷的父母从农村老家到草场地村开了一家小饭店，每天起早贪黑地工作，没有时间陪她，从六岁开始，姬捷每天的生活除了上学就是到饭店帮忙。

姬捷从生活问题小孩，演变成有思想问题的孩子，毛菊不敢掉以轻心，她要好好帮助小姬捷，除了开导外，她还给姬捷推荐了两本书：《我不愿你死于一事无成》和《千纸鹤》，两本书讲的都是坚强女性故事。姬捷一看就喜欢上了，读了又读，心情逐渐变得开朗起来，越来越乐观积极。后来，姬捷还帮助思想上有疙瘩的小朋友，给他们讲故事，许多人说她比一些大人讲的都要好。孩子们非常感激：在这里，我们有两个最要好的朋友，一个是良师益友毛菊阿姨，一个是姬捷。

即将做妈妈的毛菊，打算生完孩子后重新开始接翻译的活儿，因为要当好"孩子王"，三年多来她没有再去工作，有时就接些翻译的活儿挣些钱来维持生活和图书室的运转。

有人和毛菊开玩笑说：“你这间图书室简陋得像一间厕所。”她说：“虽说简陋，对于这些打工人家的孩子来说，它却是一个温暖的家，一个无比宽广的‘大世界’。”

“山不在高，有仙则名。水不在深，有龙则灵。斯是陋室，惟吾德馨。”有爱不简陋。逖更生说：“希望是栖息于灵魂里的一种会飞翔的东西。”她给孩子们带来希望，也给了自己希望和寄托。而伟大的中国梦正待由无数个满怀着希望的人追梦不止，虽“简陋”却“华丽”的中国人来完成！

·拥有一颗慧心

我常常爱咀嚼冥想“智慧”这个词。我以为，智是慧的低级形式，慧是智的一种升华。智是说人聪明，而慧与惠通，除指一个人的聪明才智外，还更具有一分仁慈。

智更多的是与生俱来的，一个人的智商从后天获得往往是极其有限的。而慧当是先天的智与后天所学到的知识技能以及升华的思想境界的总和。

拥有一颗慧心，你又不乏智商，你就会孜孜不倦去学习去实践，就会拥有在爱与仁慈基础上的记忆力、理解力、思考力、观察力、想象力、创造力。你就会懂得，要有能力做好事、做成事，就必须去努力掌握获取成功的基础条件。

你想拯救人于水火，你就势必先学会游泳就要知水性，就得懂得火的有关知识；你要成为思想家、文学艺术家，以独到的见解优异的作品去教育人感染人，你就得练好基本功，并一步步进入精湛的、炉火纯青的文学艺术天地；你要上天揽月、下海捉鳖，为人兴利除害，你就先要掌握有关现代科学技术的本领，并打造出火箭潜水艇等工具及设备。

慧，决定一个人性格、信仰以及伦理道德的选择，自然也就决定了一个人的成就以及地位。如慧能和尚，一心向佛，日夜参禅不辍，便有了“菩提本无树，明镜亦非台，本来无一物，何处惹尘埃”的颖悟，也就能“继承衣钵”，成为六祖禅宗最终成为一代高僧。拥有一颗慧心，便“博学、审问、明辨、笃行”，而此又推进人的仁爱之心达到一种更高的境界。若想成功，必先有慧，慧是取胜的关键。若无慧那只能是空有一腔热血与勇气，那也极可能是盲人瞎马，常常让自己处于危险境地。

有些人爱炫耀，那也只能说这人有一分智有一分勇。诚然，一个爱炫耀自己的人，也许让他有了激励自己的动力，但他的这种“心灵的动力”却往往建立在狡黠之上。如果他是一位政治家他势必涂改自己的历史，他是一个军事家必然会夸大自己的战功，他是一个文学家也会粉饰他的作品，她是一位好矜夸的女人必定会美化她的道德。

他假若是一个爱虚荣的人，那他离慧也就相差甚远。虚荣的人爱把自己打扮成优秀与不凡的，他也就常常把小事化为美谈。他甚至为了装出一副道貌岸然样，按一个时代的模式来伸缩抑扬自己，纵然想拥有一个大写的人样，殊不知成了任凭揉搓的一团软泥。他似乎挺起了自己的胸脯拔高了自己的头颅，从浑身不好受进入通体舒坦的状态，可他只是“智叟”的自作聪明，那骨子里却是愚蠢。因为在时代的洪水浸泡之下，他的道貌岸然会委顿到尘埃泥潭中去，他的一切舒坦全成为过眼云烟。他不想落入“存在的空虚”中而终于沦入了“空虚的存在”，他不想落入“虚幻的寂寞”而终于沦入了“寂寞的虚幻”，甚或还构成对他人的伤害。

拥有一颗慧心，他更是能正确对待爱恨情仇。他知道让人爱是幸福的，而让人恨未必不是一种幸福。比方说，每一个成功者后面，都会有嫉恨的人。就如同阳光下的影子，追随着成功的人。只有敢于让人恨的人，才是一个坚强的成功者，这种幸福比爱的幸福，会更能让自己感受深刻，更能让人刮目相看。

知人者智，自知者慧。一个真正能自知的人，他也就真正战胜了自己，超越了自己。所谓慧心可以通天，拥有一颗慧心的人，也就往往是崇高的伟大的令人仰视的人。

寻找探寻的眼睛

张文学最初创业一连失利，那年，无比苦闷的他只身来到阿拉善，在别人的带领下，他到了大漠深处的一个地方，在一片苍茫的黄沙之中，他竟然发现一片似点缀着宝石一样的湖水，四周芦苇飘荡，湖中野鸭成群，有天鹅正引颈歌唱着……他的心灵不禁受到极大震撼。

原来，这颗"宝石"就是月亮湖。正被开发着，要让她成为极富视觉和心灵冲击力的旅游胜地。在见到开发者的那一瞬，张文学心中蓦然跳出一个问题：你是怎么发现这个地方的？又何以想到要开发她？

对方的一句话顿时让他心中明亮清澈起来……

时间的脚步到了2007年，一个炎热的午后，印度东部沙漠腹地的一个小镇，突然狂风大作，满眼的沙子，还有马粪，甚或不小的石子也在空中飞舞着。此时已是基伍国际有限公司董事长兼总经理的张文学，也在那儿，他牙齿不由得沙沙作响。可他也见到一件奇特的事正进行着：许多当地人在一辆后座上绑着汽车蓄电池的自行车旁边排着长队。——这些人是在给手机充电，人们交10卢比（约1.3元人民币），就在蓄电池上充电半小时。张文学眼睛骨碌碌地看着这些人，人们也拿眼睛看着他，他的心怦然一动。

几个月后，张文学就开始在印度销售一款配有超大容量电池的手机,待机时间长达30天。

原来,印度东部人在沙漠中一走就是好多天,即便遇到一些小镇,由于没有电力设施,电早已耗尽的手机也不能充电。当地那些头脑灵活的人,也就开始利用这种难得的商机。

而基伍的大容量电池让印度这些东部人如获至宝,其配有大容量电池的手机在印度市场出货量一年高达3500万部,占有率21%,遥遥领先排名第二的诺基亚。

自从去到月亮湖之后,张文学就是这样常常进入沙漠的深处,就连迪拜这样的弹丸之地,他每年至少去6次,每次都会背上背囊,在沙漠的一些角角落落行走上一周。

那天,张文学搭了当地人的一辆汽车,参加一次活动。原来,迪拜人最热衷的消遣地并非酒吧、KTV,而是举家驱车前往沙漠深处烧烤。到了目的地后,见到的只是一片黄色及流线体,为了打破这种单调,他们便以音乐来烘托气氛。可人们不是携带老式录音机,就是发动汽车使用汽车音响。那天,当地的这位朋友不知是想节约一点儿汽油,还是忘了发动汽车,就打开音响,一边烧烤,一边载歌载舞起来。

然而,当晚上月亮升起,寒气袭来,淋漓酣畅玩了一天的他们要回家时,汽车却不能发动了。因为电池已被耗光了,大家不得不一起推车发动汽车。

这一次尴尬的经历又一次激发了张文学的灵感,基伍公司开始将大喇叭整合进手机。4个月后,他们推出的大喇叭手机受到了迪拜等地人的热捧,此类产品的销量很快高达800万部,净利润高达20%。

当有人问起张文学为什么总往沙漠深处跑时,他说,当年我到月亮湖时,是开发月亮湖老板的一句话让我如醍醐灌顶,老板说:人们说月亮湖是沙漠的眼睛,当你在寻找沙漠的眼睛时,沙漠的眼睛也在探寻着世上有眼光的人。

从此，张文学开始作最为深入的市场调查，哪怕是炎热，且又随时狂风怒号、飞沙走石的印度沙漠腹地。由此，他对不同市场的需求特点了如指掌。比如说，印度南方多为穆斯林，北部则为锡克族、印度族。穆斯林人喜欢红色，锡克族和印度族则喜爱白色。北部人喜欢内置大喇叭等夸张的手机设计，且机身要厚；南部则对内敛型、超薄的款式更是情有独钟。

对市场的熟稔形成了对市场极为快速的反应，基伍能在40天内为印度开发定制产品，而诺基亚开发一种产品则至少需要18个月。特别是那些一般新手机，基伍每周都要推出2款。在基伍的产品展厅中，你甚至可以找到内置《古兰经》、指向圣城麦加的GPS，能将《古兰经》翻译成包括英语、孟加拉语等27种语言的手机。展厅内还有双电池、能插4张SIM卡、类比电视等不同机种。目前，基伍在市场流通的手机款式总数在两百个左右。

而且基伍产品价格也是最低的，如诺基亚在印度推出的X2、O2的音乐手机，其零售价超过500元人民币，而基伍的类似产品售价不超过300元，电池却比诺基亚的大，支持前后左右摄像头。

从2008年以来，基伍的产品成功销往印度、东南亚、中东、非洲及南美洲等新兴市场，其中约有4成销往印度及巴基斯坦。在印度的销量，其市场占有率世界排名第二；其GLX品牌手机销往巴基斯坦，世界排名第一。基伍公司月出口手机300万台，年销售额70亿元，并力争三年之内成为全球手机行业前三名。

寻找探寻的眼睛，就是关注消费者最为迫切的需求。只有当你不怕困难，能够做最深入的调查研究，全身心地寻找他人内心的指向时，别人才会和你心心相印，你也就找到了一条事业的宽广之道。

·胸无成竹

一个人不能过于自信，不能太逞强，许多时候要变得“弱势”一些，学会退让。

2013年11月，一份发在《科学》杂志上的论文称，人的大脑中会存在大量的分子废物。参与研究的科学家内德加特解释说，当液体在细胞之间流动时，需要大量能量，这样就会分解出一些废物——细胞外液和其他物质。

科学家设想，大脑也许没法一边处理信息，一边“大扫除”。于是他们拿老鼠研究，结果发现，实验老鼠处于睡眠或者麻醉状态时，大脑中的“垃圾处理”系统比醒着时要活跃得多，冲走废弃物的脑脊髓液大量增加，流量也大得多。

研究者认为，出现这种状况，是因为实验鼠睡眠和麻醉时，神经胶质细胞发生收缩，使得类淋巴管道和血管之间的空间增加60%，形成了一个较大管网，让更多的液体在大脑中流动；实验鼠一旦解除睡眠或麻醉状态，细胞又开始变大，细胞之间的空间变小，管网中用以冲走“脏东西”的液体又重新变得较少。

科学家形象地将管网称为大脑中的“下水管道”。

通过进一步研究，这个“下水管道”和老年痴呆症关系十分密切。因为一种介于肽和蛋白质之间的物质——淀粉样蛋白是引起人们患上老年痴呆的罪魁祸首。而睡眠会让淀粉样蛋白被冲走的速度大增。由此，科学家们终于揭开了睡眠不充足，总会导致思路不清晰，如果长时间得不到好的睡眠，可能引发疾病的秘密。

这种发现，告诫人们：需要睡眠了，千万别硬撑着。否则便是拿自己的生命开玩笑。说到“别硬撑着”，于是想到了明代画家周玄素。

草莽出身的朱元璋在夺取天下之后，也开始喜欢写诗作画。初获天下的他总有些情不能已，总欲表现自己的喜悦得意之情。一天，他看到新建宫殿的一堵白墙，于是他让人找来宫廷画师周玄素，让画师在这堵墙上画一幅《天下江山图》。周玄素一听，想到刚刚发生的一些事：朱元璋其貌不扬，又喜欢别人为他画像。一次，一位画师“照本宣科”，“依样画葫芦”，朱元璋认为丑化了他，结果画师招来杀身之祸；另一位画师吸取这一血的教训，把他画得很美，朱元璋又以“欺君之罪”将这位画师赐死。

画《天下江山图》也不是件容易的事，弄得不好也同样会丢掉性命。为了保命，见到朱元璋时，周玄素伏地叩拜：“微臣不曾游遍九州，没办法画出天下江山。恳请陛下先画出一幅草图，微臣再加以描绘润色。”朱元璋一听有理，便挥毫泼墨，构出草图。朱元璋搁下笔，颇为得意地欣赏一番后，对周玄素说：“该你来为朕润色了。”周玄素赶紧回答道：“陛下江山已定，岂可动摇！”朱元璋听后一笑了之。

“微臣不曾游遍九州”，此便是“胸无成竹”，当一个人在不能硬撑时，让胸中的“成竹”睡眠，也就为自己建了一个“下水管道”，便可能“自我清洗”“自我排毒”，不让自己患上“老年痴呆”，从而延年益寿。

先赚口碑，后有“金碑”

善良是事业之基，是财富之本。

读高中时，一次他向母亲要2000元，说班上有位姓黄的同学急需做一个手术，但家境贫困，他想资助这位同学。父母做点小生意，母亲听了儿子的话，二话没说给了他钱。后来，母亲偶尔和一位朋友说起这事，朋友感到十分吃惊：“你真信啊，现在的孩子花花肠子特别多……”母亲听了朋友的话，没说什么，只是笑了笑。

母亲怎么能不相信自己的孩子呢？不说儿子从来没说过谎话，而且一直就这么热心肠。念初中时，班里有位同学结交了坏朋友，整天在外面惹是生非，常常受到老师的严厉批评，这位同学不想上学了。家长又是打又是骂，孩子依然我行我素，家长也想放弃。

但他认为这位同学的本质并不坏，于是对同学的父亲说：“叔叔，您不能让他退学，要是这样他真的一点儿希望没有了。请您给我一点儿时间，我来劝劝他。”他找到同学，做了彻夜长谈。同学不但没退学，还和他成为特别要好的朋友。同学远离了原来那一帮人，正所谓近朱者赤，后来考上了理想的高中和大学。

儿子总是这样主动帮助人，父母当然信任他。果然，后来母亲在菜场遇见一位中年妇女，对方一见面就热泪盈眶握住她的手说："如果不是你们家的孩子资助了2000元，我儿子的手术就做不了，你养了一个好儿子，救了我儿子的命，也救了我们一家人。"这位中年妇女就是黄同学的母亲。

"群邪殄夷，大道显明"，众人的口碑就像一条阳光大道，载着父母一颗欣慰和开朗的心，与儿子一道前行。

儿子从天津音乐学院表演系毕业后，谢绝了很多单位伸出的橄榄枝，决心到北京去进军影视圈。做一位北漂，会困难重重。但父母认真听了他的打算后，选择了支持。父亲说："我们相信你的选择，你的天地一定在影视产业方面。如果万一失败，年轻的时候经历一些失败未必不是一件好事！"夫妇俩凑出了50万元作为启动资金，帮助儿子注册成立了北京华宇星辰影视传媒有限公司。

创业是艰辛的，他大量阅读剧本，一连看了近千部，和无数个制片人交谈，最忙的时候，一天要交谈五六人。他尤为朴实，出外时每天手里就握着一瓶矿泉水，辗转于地铁和公交车之间。"门外俗尘如海，门里道心如水"，因此，还闹了一次误会。

那天，某导演和他交谈后，发现自己的手机丢了。本来对他心存疑虑的导演以为遇到了骗子，悄悄报了警。警察赶到后，将他叫到一边询问，很快导演却来告诉警察："不要问了。"原来导演在自己座位沙发夹缝间发现了手机。

后来他投资的第一部电视剧《香格里拉》在央视一套黄金档开播第一天，就创下全国收视率第二的佳绩。他就是1987年1月23日出生于浙江天台的于宇昂。

《泰囧》是他投资的第一部电影，此前，《泰囧》的剧本并不被看好，曾经两度开机，因为资金问题两度夭折。之后，著名女制片人陈祉希将剧本重新改编，由于电影市场不景气，她依然找不到投资人，于宇昂听说后表示愿意合作。

这次拍摄也是一波三折，中途有一个大公司的老板说他愿意投资，条件是让于宇昂退出，由大公司独资。这让陈祉希很为难。于宇昂知道这件事后，对她说："当初我只是想帮你，既然现在有人投资，我退出也未尝不可。"他的话让陈导演非常感动，于是陈祉希对那家公司的老板说："我在，于宇昂就在，否则我也退出。"于宇昂的口碑是那样好，导演对他如此看好，那位老板也相信于宇昂会给这部电影带来福音，不再要求他退出。

真个是："莫恨香消雪减，须信道，扫迹情留。"你若是一树凌霜傲雪的梅，就一定能"良宵淡月，疏影尚风流"。

果然，《泰囧》自上映之日起，票房就一路上涨，直至冲破12亿元大关，大公司赚得盆满钵满。于宇昂也获得利润7000万元，是他投资300万元的二十多倍。人们相信，在他前面等着的一定是一个又一个"金碑"。

要做事，先做人，积攒你的人品，也就是在积攒你的前途，积攒你之人生的财富。

唯有爱舍弃不掉

凡生命就是为了去寻找一种相同的爱,为了这种爱而甘愿自我付出与牺牲。此,就是生命的诞生的本质意义所在。

春天,将五彩缤纷的世界展现在了人们面前。桃花绽放了,梨花盛开了……在大片大片的桃花深处,梨花丛里,有许多蜜蜂飞飞落落,寻寻觅觅,嗅嗅尝尝,它们忙碌着,要给世间奉献一分甜蜜,要给大地带来一片丰收。

有一只蜜蜂正埋头采着蜜,它突然发现有一个巨大的阴影从它头上掠过。是的,那是蜜蜂们的天敌——一只山雀在逡巡。山雀在它的头顶上飞过几个来回之后,便向它猛扑过来,因为这只蜜蜂只顾采蜜,不意离开了蜂群,山雀要吞食它了。就在山雀一嘴向它啄来的时候,它却将它那锋利的蜇针狠狠插进了山雀的颈项,随之用力一扯,那带有倒钩的蜇针折断后留在了山雀的颈中。眨眼间,成群结队的蜜蜂飞过来了,山雀在接二连三挨了蜇后,便哀鸣着狼狈地逃走了。

这些蜇了山雀的蜜蜂不大一会儿也就死去了。

蜜蜂明知道自己一蜇就会丢掉自己的性命,而为何这只蜜蜂在发现天空掠过阴影的那一刻不逃命,却直让山雀来扑向自己,最后要以生命为代价给山雀一击？并且其他的蜜蜂也能做到前仆后继？

原来，它不逃命是为了不让更多的蜜蜂受到伤害。它将自己的毒钩留存于敌人的身体内，只因那毒钩上有一个囊袋，可以散发出一种气体让同类知道有天敌来了，后来的蜜蜂闻风而至就是要同心协力战胜天敌。

蜜蜂的天敌除了山雀外，还有飞燕、蜂虎、绿啄木鸟等食虫鸟类。当然，蜜蜂的天敌并非都是这样一些“庞然大物”，如还有天蛾、胡蜂、蜘蛛、蜻蜓等昆虫。对于这样一类天敌，蜜蜂把毒钩留在它们的身体内，将自己的信息散发出去，使得后面又有蜜蜂跟上来……

它们就是靠这种不惜牺牲自己或与敌人同归于尽的无畏精神，换来蜜蜂族群的繁衍兴盛。蜜蜂这种对族类的爱是与生俱来的。

有许许多多蜜蜂幼虫，它们由受精卵发育而成来到这个世界上。有一种蜜蜂幼虫，刚出房时胎衣裹身，胎毛绒绒，它们在那些大龄蜂的帮助下，一一将胎衣脱除干净；那些大龄蜂同时还嘴对嘴地喂给它们一些食物。这些幼蜂开始成长了。

然而在仅仅出世一两个小时后，这些幼蜂便要开始做一些巢内的工作了。保持巢内的温度是它们此阶段的一项重要任务。但由于它们各种器官、腺体尚未发育成熟，这个时候只能以自身产生的热量来提高蜂巢的温度。可它们干得非常卖劲。

三天后，待它们的营养腺一发育成熟，便由保温工、清理工转行当起“奶妈”和“保姆”来了——它们开始分泌蜂王浆来哺喂蜂王或蜂王幼虫。

在第九天时，它们的蜡腺已趋向成熟，便立即投入分泌蜂蜡筑巢这一比较繁重的工作中。

过了十二天，它们的各种特化器官全部发育成熟，一个个便要飞出巢外一显身手了。先是采水，这是采集工作中最轻松最容易干的一种。继而开始采花蜜、采花粉、采树脂等。

可以说它们一辈子无畏重重困难，不惜栉风沐雨，尽心竭力，死而后已。而且它们越到老时越勤奋，巢内外难度大的、负荷重的工种多由老龄的它们来完成，风险大、技巧高的活计也主要由老龄的它们来承担。

它们——就是蜜蜂中的工蜂。

这种占有蜂群总数百分之九十九以上的工蜂所做的这一切，只是为了能让一代又一代更多的工蜂将自己产下的蜂王浆喂给蜂王，使得蜂王生存长达三年之久，从而为蜜蜂种族繁殖大量后代。其间，原来与蜂王同属于雌性蜂的它们，即便自己成为生殖器发育不全的中性蜂也心甘情愿，甚或自己哪怕在这个世界上只活一个月以致更短也在所不惜。

科学家说，蜜蜂是原始生命状态保存得最好的物种。安适可以舍弃掉，雌性性别可以舍弃掉，甚或连自己的生命也可毫不迟疑地舍弃掉，而唯一舍弃不掉的就是自己的爱。此——便是生命的伟大之处。

工蜂短短的一生告诉我们，那种同类中的相互荼毒，那种生命中的弱肉强食，从生命的本质意义来讲，并非进步而是一种倒退。明白了这一点，也就使得我们懂得：生命的诞生就是为了爱。

为善之人

凡为善之人天生一颗美好的心灵。

一个为善之人首先是一个对家庭充满爱心的人。为善之人从不因社会责任繁重,而对家庭的职责有所放松有所疏漏。为善之人对老人孝顺,对爱人体贴,对儿女照顾细心周到。

为善之人对朋友对同事也特别宽容厚道。有事他们抢着去做，有好处尽量让着别人。为善之人做事总是力求尽善尽美，把完美看作是自己的本分。要是偶然出了一点儿差错都会细找原因,所谓“不二过”说的就是他们。朋友高兴他高兴,朋友伤心他流泪。带着一颗心来,不带半根草去。只因为善之人懂得美善才是社会责任与家庭责任最好的契合点。

倘若说善美是为善之人的本,那么诚恳朴实就是他们的枝,他们的叶。是的,为善之人最真切。他们说一是一,说二是二,一言既出,驷马难追;有一是一,有二是二,心灵如璞玉,信誉似黄金。他们总以君子的标准要求自己,君子成人之美。故而他们要是无意间伤害了别人,往往会认为做了大错事。在他们的心目中,只允许自己伤害自己,抑或别人伤害自己,而自己绝对没有伤害别人的权利。

说为善之人不吃亏，说话之人不是在哄己就是在骗人。既让人满意自己又不受损害，这种双赢或多赢的事，毕竟在生活中不可多见，更多的却是让别人高兴自己就得吃苦受累。只是为善之人，他们总认为只有待人好的责任，没有向人索取的权利。也就是说他们不在乎吃亏。一个时常向一个为善之人推销“为善之人不吃亏”观点的人，大可考量一下那人的动机，他极有可能是一个爱占便宜的人，或者说他是得了便宜在卖乖。

一个为善之人在火车上遇上了一个突然患病的人，他会把自己的卧铺让给那人，而后悄无声息地去到那个人的座位上，其实他自己本身就是一个身体欠佳的人，你说他累不累！一个为善之人在一个僻静的巷道见到一位老人或一个妇女或一个小孩被坏人抢劫了，他挺身而出，那被抢劫的人得救了，可他却被刺成了重伤，你说他是不是在吃苦遭罪！

为善之人吃了亏大凡只是憨厚地笑着，他们有时也想维护自己应该得到的一些东西，维护自己的一些权利，但他们想到这样做有时不免会与人发生争执，而为了自己的利益与人争得面红耳赤，甚至伤了和气太不划算。于是一笑了之就成了他们在利益面前一道恒定的风景。

如果说社会是一条铁道，为善之人就是铁轨下的基石；假若说社会是一条流淌着的河，为善之人就是让河水淌过的河床；假如社会是一座草木蓊茂的大山，为善之人就是为草木提供水分养料的土壤山石。

既然社会最需要为善之人，而为善之人又往往是最不会保护自己的“弱势群体”，所以建立一些制度，为一些为善之人筑起一个平台，搭起一些支架，让他们也做一做呼啸的火车，做一做翻滚的流水，做一做郁郁葱葱的草木，也让他们出出头露露面，风光风光。

这也许不是他们的愿望，不是他们的本意。但这应当是社会的本意，是国家的愿望。如此，这个国家，这个社会也就会风俗淳厚，经济发达，每一个人就都会沐浴在幸福灿烂的阳光之中……

人生成功会在拐弯处

火车开动了,火车出站了,父亲的身影越来越小,他的泪水禁不住哗啦啦地往下淌……

他眼下的人生又进入了一个大弯道！谁不愿意摆在自己面前的是一条笔直的路？可事情哪能这样随人愿！对于他来说,人生的弯道尤其多。而这一次出门远行去南方,最对不住的是父亲,只因在他人生的每一拐弯处,都留下了父亲辛苦而执着的足迹。

1972年,他出生于北京。身为木匠的父亲是一名京剧发烧友,耳濡目染下,在他只有3岁时,京剧就唱得有板有眼了。6岁那年,父亲带着他正式拜师,一心只想儿子将来成为一名京剧演员。因家庭清苦,拿不出钱来酬谢老师,他跟着老师学习唱、念、做、打,朴实善良的父亲在一旁为老师干木工活、做家务。待他学完了时,父亲的活儿也干完了。与其说父亲是在感谢老师,毋宁说是在给幼小的他灌输一种理念:尽管父亲的"酬劳"每每弄得老师不好意思,可他知道了"尊严"的力量。父亲的"良苦用心",使得他比别的孩子更为早慧,文化课与戏剧成绩在同龄孩子中都是冒尖的。然而他却遇到了人生的第一个拐弯。

1985年,在父亲的引导下,他参加了中国戏曲学院的考试,几轮考下来，专业课、文化课，门门他都名列前茅。这些年的工夫没有白费，让全家人欣喜异常，他兴奋得更是一夜未合眼。因为那时的中国戏曲学院是一个谁都想去的地方，招生录取比例近300:1。

命运似乎就是要捉弄他一番，到了第二天，体检后他居然被淘汰了，理由是他色弱、近视。怎么会这样呢？平时也没少做过身体检查，眼睛从来没有过问题。有人猜测说这是没有背景的他被行内子弟挤掉了。父亲不相信会有这样的事，问题在自身：不是儿子的眼睛真的就突然患了病，关键是儿子昨晚一夜没合眼。父亲跑到中国戏曲学院、教育局，向人说明个中缘由，请求给予孩子一次复查的机会。

复查是在北京一家医院做的，果然就如同父亲所说，他的眼睛一切正常。也许是学院的一位负责此事的老师不懂医学，或者是为了维护自己所谓的名誉，硬说他的复查结果是用不正当手段得来的，并且将他的录取通知单撕得粉碎。父亲不亢不卑，据理力争，说他的孩子就是一个戏剧人才，眼睛没问题。学院领导到底被父亲说动了，同意在学院医务室再做一次视力检查。他这才一波三折地跨入了中戏的大门。

对于这来之不易的机会他弥足珍惜，认真对待每一堂课的学习和每一次的演出机会。有时他也到北京怀仁堂为国家领导人演出。已经有了一定名气的他，毕业时很自然地被中国国家京剧院录用了。家里人为他高兴，邻里、亲友皆以他为荣，谁都认为将来他一定会成为京剧界的翘楚。岂料到，人生的又一个大拐弯横亘在了他的面前。

到国家京剧院时，他的个头居然已蹿到了1.83米，更有变声的问题苦苦困扰着他。曾红红火火的他几乎被冷藏，他差不多没有戏，充其量也只能是跑跑龙套。对着这越来越难以打发的日子，他有了心思。一天，他对父亲说："我也很想在京剧舞台上大展身手，这身高、这嗓子，看来是不可能的了。如果就这样默默无闻地老死剧院，不如趁早抽身在其他方面发展。”

父亲有父亲的想法，自己一辈子爱的是京剧，儿子演京剧，就是在帮助自己实现儿时的梦。再说，父亲压根就不相信成绩优秀的儿子就这样一直跑龙套跑下去。因此坚决不同意他的想法。对于这件事，他认为，最清楚的还是他自己。

这时，刚好香港永盛音像公司要开办一个演员训练班，他欣然报了名，也轻松过了关。父亲对他的执意辞职很不满意，出行的那一天，他一个人背了简单的行李去了火车站，他知道正在生气的家人是不会来送他的。

正伤感时，一回头，他竟看见父亲站在车站广场远处。父亲穿着背心、短裤，脚上趿拉着拖鞋，显然是在最后一刻，决定来送儿子的，没有来得及穿戴整齐。他看到了父亲的眼神，过去他总能读到两个字：温暖，可如今让他感受到的是无比的落寞和颓然。父亲的思想走到了拐弯处，他想，让父亲的精神回归，唯一的就是自己加倍努力。

火车吼叫一声出站了，他使劲擦去了脸上的泪，呼啸着的火车拐了一个弯，前面一片开阔，他坚信这次到南方，一定能对得起父亲，对得起自己这次决定。

在南中国打拼的几年里，他没有回过一次家，抓紧一切时间拼命出工，以及学习演技，更是多读书，古今中外、人文、历史、地理……无所不读。

1995年，在外漂泊多年的他回到北京，父亲看到儿子满是风霜、刚毅坚定的面庞，感受到儿子已经淬炼成钢了。

他很快就与海阔影视有限公司签了约，先后参与导演了《英雄郑成功》《天下粮仓》《乾隆王朝》等多部有影响的长篇电视连续剧。随之他又陆续主演了《烈火金刚》《一双绣花鞋》《我心飞翔》《血色浪漫》等脍炙人口的作品。接着，他导演和参与演出的《野火春风斗古城》《中天悬剑》，让他声名大振，导演并主演的《民国往事》，更是让他的事业如日中天……

他就是连奕名。

人生的拐弯处是对生命的一种挑战，在拐弯处你能做到审时度势、勇往直前，那将会是一种曲径通幽，一种柳暗花明。对于父母生命拐弯处，对于他们心灵的伤痕，你唯一能做的就是以自己的优异成绩将其抚平，如此你也就尽到了一份孝心……

做一个魅力“老妖精”

1921年,她出生于北京一个书香世家,走过快一个世纪了,如今的她却有了一个很特别的绰号——“老妖精”。对于这个绰号她不仅不生气,而且还觉得“特亲切挺好玩的”。

是的,她是一个挺看得开、很会为自己找乐子的人。46岁那年,她得了扩散型乳腺癌。她说:“癌症有什么呀?有人一听自己得了癌症,只想到这下子要死了。可我不怕这些。”在她看来,这不过是给她提升免疫力的一个机会而已。

在接受手术,伤口一拆线后,她就出院了。“革命人永远是年轻/它好比大松树冬夏常青/它不怕风吹雨打/它不怕天寒地冻……”从她的院子里,从此每天都会飘荡出这样悦耳的旋律与动听的歌声……

原来,回到家后,她便从朋友那儿借来了一架手风琴,一边拉,一边唱,“革命人永远是年轻……”拉着唱着,一遍又一遍,每一遍都是那样的投入,她宛然自己就是一棵挺立在森林中四季常青的大松树。由此,她觉得自己有一股激情在释放,也就不会有悲悲切切伤感的情绪了。经过了很长一段时间,疾病疼痛的程度开始减轻,次数减少。又过了一段时间,症状竟然全部消失。

现实生活总是不尽人意的，好事不多见，坏事却连着来。20年后，她又接连失去了心爱的女儿和相伴走过风风雨雨的老伴。在人们看来，人生最痛苦的莫过于亲人逝去自己还活着。坚强如斯的她也一度陷入了迷茫之中，疾病由此也乘虚而入，腰椎发生大幅度侧弯，每天疼痛不已。

她的儿子、儿媳、女儿、女婿、孙子、外孙都不在身边，大多在国外工作或是学习。为了不影响孩子们的心情，当孩子们回到她身边时，她总会强打起精神，以快乐的形象出现在晚辈们面前。最后，她想通了：与其这样强装，不如让自己的精神状态及身体真正好起来。

于是她开始像小学生一样每天在日记本上标注符号：如果自己的表现不令自己满意，就画面黑旗，马上改正过来；遇到她发脾气了，就画个“小黑馒头”，表示快进坟墓了，要赶快出来。

这样的方法也有效果，但她认为并没能让自己真正快乐起来。后来她发现换身衣服倒是挺管用的事：心情不好了，换上一套衣服，心情就大不一样了。由此有时一天她甚至会换上 3 套衣服。而这些衣服大多数都是她自己缝制或用晚辈们的旧衣服改裁的。如今，她有一百多套不同季节的衣服，还有一百多件各种风格的项链、耳环和胸花等小饰品。

穿戴得漂漂亮亮了，她就往人多的地方去，比如去公园。到了公园心情大好的她还会翩翩起舞，她跳的是最时兴的街舞。公园里尽管全是陌生人，她得先与人打招呼。她的招呼可与别人不一样，面对那些刚刚见面的老姐妹，她要么像古代妇女一样：两腿一曲，腰肢一扭，款款地道一声“万福”；要么像旗人一样：小碎步一跑，双袖“噼里啪啦”一通拍，单腿一蹲，来一个标准的“请安”。于是人们的笑声会接连不断。

招呼打完了，她就跳开了，这些舞蹈全都是她自己编的，由于她丰富的人生阅历，使得这些舞蹈颇富有感情与内涵。舞跳完了，她还十分认真地来一个“谢幕”，四周的人便报以热烈的掌声……

时间一长，人们于是“老妖精，老妖精”地叫开了，这是对她的一份敬佩和尊重。

她叫宋书如，退休前是中科院植物所学报的编辑。

宋书如如今家中没有保姆，诸如买菜、做饭、打扫卫生全由她自己做。心情舒畅爱劳动的她，身体还真的变得很结实起来。2008年，有一天上午去中央电视台做节目，下午又要接受一家报社的采访。电视台的节目中午12点过后才结束，唯恐外地记者久等，出了电视台大门，她便一溜小跑地去赶公交车，可一不小心摔倒在了地上。人们一见是她，便争着过去要搀扶。她却说：“别忙，朋友们先躲开，让我抡一抡腿再说。”她认为这是一个试试自己身体是否结实的好机会。一抡腿，没有哪儿痛，她乐呵呵地站了起来，又一溜小跑地去乘车了。要知道她这可是87岁的高龄了。

宋书如如今可是大名人了。六十多岁时她还不会英语，可80岁那年，她在北京用英语朗诵萨缪尔的《青春》，语惊四座，获得了“北京市民讲英语”一等奖；81岁时，她参加了全国金牌形象大使电视大赛，与众多18岁左右的少女同台竞技，她以一头银丝盘成整齐的发髻，一件艳黄的洋装上衣，绉纱的裙子，白色带花的低跟小鞋，以及耳畔衣领处精致的闪闪发光的装饰品——这样一个美轮美奂的形象，以及充满睿智又不乏风趣幽默的谈吐，终以99分的绝对优势获得北京赛区的冠军；在后来的全国总决赛中获得季军。她还在82岁时出版了《幸福生活密码》一书。

2011年12月，90岁的宋书如又出现在了中央电视台与北京电视台节目中，依然是一个穿着时髦、精神矍铄、神采奕奕、思维敏捷、步履轻盈的“老妖精”。

宋书如的故事告诉我们，一个女人的美丽和魅力无关乎年龄，它只是源于快乐、自信的内心。“老妖精”是不会死的，至少精神上如此。